LA COLOMBE

LES AILES DE L'OUEST, TOME 2

KRISTY MCCAFFREY

Traduction par
VIVA BONNOT-RUBIO

Titre original: The Dove (Wings of the West Book Two)

Première édition publiée par Whiskey Creek Press, 2005.

Deuxième édition publiée par K. McCaffrey LLC, 2014.

La Colombe

Traduction: Viva Bonnot-Rubio, Valentin Translation

Copyright © 2023 *K. McCaffrey LLC*

ISBN numérique : 978-1-952801-46-4

ISBN imprimé : 978-1-952801-47-1

Couverture de Earthly Charms

Photo de l'auteure par Katy McCaffrey

kmccaffrey.com

kristy@kmccaffrey.com

Cold Horizon
Ancient Winds
Sapphire Waves

Ils ont aimé la série *Les Ailes de l'ouest*

L'Oiselle

« L'art et la manière qu'a McCaffrey de planter le décor et de fournir des détails historiques donnent à ce western un réalisme sans concession. » Romantic Times BOOKclub

« En tant que vraie fan de western historique, je me suis délectée de la lecture de ce livre. Ne manquez pas ce qui promet d'être une exceptionnelle série à suivre ! » The Romance Studio

« Avec ses héros à la beauté sauvage, ses formidables héroïnes et une histoire passionnante, *L'Oiselle* est un livre à ne pas manquer. » The Best Reviews

La Colombe

« […] magnifiques descriptions des montagnes Sangre de Cristo, de Las Vegas à la fin du XIXe siècle et de la propriété des Ryan. Notre critique littéraire s'est sentie transportée dans les lieux où se déroule l'histoire. » Love Romance

« Mademoiselle McCaffrey écrit avec son cœur […] un livre à lire absolument ! » The Romance Studio

« Si vous aimez les westerns et les romans d'amour, je vous conseille de lire ce livre. » Romance Junkies

Le Moineau

« Les lecteurs vont adorer cette histoire… » RT BookReviews

« Je félicite McCaffrey pour la précision historique de ses récits […] et pour ce livre sensationnel que je recommande à quiconque aime les romances historiques, avec un petit quelque chose de plus. » Jonel Boyko, critique.

« McCaffrey donne une nouvelle voix aux anciennes légendes hopis et havasupai. Son écriture inspirée rend tout à fait crédible le voyage mystique de son personnage principal dans un univers qui nous pousse à dévorer le livre d'une seule traite. » *City Sun Times*

Le Merle

« Ce western, avec ses ignobles bandits, son action trépidante, son héroïne au fort tempérament, des rebondissements inattendus et un cow-boy sexy, le tout sur fond d'histoire d'amour sensuelle, est une romance historique qui a de quoi plaire à tous. » Janna Shay, *InD'tale Magazine*

« Voici un roman historique torride et intelligent qui se déroule dans le désert de l'Arizona, où les personnages ne détonent pas dans le milieu hostile qu'ils peuplent. Deux âmes tourmentées qui se rencontrent peuvent-elles s'épanouir ensemble ? Venez le découvrir en lisant *Le Merle*, la quatrième perle totalement captivante de la série *Les Ailes de l'ouest*, de Kristy McCaffrey. » Chanticleer Book Reviews

Le Passereau

« Les lecteurs seront souvent en apnée […] un livre passionnant qui se dévore ! » Belinda Wilson, *InD'tale Magazine*

« […] une lecture au rythme effréné, avec des personnages très fouillés et une histoire détaillée qui a éveillé mon intérêt de la première à la dernière page. » Jo, Romance Junkies

« […] une aventure pleine de rebondissements qui m'a tenue en haleine […] un livre presque impossible à reposer ! » Maia, The Silver Dagger Scriptorium

À mes parents ; merci de m'avoir laissé écrire la nuit, quand j'étais enfant. Et à Karyn Cheatham, ma première correctrice, pour avoir sublimé l'histoire.

CHAPITRE UN

Territoire du Nouveau-Mexique
Juillet 1877

— P ar là-bas, y'a des putes encore plus belles !
Le Mexicain avait pointé du doigt le haut de la rue et son visage s'était fendu d'un sourire édenté.

Logan Ryan rumina son commentaire en attachant son cheval, avant de s'approcher d'une bâtisse à un étage dont le nom était peint en lettres blanches alambiquées sur fond rouge : White Dove Saloon. Il posa un pied sur la première marche d'un escalier usé et cala ses mains sur ses hanches avec nonchalance.

Claire Waters ne pouvait pas être ici, c'était impossible !

Le Mexicain empestant le whisky l'avait peut-être mal compris. « Tu cherches une fille qui s'appelle Water ? *Sì*, t'en trouveras une là-bas ! » C'était bien cette maison, que le type avait désignée ; aucun doute possible.

Il repoussa son chapeau en arrière. Son état de fatigue, en

plus de l'effervescence croissante à l'intérieur du saloon et derrière lui, dans la rue poussiéreuse, trahissait la tombée imminente de la nuit. L'air était saturé de fumée de cigares et d'éclats de voix masculines.

Las Vegas était une ville très animée sur la piste de Santa Fe ; c'était d'ailleurs la dernière étape avant Santa Fe. Avec autant de passage — marchands, négociants, éleveurs de bétail et militaires venant de Fort Union — il fallait bien s'attendre à trouver des saloons et des cabarets en abondance. Le Mexicain avait dû croire que Logan cherchait simplement à passer du bon temps.

La perspective de retrouver Claire Waters l'emporta sur l'épuisement et il gravit les marches. Il avait chevauché sans relâche, ne s'arrêtant que quelques heures à Fort Sumner pour vérifier l'état de santé de Lester Williams, l'homme qui travaillait pour les parents de Logan au ranch S. R. et qui avait raccompagné Claire chez elle après le bref séjour qu'elle avait passé chez eux. Lester les avait informés par télégramme qu'il était trop malade pour prendre le chemin du retour et Logan avait décidé de rejoindre le vieil homme qui était plus qu'un employé, après avoir travaillé tant d'années dans leur famille. Heureusement, Logan avait trouvé Lester en bien meilleure forme et suffisamment remis des quinze jours de fièvre qui l'avaient cloué au lit pour envisager de rentrer au Texas. Mais Logan s'était inquiété pour Claire… elle était peut-être malade aussi. Et si elle était en train de dépérir à cause d'une mystérieuse maladie, à l'heure qu'il était ?

Les portes battantes du saloon s'ouvrirent avec un grincement strident. Une bourrasque de soie noire et de peau nue percuta Logan de plein fouet. Avant qu'il n'ait pu stabiliser la tornade parfumée, elle tomba sur les fesses avec fracas.

Dans un silence admiratif, le regard de Logan glissa sur cette femme à la silhouette de rêve et au ravissant décolleté qui aurait fait saliver n'importe quel homme. Bien qu'il n'ait jamais été du genre à flirter avec des filles de saloon, l'idée lui parut tout à coup alléchante. Il fut même surpris par l'intensité de cette pensée. Il se pencha pour offrir son aide à celle qui était vraisemblablement une des prostituées dont le Mexicain avait parlé.

— Désolé, miss. Pas trop de mal ?

Il jeta un coup d'œil à l'intérieur du saloon ; il n'aurait pas été étonné de voir arriver un client tout excité qui l'aurait suivie.

Quand la femme leva les yeux vers lui, il reconnut son regard vert et profond. Quel choc ! Ses poumons manquèrent d'air, comme si elle l'avait percuté une seconde fois.

— Claire ?!

Il était stupéfait. La chevelure noire l'avait induit en erreur. Claire Waters avait de longues tresses blondes comme les rayons du soleil.

Elle écarquilla les yeux.

— Logan ? Qu'est-ce que tu fais ici ?

Elle était prise de panique, visiblement.

— Je te cherchais.

Il refoula la violente déception liée à ce que cette tenue et ce déguisement révélaient, à savoir qu'elle n'était pas la femme discrète et réservée qu'il avait rencontrée au ranch de ses parents. En réalité, il ne la connaissait presque pas ; mais il avait tellement rêvé de la revoir ! Il était venu ici rempli d'inquiétude et d'espoir.

— Pourquoi ? Quelque chose ne va pas ? Molly a un problème ?

Ignorant sa main tendue, elle se releva toute seule.

Logan grinça des dents en la regardant lisser à la hâte le corsage qui exposait sa poitrine. Savoir que n'importe qui pouvait reluquer ce qui lui avait semblé quasiment irrésistible un instant plus tôt lui déplut.

Il avança une main vers son visage qu'une longue mèche

sombre dissimulait partiellement, mais elle s'empressa de recoiffer sa perruque elle-même. À contrecœur, il laissa retomber sa main.

— Non, pas de problème, répondit-il. Et Molly va bien. Mais la nouvelle est arrivée au ranch que Lester était malade et je voulais m'assurer que *tu* allais bien.

— Lester est malade ? demanda-t-elle. Je l'ignorais. Il allait très bien, quand il m'a… déposée près d'ici. A-t-il besoin d'une assistance médicale ?

Logan fronça les sourcils. Lester n'avait pas été capable de lui dire où se trouvait Claire exactement. Trois semaines plus tôt, elle avait insisté pour qu'il la dépose aux abords de la ville. Il avait ensuite repris la route pour Fort Sumner, au sud-est. Claire lui ayant assuré que tout allait bien, que sa maison se trouvait à peine un peu plus loin, il l'avait laissé partir. Il n'était pas sûr d'avoir bien fait, mais peu après, il s'était mis à frissonner et à trembler. Il avait tout juste réussi à tenir à cheval, avant de succomber à la fièvre.

Logan aurait dû accompagner Claire lui-même jusqu'à Las Vegas, mais elle avait décidé de rentrer chez elle au pire moment : son père et tous les gars du ranch se préparaient pour le rassemblement du printemps et Logan ne pouvait pas leur faire faux bond.

— Non, il s'en sort bien.

Sans comprendre pourquoi, il fut à la fois touché et agacé par l'inquiétude qu'elle manifestait envers Lester. Il se sentit étonnamment jaloux.

Claire le fixait, accoutrée de son affreuse perruque noire. Logan trouvait sa robe si moulante qu'il se demandait s'il faudrait la découper pour la lui enlever. Serait-il volontaire pour le faire ?

Jurant dans sa barbe, il hésita un moment sur la marche à suivre. Claire était une prostituée, ça ne faisait aucun doute. Il aurait pu se montrer compréhensif ; de nombreuses femmes vendaient leur corps pour survivre. Mais il avait du mal à encaisser le fait que d'autres hommes l'aient touchée.

— Tu es seul ? demanda-t-elle.

— Ouais. Cale a fait le voyage avec moi jusqu'à Fort Sumner, mais il a ensuite poursuivi sa route vers l'Arizona.

Il n'avait revu Cale Walker que très récemment, au Texas. À l'époque, ce dernier était parti rejoindre l'armée en même temps que Matt, le frère de Logan. Il avait ensuite continué à sillonner les mêmes territoires, mais comme chasseur de primes et non plus en tant que soldat de l'armée américaine, quand Logan avait quitté son poste de shérif à Virginia City pour rentrer chez lui, plus d'un an plus tôt. Les deux hommes avaient été réunis deux mois auparavant, en découvrant que Cale était en réalité le frère de Molly Hart, la belle-sœur de Logan.

— J'espère qu'il va bien, dit Claire.

Logan opina du chef.

— Tu as fait tout ce chemin pour me retrouver ?

— Je suis venu voir comment allait Lester.

Il soutint son regard inquiet, encadré de cils noirs en dépit de la blondeur naturelle de ses cheveux. Il avait oublié combien elle était jolie et à quel point il avait apprécié les dîners qu'ils avaient partagés, au ranch, simplement parce qu'elle était assise en face de lui.

— Et voir comment tu allais, toi.

Le fixant toujours, elle entrouvrit ses lèvres gracieuses, comme pour dire quelque chose… mais à l'évidence, elle hésitait.

Elle sursauta en entendant un rugissement provenant d'hommes qui se disputaient autour d'un jeu de cartes.

— Quelqu'un t'importune ? demanda Logan.

Portant une main à sa poitrine, elle sembla désorientée.

— Non. Qu'est-ce qui te fait dire ça ? En fait, je suis

vraiment pressée. J'ai été ravie de te voir. Embrasse bien Molly pour moi !

Elle passa à côté de lui d'un pas précipité et disparut à l'angle de la bâtisse.

Choqué par son départ soudain, Logan fixa l'endroit où elle s'était comme évaporée.

Sachant qu'il ne pouvait pas rentrer chez lui avec de si maigres nouvelles — Molly lui botterait les fesses de ne pas avoir prolongé sa visite, même s'il ne savait pas du tout comment lui révéler la situation de Claire — il se lança à sa poursuite. Il faillit tomber à la renverse lorsqu'elle débarla à cheval, à l'angle du saloon.

— Qu'est-ce que tu fais ?! demanda-t-il. Molly va vouloir un peu plus de ta part qu'un simple *bonjour, au revoir* !

— Je ne veux pas être impolie, répondit-elle en essayant de maîtriser son hongre, le vieux cheval semblant plutôt nerveux. Mais à l'intérieur, une des femmes est mal en point. Je dois aller chercher de l'aide.

— Mal en point… c'est-à-dire ?

S'il mettait les pieds là où il ne devrait pas, ce ne serait pas la première fois…

— Elle est malade. Elle perd du sang.

Claire balaya rapidement du regard la rue et le saloon. Elle paraissait s'inquiéter d'être vue et Logan se demanda pourquoi. Son affreuse perruque noire ajoutait à l'intrigue… la femme à l'intérieur n'était peut-être pas la seule à être en détresse.

— Son état dépasse mes compétences, ajouta Claire. Il faut que j'aille chercher quelqu'un.

— Le médecin de la ville ?

Logan pouvait s'en charger. Mais Claire secoua la tête.

— Il ne viendra pas ici. Aucun docteur ne viendra. Je connais une Indienne qui vit dans les collines. Elle nous aidera.

— Je t'accompagne.

Il détacha Storm. La jument baie réagit promptement, malgré le long voyage qu'elle venait d'endurer.

— Tu n'es pas obligé, répondit Claire. Je suis allée là-bas des centaines de fois.

— Avec la tenue que tu portes, il serait étonnant qu'aucun ennui ne te fasse retomber sur ton joli derrière ! Je pense qu'une fois suffit pour ce soir.

Il sauta en selle.

— Après toi !

Il ne pouvait en être sûr, mais il lui sembla voir une étincelle de gratitude dans le regard de Claire, lorsqu'elle comprit qu'il ne changerait pas d'avis. Elle hocha la tête et talonna son cheval qui partit au galop. Il la suivit dans les allées sombres, derrière Pacific Street, pour déboucher rapidement dans les étendues sauvages où trônaient les montagnes Sangre de Cristo, éclairées par la lune.

QUELLE QUE FÛT LEUR DESTINATION, ce n'était pas la porte à côté. Logan avait du mal à relever mentalement des points de repère, car tout se ressemblait ; des rochers éparpillés et d'occasionnels bouquets de cactus se succédaient au milieu d'un nombre infini de pins et de genévriers, dont les branches lui écorchaient les bras et les jambes. Pour lui, ce n'était qu'une vague nuisance, mais il pensait au piteux état dans lequel serait Claire à la fin de cette chevauchée précipitée vers le haut des collines. Sa tenue légère le faisait divaguer… sa robe de cabaret remontait sur ses cuisses fines habillées de bas rouge sombre qui les rendaient encore plus séduisantes. Mais elle poursuivait son but avec une inébranlable détermination.

Logan divagua un moment, se remémorant leur rencontre. Elle était arrivée au ranch S. R. avec Molly Hart — dont les parents avaient été de vieux amis des Ryan. Dix ans plus tôt, une terrible attaque du ranch des Hart avait coûté la vie à Robert et Rosemary Hart, et selon toute évidence, à leur cadette également, la fameuse Molly. L'épouvantable découverte du corps d'une petite fille, mutilé et brûlé au point de ne plus être identifiable, avait laissé peu d'espoir à Logan et à sa famille. Mais un coup du sort avait épargné Molly qui était tombée entre les mains des Comanches avec qui elle avait vécu de nombreuses années, avant de pouvoir rentrer chez elle. Les parents de Logan l'avaient alors accueillie à bras ouverts, comme leur propre fille enfin revenue, et son frère, Matt, en était tombé fou amoureux — il avait surpris tout le monde en renonçant à son passé indépendant de Texas Ranger pour l'épouser. Mais le retour de Molly avait eu un tout autre impact dans la vie de Logan, celui de lui faire rencontrer Claire.

Molly n'avait pas tari d'efforts pour retourner au Texas et rentrer chez elle, où elle n'était pas revenue depuis dix ans, voyageant seule et traversant notamment le territoire du Nouveau-Mexique. Par chance, elle tomba sur Claire dans un arroyo désert des environs d'Albuquerque, battue et laissée pour morte. Elle la soigna et, dès qu'elle fut requinquée, l'emmena avec elle au Texas.

Logan avait appris cette histoire de la bouche de son frère — Claire n'en avait jamais parlé, durant les rares moments qu'ils avaient partagés, et il n'avait jamais voulu se montrer indiscret. Après leur première rencontre assez gênante, Logan avait compris qu'elle reste sur ses gardes.

La première nuit que Molly et Claire avaient passée au ranch S. R., la mère des garçons Ryan avait installé Claire dans la chambre de Logan en pensant qu'il ne reviendrait pas avant le lendemain matin. Il était parti vers le sud pour chercher du bétail sur la crête et s'était quasiment résigné à passer la nuit à la belle étoile ; mais, tard dans la nuit, il était rentré à la maison, se réjouissant à l'idée de dormir dans un bon lit et de prendre au réveil un gros petit-déjeuner. Comme à son habitude, il s'était mis au lit nu comme un vers. Quelle surprise alors d'y trouver le corps chaud d'une femme occupant sa place ! Claire l'avait repoussé avec la vivacité d'un puma, ce qui avait affolé Logan. Mais, en toute honnêteté, elle avait attiré son regard comme aucune femme ne l'avait fait depuis longtemps.

À ces souvenirs, une question lui vint à l'esprit. Pourquoi le comportement de Claire, au Texas, était-il en contradiction avec le fait de se promener par ici habillée comme une prostituée ? Avant de retourner au ranch de ses parents, Logan demanderait à cette beauté aux cheveux noirs de s'asseoir avec lui pour avoir une conversation à cœur ouvert. Il voulait, avant toute chose, comprendre pourquoi rien de tout ça ne tenait debout.

La perruque s'arracha d'un seul coup de la tête de Claire et resta suspendue à la branche d'un arbre. Logan l'attrapa sans peine en passant à côté. Quand Claire se retourna, visiblement affligée, il la remua pour la lui montrer.

— Je l'ai ! dit-il, heureux de revoir enfin sa chevelure blonde remontée en un chignon serré.

Il aimerait tant voir ses cheveux lâchés, au moins une fois, avant de repartir… ! *Ouais, autant attendre que les poules aient des dents !* Il ferait mieux de brider ses élans envers cette fille. Il avait appris de Dee Griffin, son ex-fiancée, que les bonnes intentions ne faisaient pas toujours bon ménage avec les femmes. Malgré tous les efforts qu'il avait faits pour la satisfaire, elle l'avait quitté sans même un au revoir — ni même un « va te faire voir ! » Tout aurait été préférable à son silence et à sa lâcheté, quand elle s'était enfuie au bras d'un autre.

Les chevaux sortirent d'entre les arbres et débouchèrent dans une clairière verdoyante. Une petite maison en adobe se trouvait à son extrémité. De la fumée s'élevait d'une cheminée et une pâle lueur vacillait derrière la seule et unique fenêtre voilée. Claire mit pied à terre avant que son cheval ne se soit complètement arrêté. Ses bottes sophistiquées aux talons d'une taille démesurée se plantèrent dans la terre, la faisant tomber à la renverse en criant de surprise. Avant que Logan n'ait pu descendre de cheval pour l'aider, elle s'était déjà relevée et claudiquait vers la maisonnette.

— Tia ? Tu es là ?

Claire frappa à la porte qui s'ouvrit au moment où Logan arrivait derrière elle.

Une petite Indienne robuste les accueillit, les sourcils froncés.

— Tia, Dieu merci ! dit Claire précipitamment, tout essoufflée.

La femme inspira un bon coup.

— *Palomita* ? C'est bien toi ? Tout le monde te dit morte !

Claire hocha la tête rapidement.

— Je sais.

Visiblement bouleversée, Tia posa une main sur la joue de Claire.

— Oh, mon enfant… j'ai prié pour que *Sin-o'-Wap* s'occupe de ton esprit, pour que tu rejoignes le *Terrain de Chasse Heureux*. J'avais le cœur brisé de t'avoir perdue !

Claire se baissa pour prendre la femme dans ses bras.

— Désolée de ne pas être venue te voir plus tôt, chuchota-t-elle. J'avais peur de t'impliquer, que Sandoval ou Griffin me suivent et qu'ils te fassent du mal.

En rendant à Tia son regard chaleureux, elle ajouta :

— C'est un tel sac de nœuds ! Je ne sais plus à qui faire confiance, mais j'ai besoin que tu viennes avec moi. C'est urgent ; je ne serais pas venue, autrement. Ellie perd énormément de sang et je ne sais pas comment arrêter l'hémorragie !

L'évocation du nom de Griffin retint l'attention de Logan, même si l'éventuel rapprochement semblait peu probable. Les jours et les semaines qui avaient suivi le départ de Dee, lorsqu'il était parti à sa recherche, il avait eu du mal à remonter sa piste et avait fini par la perdre à Denver. Il en avait alors eu ras le bol des femmes et de la vie en général. Il était revenu sur ses pas jusqu'au Nevada et avait démissionné de son poste de shérif à Virginia City pour retourner au Texas. Il s'était réfugié chez ses parents pour se changer les idées, grâce au dur labeur quotidien des éleveurs de bovins.

— Comme des règles ? demanda Tia.

— Tout comme, mais en pire. En vraiment, vraiment pire !

La voix de Claire fut avalée par un sanglot.

— *Sì*, je viens !

Tia versa de l'eau sur le feu dans l'âtre voûté de la cheminée ; de la vapeur et un sifflement aigu remplirent la pièce. Puis, la femme s'empara d'un grand sac en cuir. En sortant de la maisonnette, elle remarqua Logan.

— Et toi, qui es-tu ?

— Logan Ryan, m'dame, répondit-il en inclinant son chapeau.

Tout à coup, le visage de Tia se fendit d'un grand sourire. Malgré les mèches blanches dans les deux nattes noires qui encadraient son visage, et les rides aux coins de ses yeux, elle paraissait jeune, presque frivole. Elle renversa la tête en arrière.

— Ce que tu es grand ! Tu veilles sur *Palomita* ?

Avant qu'il n'ait pu répondre, elle hocha la tête et poursuivit :

— Il est grand temps que quelqu'un veille sur elle. Il était temps que tu arrives !

— Ce n'est pas ce que tu crois, l'interrompit Claire.

Tia sourit.

— Parle pour toi ! dit-elle en tendant à Logan sa main aux doigts boudinés.

— Tu peux m'appeler Tia Anita.

La curiosité de l'Indienne à son égard était manifeste, mais il n'en fut pas gêné. Il ressentit la profonde affection qu'elle avait pour Claire. Il lui serra la main et demanda :

— Avez-vous un cheval ?

— *Sì*, mais il est très lent.

— Tu peux monter avec moi, lui dit Claire en la pressant de la suivre vers les deux montures attendant derrière eux.

Tia balaya l'idée d'un revers de la main.

— Reverend est trop vieux pour nous porter toutes les deux. Regarde-le, il est déjà fatigué ! Il se traînerait jusqu'en ville, et avec un peu de chance, on arriverait dans deux jours !

Logan caressa le chanfrein du cheval. Reverend avait une robe irrégulière et mal entretenue, mais un regard vif, d'un noir profond. Il avait beau, à l'évidence, ne pas avoir l'habitude d'un travail régulier et vigoureux, il y avait quand même une flamme en lui. Logan hocha la tête en silence, d'un air entendu, jaugeant le cheval dont Tia venait de dresser le portrait.

Claire s'entourait de personnes qui n'avaient pas peur de leurs opinions ; peut-être que cette beauté blonde si réservée avait elle aussi de fortes convictions. Logan fut saisi du désir soudain de mieux la connaître. Bien qu'il ait souvent pensé à elle depuis son départ du ranch S. R. et qu'il soit venu là pour la retrouver — ce qu'il ne s'était jusqu'alors pas avoué — la réalité était bien plus compliquée que prévu et il n'avait pas besoin de ça ! Si, au moins, il l'avait revue et l'avait trouvée moins séduisante, moins intrigante et moins intéressante… mais elle l'était malheureusement encore plus.

En plus d'être peut-être une prostituée !

Il avait vraiment le chic pour choisir les femmes… !

— Claire peut monter avec moi, dit Logan en aidant Tia à se mettre en selle sur Reverend.

Puis il grimpa sur Storm, saisit la main de Claire et la hissa derrière lui. Il décrocha la perruque du pommeau, se tourna et replaça la masse noire sur sa tête.

— Merci, murmura-t-elle en ajustant l'accessoire, frôlant ses mains dans la manœuvre.

— Tu es plus belle en blonde.

L'expression confuse de Claire, résultat d'un simple compliment, le fit sourire. Il se retourna pour regarder à nouveau devant lui. Elle n'avait pas du tout le comportement d'une fille de saloon. Pour la première fois depuis qu'il l'avait revue, il ressentit une lueur d'espoir… peut-être que les apparences étaient trompeuses.

— Tu connais le chemin ? lui demanda Tia.

— Vous feriez mieux de passer devant, répondit-il.

Il ne voulait pas risquer de faire fausse route. En ce qui concernait cette Ellie, chaque minute comptait, sans aucun doute.

— Accroche-toi, dit-il à Claire.

Il lui prit les deux mains et l'attira tout contre lui. C'était pour sa sécurité, voilà ce qu'il se dit.

Et si ça, ce n'était pas un ramassis de conneries, alors qu'est-ce qui l'était ?!

CHAPITRE DEUX

En entendant les cris remplir la pièce exigüe, Claire eut un frisson dans le dos. Ellie Hicks sanglotait en suffoquant ; ses larmes ruisselaient sur son visage et se mélangeaient à la sueur qui recouvrait tout son corps. Loin d'être une petite fleur fragile, la quarantaine passée, Ellie était endurcie par les nombreuses années à vendre son corps à tous les hommes qui se présentaient. Claire n'avait jamais vu cette femme si solide et impassible être ainsi brisée. La masse emmêlée de ses cheveux roux et grisonnants se collait à ses joues et dans son cou. Et ce sang… ! Bon Dieu, il y en avait partout !

Claire ferma les yeux un instant pour garder son calme. Quelle aide pourrait-elle apporter à Tia, si elle cédait à la panique ? Son rêve le plus fou était de devenir médecin, et sa réaction face à l'état d'Ellie était consternante.

— Il nous faut d'autres langes, dit Tia.

— Cette douleur… gémit Ellie en reposant sa tête sur l'oreiller.

Même ses lèvres étaient exsangues.

— Est-ce que je vais mourir ? demanda-t-elle en pleurant.

— Chut… dit Tia pour la faire taire. Tu ne mourras pas cette nuit.

Claire trouva Betsy Williams dans le couloir.

— Il nous faut plus de langes, dit-elle à la jeune femme brune.

— Est-ce qu'elle va s'en remettre ? demanda Betsy, les yeux ronds d'inquiétude.

Cette fille était au White Dove depuis cinq mois ; elle servait à boire et participait à l'entretien général du saloon. La mère de Claire tenait à ce que toutes les filles finissent par satisfaire les clients à l'étage, mais Claire se demandait si Betsy avait vraiment le tempérament adéquat pour ça et Maggie Waters semblait s'assouplir avec l'âge. Auparavant, elle n'avait épargné qu'une seule fille entre toutes, et c'était Claire elle-même.

Lors de son seizième anniversaire, Claire avait craint de devoir suivre le chemin qui était tout tracé devant elle en gagnant sa vie comme les autres filles ; mais sa mère, au vu de ses compétences en matière de santé et de remèdes médicaux, lui avait donné un sursis. Ces trois dernières années, Claire avait fait de son mieux pour soigner les femmes du White Dove. Récemment, sa mère lui avait reproché d'en faire autant pour n'importe quelle prostituée se pointant à la porte.

Claire posa une main sur le bras de Betsy.

— Je l'espère. Tu peux nous apporter des langes ?

La fille acquiesça et revint rapidement leur en fournir.

— Si je peux vous aider…

— Je te le dirai, répondit Claire. Il vaut mieux que tu retournes t'occuper des clients avec les autres filles, en bas. Il ne faudrait pas qu'ils s'inquiètent.

La vérité, c'était qu'avec seulement Louisa Pérez et Alice May pour leur proposer de quoi les divertir en fin de soirée, les clients ne se pressaient plus autant à la porte que par le passé. Claire ne pouvait que se rendre à l'évidence : avec Ellie hors-service et Maggie partie, ils allaient trouver ailleurs ce qu'ils cherchaient. Southern Charm n'était qu'à quelques mètres plus bas, dans la rue, et Belle Mason, la tenancière, employait une bonne douzaine de filles.

Claire ferma la porte, puis aida Tia à changer Ellie, empilant les langes et les vêtements ensanglantés dans un coin. Le matelas était fichu, mais elles le couvrirent malgré tout avec de nouveaux tissus. Pendant que Tia s'y affairait, Ellie s'agrippait douloureusement aux épaules de Claire.

— Je pense qu'elle perd le bébé. Son corps fait tout ce qu'il peut, mais pas assez vite, dit Tia à voix basse, après avoir emmené Claire à l'autre bout de la chambre.

Elle se pencha en avant, s'empara d'une bourse en cuir dans sa sacoche et la tendit à Claire.

— Prends cette *cuipa de sabina* et prépare du thé. Ça aidera à faire sortir le bébé. Elle saigne trop. Le temps presse !

Claire hocha la tête et quitta la pièce. Elle emprunta l'escalier de service qui menait à la cuisine, soulagée d'éviter la salle, en bas, malgré le faible nombre de clients. Louisa, qui représentait un des meilleurs atouts du White Dove, avec son charme exotique de Mexicaine et ses talents derrière les portes closes, s'était plainte plus d'une fois de la baisse de clientèle. Les jours passant, les finances inquiétantes de l'établissement — sans compter l'absence Maggie — pesaient de plus en plus lourd sur les épaules de Claire. D'après les filles, sa mère avait emmené Jimmy, son petit frère, à Cimarron. Un voyage dans le nord n'était pas chose inhabituelle et Claire avait fait profil bas en attendant leur retour ; elle voulait expliquer à sa mère en tête à tête la raison de sa si longue absence.

Elle refoulait la pointe d'amertume qu'elle éprouvait envers sa mère, qu'elle tenait en partie responsable de l'abus de pouvoir de Sandoval, ce jour-là. Le souvenir de cet homme la traînant derrière lui et de Jimmy qui, du haut de ses huit ans, hurlait en essayant bravement de la sauver contre un groupe armé, la bouleversait encore.

En entrant dans la cuisine, elle jeta un coup d'œil à ses mains. Les voir maculées de sang, avec les ongles bordés de lignes sombres, la perturba. Elle se sentit gagnée par la peur et se demanda si elle serait capable de devenir médecin. Les hommes qui, en ville, avaient mis une plaque sur leur porte et soignaient toute la population n'avaient sûrement pas des mains qui tremblaient comme des feuilles dans la tempête. Refoulant ses larmes, elle prit une profonde inspiration.

La cuisinière était déjà chaude ; Claire l'avait chargée en bois un peu plus tôt, voyant que la situation d'Ellie empirait. Elle frotta ses mains du mieux qu'elle put avec du savon et une brosse à poils durs, éclaboussant le plan de travail en bois, autour de la bassine. Elle attrapa à la hâte un torchon blanc accroché au mur et se sécha les mains. Elle s'empara d'une grande marmite sur une étagère et la remplit avec l'eau d'un seau posé près de la porte de service. Elle peinait à la soulever, quand une main masculine surgit de derrière et la délesta immédiatement de sa lourde charge. Claire sursauta et se retrouva nez à nez avec Logan et ses yeux bleu-vert. Elle sentit son cœur s'emballer.

— Comment va Ellie ? demanda-t-il.

Claire le regarda soulever et poser sans effort la marmite sur la cuisinière en fonte. Il ouvrit la porte sur la façade avant pour vérifier la force des flammes à l'intérieur et piocha plusieurs morceaux de bois entassés dans un coin qu'il ajouta au feu.

— Elle va mal, répondit Claire.

Sa voix lui sembla différente, plus profonde et plus méfiante que d'habitude, et elle se demanda pourquoi. Elle se sentait à bout, à tous les niveaux, et la soudaine attention de Logan menaçait de la faire craquer.

Il l'avait surprise en haut des marches du saloon de sa

mère, habillée comme une de ces femmes qui passent le plus clair de leur temps à l'horizontale — ou assises bien droites, à en croire Louisa. Cette pensée la fit rougir. Elle n'avait aucune connaissance personnelle en la matière, mais vu la façon dont Logan la regardait, à l'évidence, il croyait le contraire.

La honte qu'elle ressentit était étrangement mêlée d'un violent désir d'explorer le corps de cet homme comme Louisa et les autres filles prétendaient le faire avec leurs clients réguliers. Cette envie fut si forte qu'elle se sentit chanceler. Elle recula et s'agrippa au bord de la seule et unique table de la pièce.

Quel genre de fille Logan choisissait-il pour le divertir ?

Grand et large d'épaules, il prenait presque toute la place dans la cuisine. Elle avait vraiment cru ne jamais le revoir, ce qui l'avait tourmentée plus d'une fois, depuis son retour du Texas.

Il avança vers elle ; son chapeau couchait une ombre sur son visage à la fois familier et impénétrable. Elle se souvenait bien de la façon dont ses cheveux bruns ondulaient légèrement à la base de sa nuque. Parfois, au ranch S. R., elle l'avait surpris qui l'observait, et devant son regard, son esprit s'était mis à divaguer vers de toutes nouvelles perspectives.

Il s'approcha tout près d'elle et leva une main vers sa joue. Instinctivement, elle se pencha en arrière.

— Tu as du sang sur le visage, dit-il calmement.

De son pouce, il frotta doucement une tache près de son nez. Elle sentit la chaleur de sa peau.

Incapable de parler, Claire fixait le col bleu marine de sa chemise, dont les premiers boutons s'ouvraient sur la peau bronzée de son torse et sur une toison de poils qui s'étendait probablement plus bas — ce qu'elle ne pourrait sûrement jamais vérifier.

Il baissa la main et saisit délicatement une mèche de

cheveux noirs qui suivait le galbe de son épaule. Cette perruque lui grattait la tête à en devenir folle !

— Il faut qu'on parle, dit-il.

L'eau se mit à bouillir dans la marmite, projetant une épaisse colonne de vapeur au-dessus de la cuisinière. Claire se précipita vers elle, mais Logan, la devançant, lui prit le torchon des mains et souleva la lourde cocotte. Elle s'empara d'une théière en porcelaine blanche avec des gestes maladroits qui firent vivement cliqueter le couvercle. *Fichues mains tremblantes !*

Elle déposa une poignée des copeaux de cèdre que Tia lui avait donnés dans un morceau d'étamine qu'elle noua n'importe comment, avant de le plonger dans la théière. Elle attendit que Logan y verse l'eau bouillante en se tenant à bonne distance, pour éviter de le toucher accidentellement. Cherchant une occupation, elle dénicha un vieux plateau en bois et posa dessus une tasse en étain, puis l'infusion.

— Ça peut durer encore longtemps… dit-elle en jetant un coup d'œil à Logan.

Pourquoi sa présence mettait-elle autant ses nerfs à vif ?!

— J'attendrai.

Elle faillit lui dire qu'il ne devrait pas, qu'il avait sûrement mieux à faire que de rester ici à l'attendre, mais elle ne voulut pas perdre un temps précieux. Ellie avait besoin de l'infusion.

Elle hocha la tête, souleva le plateau et quitta la cuisine, sentant que Logan la suivait des yeux. Elle était ravie de le revoir, mais d'un autre côté, elle se sentait complètement perturbée par ses propres réactions.

Lorsqu'elle entra dans la chambre d'Ellie, toutes rêveries à propos du regard sombre et de la carrure massive de Logan s'envolèrent face à la dure tâche qui l'attendait : faire accoucher cette femme de son enfant mort-né.

QUELQU'UN TOQUA doucement à la porte, réveillant Claire. Elle s'était endormie, épuisée, dans un fauteuil tout près d'Ellie. Elle se pencha tout de suite vers le lit ; heureusement, la femme dormait toujours. Elles avaient bandé son ventre plusieurs heures plus tôt et ça avait l'air de fonctionner : l'hémorragie avait cessé. Tia dormait par terre au pied du lit, près de la fenêtre ; Claire l'avait localisée à son léger ronflement. Elle était allongée à plat, sur le dos, position qui paraissait terriblement inconfortable. À travers des rideaux blancs usés, un ciel bleu annonçait l'arrivée d'un jour nouveau.

Louisa passa la tête dans la pièce.

— Ellie... elle va mieux ?

Claire frotta sa nuque encore raide, se demandant comment Louisa arrivait à être aussi jolie et fraîche dès le matin, avec son regard vif d'un noir de jais et son teint irréprochable. Cette Mexicaine aux cheveux noirs ne s'était vraisemblablement pas couchée — sauf avec ses clients fidèles — vu qu'elle portait toujours la même tenue que la veille : une robe en soie rouge qu'elle avait confectionnée elle-même et qui mettait en valeur sa peau brune. Elle avait également dessiné et fabriqué la robe noire ajustée que portait Claire — et qu'elle avait hâte d'enlever.

En se levant, les yeux de Claire tombèrent une fois de plus sur le décolleté plongeant qui mettait sa poitrine en valeur, même si sa peau pâle contrastait largement avec celle de la belle et voluptueuse Mexicaine. Tout au fond d'elle, d'une façon à peine consciente, elle avait aimé se faufiler dans ce déguisement qui lui avait fait prendre conscience d'être une femme, parée des mêmes attributs que n'importe quelle autre. Sa vision du corps humain était limitée : soit elle l'envisageait sous un angle médical, soit comme un outil pour satisfaire les hommes. Elle n'avait jamais considéré ses propres formes comme quelque chose de beau ou de désirable. *Logan l'avait-il trouvée séduisante ?*

Ce qu'il pensait d'elle ne devrait pas avoir d'importance.

— Oui, répondit-elle.

— Désolée de t'ennuyer, mais tous les clients sont partis… sauf un ; et il demande qu'après toi.

Louisa secoua la tête en pinçant ses lèvres généreuses.

— Je lui dis tu ne prends aucun client cette nuit, mais il part pas. Je lui propose de venir avec moi, encore et encore, mais il dit non. Je pense… ajouta-t-elle avec un sourire faussement timide, il faut que tu rends la robe.

Fatiguée, Claire ne retint que deux choses : Logan était toujours là et Louisa lui faisait du charme, ce qui lui inspira un incroyable sentiment de jalousie. Elle n'avait jamais été envieuse du corps voluptueux de Louisa ni de son aisance sexuelle, mais l'imaginer s'occuper de Logan l'inquiéta.

Elle passa près d'elle puis s'arrêta sur le pas de la porte.

— Tu es sûre qu'il est seul ?

— *Sì*. Mais tu vas pas comme ça. Il faut ta perruque.

Claire hocha la tête ; elle ne voulait pas lui expliquer pourquoi elle n'en avait pas besoin.

— Envoie-le dans la chambre de Maggie.

Louisa lui lança un regard étonné, mais Claire décida de ne pas réviser son interprétation.

Elle aurait pu rejoindre Logan en bas, dans le saloon, mais instinctivement, elle sentait qu'ils seraient mieux en privé. Elle n'aurait pas à se disputer son attention avec Louisa. Ils auraient pu discuter dans la chambre qu'elle occupait derrière le White Dove, dans un cabanon que Maggie leur avait construit, à elle et Jimmy. Mais l'idée de l'inviter dans son espace personnel la mettait mal à l'aise.

Elle traversa le couloir et entra dans la chambre de sa mère. Une couche de poussière recouvrait le bureau et les tables de nuit. Le lit était fait au carré et une parure blanche en dentelle le recouvrait. Elle détacha ses cheveux et se gratta le crâne, se demandant quoi dire à Logan. Elle pourrait tout lui expliquer

— toute sa fichue vie, en fait — mais elle doutait qu'il ait envie d'en entendre autant. Mieux valait en dire le moins possible. Logan allait sûrement repartir au Texas d'une minute à l'autre.

Par la porte entrouverte, elle entendit ses bottes fouler le parquet. Son cœur se mit à battre plus vite.

Logan toqua à la porte ouverte, ôta son chapeau et entra dans la chambre. Claire était assise sur une chaise, au pied du lit. Elle portait toujours la même robe noire moulante ; ses épaules dénudées et le galbe de ses seins attirèrent son attention, lui faisant l'effet d'une brise alléchante par une chaude journée d'été. Avec ses longs cheveux lui arrivant à la taille et malgré la tenue qu'elle portait, elle était l'incarnation de la simplicité et du naturel, d'une femme capable de combler un homme en le connectant à la vie au sens le plus fondamental du terme. Cette vision le déboussola, alors même qu'il se mettait à compter mentalement l'argent qu'il avait sur lui, se demandant combien elle pouvait prendre. Merde, il était mal barré !

— Tu es encore là, je n'en reviens pas ! dit-elle.

La lumière du soleil se déversait par la fenêtre derrière elle et illuminait ses cheveux d'une lueur dorée. Son vœu de les voir détachés venait d'être exaucé. Combien d'autres souhaits pourraient-ils encore l'être ?

— Ouais, bon, d'habitude, je ne traîne pas dans des saloons toute la nuit.

Il ferma la porte, s'y adossa et croisa les bras.

— Comment va ton amie ?

— Je pense qu'elle va s'en sortir. Il faut vraiment que tu dormes, toi aussi. Tu as fait la route d'une traite, depuis le Texas ?

Il acquiesça et remarqua les cernes sombres sous les yeux de Claire. Elle aussi avait besoin de repos.

— Comment va ta famille ? demanda-t-elle.

— Tout le monde va bien. Matt et Molly se sont mariés.

— Vraiment ? demanda-t-elle, les yeux écarquillés.

Un sourire se dessina sur les lèvres de Logan.

— C'était une évidence, eux deux ; ils ont juste mis du temps à s'en rendre compte.

Une certaine mélancolie passa sur le visage de Claire.

— Je suis vraiment heureuse pour eux.

— Et ici, c'est quoi, l'histoire ? As-tu toujours travaillé dans un lieu pareil ?

Le sourire de Claire s'évanouit.

— Je suis au White Dove depuis toute petite.

Choqué, Logan ne sut quoi dire. Il avait eu son lot d'expériences avec des filles de joie, pendant ses gardes à Virginia City — la ville minière était envahie de saloons, de guinguettes et de bordels — mais il n'était pas mieux préparé pour autant à encaisser le fait que Claire avait vécu, *et vivait toujours*, une vie pareille.

Il fit un effort pour penser à autre chose. À sa sécurité.

— Tu as des ennuis ?

— Pourquoi cette question ?

— Simple intuition.

Claire passa une main dans ses cheveux en le regardant avec un grand sérieux.

— Je vais aussi bien que d'habitude.

Elle ouvrit les bras devant elle pour désigner leur environnement.

— Je sais ce que tu dois penser.

— Tu n'as aucune idée de ce que je pense, répondit-il en se demandant pourquoi elle l'émouvait à ce point. Il ne ressentait pas qu'une attirance physique, même si Dieu savait combien elle lui faisait tourner la tête, avec la rondeur de ses seins, la cambrure de sa taille et ses cheveux blonds. Il y avait autre chose ; il sentait qu'il fallait dépasser les apparences pour la comprendre. Il devrait l'inciter à tout lui raconter — pourquoi elle se prostituait, pourquoi elle continuait de vivre une vie pareille, pourquoi elle avait des ennuis. Mais avait-il vraiment envie de rentrer autant dans son intimité et risquer d'y laisser son cœur à nouveau ? Le bon sens lui répondait que non.

— J'espère que tu… seras discret, en racontant à tes parents ta visite ici, dit-elle. Ils ont été si gentils avec moi…

— Tu pourrais revenir au Texas, dit-il.

Les mots étaient sortis de sa bouche avant même qu'il y réfléchisse.

— Je suis sûr que Molly serait contente de te revoir, et ma mère pourrait t'aider à trouver une activité.

Une brève expression de stupeur passa sur le visage de Claire, rapidement cachée par un regard vitreux et un air de regret. Si Logan n'avait pas été précisément en train de l'observer, il ne l'aurait même pas remarqué.

— Merci pour ta proposition, dit-elle lentement. Mais je dois rester ici.

Quand elle se leva, l'attention de Logan glissa spontanément vers le lit. Poursuivre cette rencontre entre les draps, pourtant, ne ferait qu'empirer les choses. Il le savait. Mais il ne pouvait s'empêcher d'y penser.

— Tu vas partir aujourd'hui ? demanda-t-elle.

— Je suppose, oui.

Il n'avait aucune raison de rester, si ce n'était la femme qui se tenait devant lui.

— Tia doit être réveillée, maintenant ; je vais devoir la ramener chez elle.

Claire se rapprocha de lui, mais il éprouva une vive déception en la voyant mettre la main sur la poignée de la porte. Il avait cru qu'elle allait le toucher. *Bon sang, je dois être plus fatigué que je le croyais !*

— Je vais la raccompagner, dit-il.

Ses mots stoppèrent Claire dans son élan — petite victoire

qui l'immobilisa tout près de lui et lui offrit quelques secondes supplémentaires pour mémoriser les nuances incroyables de ses yeux verts.

— Tu as l'air épuisée. Tu devrais te reposer.

L'envie de l'embrasser était presque irrésistible.

— Et tu seras toujours la bienvenue au ranch S. R.

Les yeux de Claire se remplirent de larmes et il aurait porté une main à son visage, si elle n'avait pas détourné la tête.

— Je te remercie beaucoup pour ton aide avec Tia. Et je t'en prie, transmets à Molly tous mes vœux de bonheur pour son mariage.

Elle saisit la poignée et Logan fit un pas de côté, à contrecœur. Elle releva les yeux vers lui, hésitante.

— Je te souhaite un bon voyage de retour, ajouta-t-elle.

Et pour la seconde fois, Logan la regarda disparaître de sa vie.

CHAPITRE TROIS

— **P**ourquoi appelez-vous Claire « *Palomita* » ?

Logan chevauchait aux côtés de Tia, le long des maisons brunes en adobe qui représentaient la plus grande partie du décor de Las Vegas. Elles avaient souvent des portiques, parfois un étage. La richesse se voyait autant que la pauvreté, et le White Dove était manifestement sur le déclin. En attendant Claire, la nuit passée, il avait remarqué l'état de délabrement du saloon et le peu de boissons proposées au bar. Ce matin, il avait vu les mauvaises herbes et le lierre qui envahissaient la façade de l'établissement.

— La première fois que je la vois, dit Tia en plissant les yeux face au soleil éblouissant du matin ; je vois une petite colombe. Claire, elle était jeune, peut-être huit ou neuf hivers. Je la trouve là-bas.

Elle fit un geste vers les montagnes.

— Elle est tellement calme, immobile… une colombe vient et se pose à côté. Ensemble, elles restent longtemps. Je me dis que c'est bizarre, ça. Mais plus maintenant. Claire est comme ça, toujours. Fermée.

Tia pointa son doigt contre sa tempe.

— Réfléchir. Il y a quelque chose en elle. Ça se voit.

Elle ajouta avec ferveur :

— Ça se *sent*.

Logan jeta un coup d'œil à l'Indienne robuste.

— Peut-être, murmura-t-il.

Tia sourit.

— Pourquoi toi ici, Logan Ryan ?

— Je m'inquiétais pour elle, répondit-il honnêtement. Mais elle n'a pas l'air de vouloir qu'on s'inquiète.

— *Palomita* cache qui elle est vraiment.

— Ouais, dit-il. Comme tout le monde, non ?

Il observa, qui se balançaient dans le vent, les piments verts et rouges suspendus aux poutres en bois des porches des maisons qu'ils dépassaient. Des enfants latinos couraient partout, jouant sous le soleil.

Tia se mit à rire.

— Qu'est-ce qui t'arrive ? Tu viens de loin pour la retrouver ?

— Du Texas.

Tia hocha la tête. Elle ne poussait pas le vieil hongre de Claire pour qu'il accélère le pas. Le rythme lent n'avait pas l'air de la déranger, et Logan se cala sur sa selle. Elle pourrait peut-être l'éclairer un peu sur la situation de Claire. Autant ne pas tourner autour du pot.

— Depuis combien de temps est-ce que Claire se prostitue ?

Tia haussa un sourcil et gloussa.

— C'est ça, le problème entre vous ?

Logan resta sans voix un instant. On aurait dit une banalité, dans la bouche de Tia, alors que c'était loin d'être insignifiant !

— C'était juste une question, répondit-il.

Il passa une main dans ses cheveux et rajusta son chapeau.

Tia pouffa et secoua la tête.

— D'habitude, je mets pas mon nez dans les affaires des autres, et encore moins dans celle de *Palomita* ; mais je ne trouve pas pourquoi elle te repousse. Sa vision du monde est sombre à cause du temps qu'elle passe au White Dove.

Elle se tut un instant pour donner plus de relief à ce qu'elle s'apprêtait à dire.

— Claire ne vend pas son corps.

Elle le piqua au torse avec le bout de son doigt.

— Si tu réfléchis mieux, ton cœur le sait déjà.

Logan souffla de soulagement. Il aurait franchement eu du mal avec l'idée qu'elle puisse gagner sa vie comme ça !

— Alors, pourquoi est-ce qu'elle reste ?

— Maggie Waters, toujours beaucoup d'ambition. Il y a beaucoup d'hivers, elle vient en ville avec sa fille Claire, si jeune et gentille, mais elle a de la sagesse dans les yeux, pas comme une enfant. Maggie n'a pas de mari, alors elle vend son corps et gagne l'argent, mais pas assez à son goût. Bientôt, elle engage des filles et vend leurs corps aussi. Ensuite, elle ouvre le White Dove. *Palomita* est une fille respectueuse, elle reste parce que c'est son devoir.

— Où est Maggie ?

— Trois pleines lunes ont passé depuis qu'elle est retournée à la ville avec seulement Jimmy.

Devant le regard interrogateur de Logan, Tia ajouta :

— Lui, l'autre enfant de Maggie, né ici.

J'ai entendu la rumeur selon laquelle Claire avait des ennuis. Je vais voir Maggie pour savoir, mais elle n'est pas en bon état. Son esprit est en berne et je sais que c'est grave.

— Qui a battu Claire ? Sandoval ? Griffin ?

Tia le fixa, le visage fermé.

— C'est ça l'histoire ?

Le ton monocorde de sa voix ne put cacher la colère qui enflamma son regard.

— Maggie jamais dit.

Tia regarda au loin et marmonna quelque chose d'inintelligible, avant de se retourner.

— À mon avis, c'est Raul Sandoval. Griffin un serpent, mais pas un qui salit ses mains. Je ne demande pas à Claire ce matin, je me réjouis de son retour. Je comprends pas Maggie, mais la mort de Claire a brisé son cœur. Elle part avec Jimmy… je sais pas. Mais je crois qu'elle remercie un dieu auquel elle rend pas grâce pour voir sa fille vivante !

Ils s'éloignèrent de la ville vers les contreforts des montagnes, où Logan suivit Tia sur l'étroit sentier. En arrivant devant sa petite maison, il mit pied à terre et proposa son aide à l'Indienne pour qu'elle en fasse autant. Quelqu'un sortit de la maisonnette.

— Jack !

Tia poussa un cri de joie et se précipita dans les bras de l'homme. Il portait une vieille veste en piteux état, dont la teinte sombre et poussiéreuse brillait sous le soleil ; ses longs cheveux noirs couvraient ses épaules comme une toile d'araignée. Son chapeau noir trop grand cachait presque tout son visage et celui de Tia, tandis qu'ils vivaient des retrouvailles plus qu'amicales.

— Où étais-tu ? demanda-t-il en se penchant en arrière pour la regarder.

— Au White Dove, répondit-elle. Viens, tu rencontres Logan Ryan.

Sans attendre de réponse, elle attrapa Jack par le bras et le traîna jusqu'à Logan qui se tenait discrètement en retrait.

— Tu peux m'appeler *One -Eyed Jack*, dit l'homme en tendant la main, souriant.

Logan la serra.

— Enchanté, monsieur.

Jack avait un œil caché par un morceau de tissu et il sentait l'alcool, mais son regard était chaleureux — et rusé. Un exemplaire de la Bible dépassait d'une poche de son manteau.

Logan eut l'impression que l'image d'un Indien pas très futé et suivant aveuglément les principes de la foi chrétienne était celle que Jack voulait projeter. *Ne jamais montrer qui l'on est vraiment…* Claire semblait dans la même mouvance ; et Logan lui-même avait souvent utilisé cette tactique, lorsqu'il était shérif. Peut-être que Claire et lui n'étaient pas si différents.

— J'ai de bonnes nouvelles, annonça Tia avec un grand sourire. *Palomita* en vie !

Jack la dévisagea, interloqué.

— Tu l'as vue ?

— *Sì*. Saine et sauve. Logan Ryan est ici pour l'aider.

— Oh, alors, jeune homme, dit Jack, me voilà ravi de faire votre connaissance ! Ça nous a brisé le cœur d'apprendre qu'elle avait disparu. Les rumeurs la disaient morte et enterrée.

— Apparemment, répondit Logan. Claire a mentionné le nom de Griffin, hier soir. C'est un homme ou une femme ?

Il repensa à Dee, à sa chevelure brune et à son regard ténébreux. Ses traits s'effaçaient peu à peu de sa mémoire avec le temps, mais certains souvenirs ne faisaient que s'amplifier, en y repensant. Dee avait toujours su couper court aux débats avec ces promesses de frivolités sous les draps qui avaient purement et simplement aveuglé Logan.

— *Señor* Griffin… un homme, répondit Tia. Lui et Raul Sandoval cul et chemise. Tu trouves l'un, l'autre est pas loin.

— Quel est le prénom de Griffin ?

— Frank, dit Tia.

Dee n'avait-elle pas parlé d'un frère nommé Frank ? Possible. Logan n'en était pas sûr.

— Est-ce qu'il a une sœur ? demanda-t-il.

— Une sœur ?

L'Indienne réfléchit un instant.

— C'est possible. Je l'ai vu avec une femme, il y a de nombreuses lunes, mais elle au bras de cette pourriture de Luttrell.

À ces mots, Jack hocha la tête, partageant visiblement le même avis.

Dee avait quitté le Nevada avec un certain Teddy Luttrell. Logan ressentit une poussée d'adrénaline, un peu comme avant, quand il mettait la main sur un fugitif pour le flanquer derrière les barreaux.

— La femme, elle était comment ? demanda-t-il.

— Cheveux bruns, comme Griffin.

C'était la piste la plus solide qu'il ait jamais eue, depuis que Dee s'était volatilisée. Mais il avait tourné la page depuis longtemps et cessé de la chercher… une confrontation aurait-elle encore un sens aujourd'hui ? Les explications qu'elle pourrait lui donner compenseraient-elles la douleur de sa trahison ?

— Tu connais cette femme ? demanda Tia.

Logan hésita.

— En quelque sorte.

Il n'avait pas envie de s'épancher sur le passé.

Tia secoua la tête.

— Si c'est une Griffin, ne perds pas ton temps avec !

Plus facile à dire qu'à faire… mais Logan garda pour lui-même les sentiments partagés qu'il avait à son égard.

— Où est Luttrell, à présent ?

— Mort, dit Jack, sans la moindre inflexion dans la voix. L'année dernière, pendant l'hiver.

Tant pis pour la piste ! Dee devait être loin, depuis le temps.

— Les circonstances de sa mort ne sont pas très claires, dit Jack. Il n'était pas blessé, alors les rumeurs l'ont dit empoisonné. Mais d'après ce que j'en sais, personne n'a été inculpé.

Logan refoula un élan d'inquiétude à l'égard de Dee. Si elle était impliquée dans de sales histoires, elle ne pouvait s'en prendre qu'à elle-même. Comme elle l'avait quitté, ça ne le regardait plus, mais…

— Entre, dit Tia. Je faire du thé pour toi et Jack.

— Je ferais mieux d'y aller, répondit Logan.

— Juste un moment, dit-elle en le tirant par le bras. Viens ! Je dois te montrer quelque chose.

Logan se laissa entraîner à contrecœur dans la maisonnette et ça fit sourire Jack qui les suivait. Une fois à l'intérieur, il attendit que ses yeux s'accoutument à la plus faible luminosité. De nombreux types de paniers en osier étaient stockés sur des étagères, le long des murs. Au sol, près de l'âtre arrondi, il y en avait un en forme de jarre, enduit de résine de pin. Logan se dit qu'il devait faire office de cruche. Il en eut la confirmation lorsque Tia s'en servit pour remplir une marmite en fonte.

Dans un grand panier, près de la porte, il y avait différents articles en cuir, ornés de perles jaunes, bleues et vertes. Logan distingua ce qui ressemblait à des porte-monnaie de tailles variées, des bracelets et des mocassins. Tia les fabriquait sûrement pour les vendre ensuite, en ville. D'après ce qu'il pouvait en voir, c'était un travail d'artiste !

Jack et lui s'assirent sur des couvertures colorées, mélange de bleu, de marron et de rouge, posées à même la terre, pendant que Tia alimentait le feu pour faire chauffer l'eau. Ils gardèrent le silence et, après un moment, elle leur apporta deux tasses en laiton. De la vapeur s'élevait des breuvages ; elle en tendit un à Logan, avant de changer d'avis et de lui présenter l'autre.

— Merci, dit-il.

— Tia… dit Jack avec un ton de reproche. Qu'est-ce que tu fais ?

— Quoi ?

— Quel genre de tisane as-tu donné à monsieur Ryan ?

Tia releva le menton et planta ses mains sur ses hanches.

— Du trillium, finit-elle par répondre. C'est bonne tisane,

se défendit-elle. Ça apporte à *señor* Ryan la chance et en plus, ça protège ses dents.

Logan haussa un sourcil. C'était la première fois qu'une femme se souciait de ses dents. Tout à coup, il eut hâte de finir sa tasse pleine du breuvage amer et de reprendre la route. D'après lui, entre Tia et Jack, ça sentait le roussi.

— Tu ne l'utilises pas comme philtre d'amour ? demanda Jack.

Logan avala de travers.

— Pardon ?!

Il se leva en continuant à tousser.

— Non, répondit Tia en regardant Jack bien en face. C'est pas potion d'amour.

Elle se tourna vers Logan.

— Mais si, c'était… quelle femme te plait ? Et réponds pas cette Griffin !

Logan dévisagea Tia. Il n'avait jamais vraiment douté de lui face aux femmes. Mais ensuite, il y avait eu Dee… et toute intelligence en la matière avait dû disparaître de son esprit ; autrement, comment aurait-il pu ne pas se rendre compte que Tia lui faisait des avances ?

Pour gagner du temps, il demanda d'une voix lente :

— À quelle femme pensez-vous ?

Tia soutint son regard puis fit claquer sa main sur sa cuisse en éclatant de rire.

— *Señor* Ryan, toi drôle de type ! Jack, il pense que *je* le veux !

Elle secoua la tête en gloussant et se pencha vers Logan.

— Moi avec Jack, tu vois. Mais… quoi tu penses de Claire ?

Logan soupira de soulagement avant de répondre franchement, sans réfléchir.

— C'est une femme difficile à oublier.

Tia acquiesça en silence.

— Tiens, lui dit-elle ensuite en lui tendant une petite figurine en bois. Logan la fit rouler dans la paume de sa main. On aurait dit un oiseau.

— Claire la faire quand elle petite, dit Tia. Elle donne à moi, mais je sais c'est pas pour moi. Toi, tu prends.

La sculpture enfantine intrigua Logan, tout comme le lien qu'elle représentait avec le passé de Claire ; mais il ne lui semblait pas juste de la conserver.

— Pourquoi ne pas la lui rendre ? demanda-t-il en essayant de remettre la figurine dans les mains de Tia qui refusa de la prendre.

— Non. Pas pour elle non plus, dit Tia. Tu gardes. Si toi la veux pas, toi la ramènes. Marché conclu ?

Logan réfléchit, puis acquiesça lentement. Tia avait la tête dure et batailler sur le sujet ne valait pas le coup. Claire avait sûrement oublié la sculpture juste après l'avoir donnée à Tia. Il ne s'attarda pas sur ce qu'il ressentit en tenant la figurine — une connexion avec celle qui l'avait réalisée.

— Marché conclu, répondit-il.

Tia sourit.

— Little Dove ouvre enfin ses ailes !

Logan baissa les yeux sur la sculpture à nouveau. Claire n'avait pas ciselé n'importe quel oiseau. C'était une colombe.

C'était déjà la fin de l'après-midi, quand Claire vint encore vérifier l'état de santé d'Ellie. Elle dormait toujours, ce qui était bon signe. Claire descendit le dire à Louisa et Betsy qui nettoyaient les tables avec des chiffons qu'elles trempaient dans des seaux d'eau.

Heureuse de porter à nouveau ses propres vêtements — une jupe mexicaine colorée et une chemise blanche — elle vint chercher derrière le bar un livre de comptes à la couverture en cuir, rangé dans un tiroir fermé à double tour. Elle avait trouvé la clé dans la chambre de sa mère quelques jours plus tôt, et s'était déjà plongée dedans à deux reprises pour essayer d'en déchiffrer les données. Elle s'assit sur un tabouret, posa le livre sur le comptoir et tenta à nouveau d'y comprendre quelque chose.

Lorsque sa mère était partie pour Cimarron en emmenant Jimmy, elle avait confié l'établissement à Ellie, lui laissant moins de cinquante dollars de petite monnaie. Le White Dove avait beau engranger de l'argent tous les soirs, il suffisait d'un rapide coup d'œil aux chiffres pour voir qu'elles auraient très bientôt du mal à équilibrer les comptes. Il n'y avait plus beaucoup d'alcool et pour la première fois, Claire se demanda si un emprunt courait pour la bâtisse, même si rien ne l'indiquait dans le livre. Sa mère avait toujours géré les affaires de A à Z. Même dans le cas présent, Claire se sentait réticente à l'idée de mettre son nez dans la situation financière du White Dove, craignant la réaction de sa mère, si elle revenait. Mais avec Ellie en convalescence à l'étage, elle était la seule à pouvoir se pencher sur les moyens de maintenir le commerce à flot, et c'était urgent.

Inquiète de la récente baisse de la clientèle, Claire regarda les colonnes des recettes et des dépenses en fronçant les sourcils, incapable de comprendre la situation à partir des chiffres couchés sur le papier.

— Pourquoi est-ce que les affaires vont si mal ? demanda-t-elle.

Louisa et Betsy interrompirent leurs tâches.

— Peut-être que les hommes ne viennent plus parce que Maggie est partie, suggéra Betsy.

Claire hocha la tête. C'était bien possible. Sa mère s'occupait personnellement d'une partie de la clientèle. Les attentions prodiguées auraient dû entraîner une certaine fidélité, mais ce n'était apparemment pas le cas.

— Il y a de la concurrence, dans cette ville, dit Louisa. Certains sont plus forts que nous.

Claire se tourna vers elle.

— Le Southern Charm ?

Louisa haussa les épaules.

— Peut-être. Peut-être pas.

Belle Mason profitait-elle de l'absence de Maggie ? Ces deux-là se détestaient profondément ; tout le monde le savait puisqu'elles se querellaient publiquement. La raison exacte de leur animosité n'était pas évidente, du moins pour Claire. Rien d'étonnant : la relation qu'elle avait avec sa mère n'était pas fondée sur la confiance, les confidences et les secrets. Elle ne savait rien de ses intentions et ça la démoralisait. Un désir soudain l'envahit : celui de partir, tout simplement. Elle l'avait déjà fait, quand elle avait suivi Molly jusqu'au Texas ; mais sa conscience et son profond sens du devoir n'avaient pas tardé à la ramener à Las Vegas. Chez les Ryan, elle avait goûté à la vie d'une personne normale, et une part d'elle à présent rêvait de choses simples, comme d'une vraie maison, de respect, d'un homme à aimer. Spontanément, le beau visage de Logan lui vint à l'esprit.

Elle avait déjà dix-neuf ans. Si elle s'éternisait au White Dove, elle n'allait pas tarder à devoir servir à boire, puis monter les escaliers jusqu'aux chambres de l'étage.

Alice May arriva par la cuisine, s'arrêtant net en voyant Claire, visiblement surprise. Sobrement vêtue d'une jupe noire et d'une chemise blanche, elle semblait revenir tout droit de la grande ville.

— Il y a un problème ? demanda Claire.

Alice hésita et lança un coup d'œil à Louisa, qui avait une fois de plus interrompu le nettoyage de sa table.

Du haut de ses trente-cinq ans, Alice était carriériste, d'après ce qu'avait entendu Claire ; elle comptait bien avoir un avenir meilleur. Elle avait un joli visage encadré de cheveux bouclés, blond vénitien, et une silhouette mieux proportionnée que la plupart des autres filles. Alice avait clairement fait savoir que Las Vegas n'était pour elle qu'une étape vers Denver.

— Eh bien… dit-elle, sur la réserve. J'espère que tu ne le prendras pas mal, Claire, mais j'étais en rendez-vous avec Belle.

La suite coulait de source.

— Elle t'a fait une proposition ?

Alice acquiesça.

— Je me sens reconnaissante envers Maggie, mais qui sait quand elle reviendra ? Je ne peux pas refuser de gagner plus d'argent. Et Belle a rénové le Southern Charm. Je suis désolée de dire ça, mais c'est un beau décor !

À une époque, le White Dove était juste un bordel. Pour augmenter le chiffre d'affaires, Maggie l'avait transformé en saloon, cherchant à satisfaire à la fois les hommes qui voulaient boire des coups et jouer entre eux, et ceux qui attendaient autre chose des femmes qui les servaient.

— À ton avis, pourquoi Maggie ne rentre-t-elle pas ? demanda Claire.

— Belle dit que personne ne l'a vue à Cimarron.

— Mais… c'est pourtant là qu'elle a emmené Jimmy, non ?! C'est même toi qui me l'as dit !

Alice leva les mains en l'air.

— Inutile de t'en prendre à moi, c'est ce que Maggie nous a dit avant de partir ! Mais si elle n'est pas à Cimarron et qu'elle n'est pas ici, alors où est-elle ? Écoute, je sais qu'elle n'était plus dans son état normal, quand tu as disparu ; et vu qu'on t'a toutes cru morte, je suis sûre qu'elle aussi. Je ne lui en veux pas d'avoir voulu partir, mais plus les jours passent, plus j'ai l'impression qu'elle a abandonné le White Dove et qu'elle a oublié de nous le dire. Peut-être qu'Ellie proposera de l'acheter, mais je ne vais pas rester coincée là. J'ai juste besoin de quelques mois supplémentaires d'un travail régulier, avant de pouvoir faire mes valises et continuer mon chemin.

Claire ressentit un désagréable pressentiment.

— Où a-t-on vu Griffin et Sandoval, ces derniers temps ?

Alice soupira.

— Eh bien, l'autre jour, Rusty Simmons m'a dit qu'ils étaient à Cimarron. Tu penses qu'il y a un lien ?

Oui, c'était bien son avis, mais elle n'avait aucune envie de partager ses doutes avec Alice ou les autres filles. Elle ne leur avait pas avoué que Sandoval l'avait agressée, et comme elles n'avaient l'air au courant de rien, Claire en avait conclu que Maggie ne leur avait rien dit. Visiblement, sa mère n'en avait parlé à personne, puisque Sandoval était en liberté. Elle devait avoir une bonne raison, pour ne pas l'avoir traîné en justice pour répondre de ses actes ; il fallait qu'elle en ait une ! Claire paniquait à l'idée qu'il puisse en être autrement… que sa mère s'en fiche, tout simplement.

— Je n'en sais rien, répondit-elle. C'était juste une question.

— Tu ne devrais peut-être pas continuer à te cacher, dit Alice. Peut-être que si Maggie te savait là, elle reviendrait.

— Possible.

Claire ne savait plus quoi penser. Si sa mère était impliquée dans des histoires avec Sandoval et Griffin, alors c'était sûrement mauvais signe. En définitive, elle n'aurait jamais aucune influence sur Maggie Waters, mais elle devait penser à Jimmy. Il était trop jeune pour décider de son avenir et elle devait s'occuper de lui, parce que Dieu savait que ce n'était pas le tort de Maggie !

Elle ramassa le livre de comptes.

— Je vais dans ma chambre.

— Encore une chose, dit Alice sans la regarder dans les yeux. Belle veut aussi Louisa.

Claire lança un regard à la voluptueuse Mexicaine, mais Louisa resta impassible. Belle n'était donc pas venue chercher les deux filles ; elles étaient allées d'elles-mêmes proposer leurs services au Southern Charm.

— Je comprends.

Le commerce tombait à l'eau. Claire passa à côté d'Alice, sortit par la porte de derrière et traversa la cour vers son petit chalet, en état de choc. Alice et Louisa étaient les seules prostituées qui travaillaient à temps plein au White Dove. L'état d'Ellie ne lui permettait pas de reprendre du service et à moins que Betsy accepte tout à coup de se déshabiller et d'ouvrir les jambes... Cette image crue la fit grimacer. À présent, la seule qui restait pour sauver l'affaire était Claire elle-même.

Non... non. Elle ne pouvait pas faire ça.

Mais où diable es-tu, Maggie ?!

Une fois dans le cabanon, elle claqua la porte de frustration.

———

— VOUS VENEZ DU TEXAS, *señor* ?

Logan leva les yeux de son assiette remplie de jambon fumé, de pommes de terre et de carottes ; il regarda la femme de type hispanique qui s'adressait à lui.

— Oui, m'dame.

— Je m'appelle *señora* Chavez.

Logan s'essuya les doigts avec une serviette et se leva, avant de serrer la main qu'elle lui tendait. Elle portait une belle robe noire fermée jusqu'au cou par des boutons dorés, et ses cheveux bruns étaient remontés sur sa tête en un chignon soigné. Elle lui sourit poliment.

— Logan Ryan.

— Je suis désolée d'interrompre votre repas, *señor* Ryan, mais je discutais avec mon amie, *señora* Baca, plus bas dans la rue, et elle m'a dit qu'un gentleman arrivé aujourd'hui réclamait les Griffin.

— Oui, c'est exact. Je vous en prie, asseyez-vous.

Il lui présenta la chaise en face de lui.

Il avait passé la journée à chercher des informations sur Dee et son frère, mais n'avait rien trouvé d'extraordinaire. Ils vivaient ici la plupart du temps, mais n'étaient pas là en ce moment. Frank faisait des affaires douteuses dans les environs ; il n'était pas tenu en grande estime, de façon générale. Dee attirait une certaine compassion depuis la mort soudaine de son mari, après les derniers congés d'hiver. Logan s'était arrêté pour manger un morceau à la taverne le Graaf City, et il se demandait s'il tenait vraiment à courir après Dee ou pas. Claire occupait beaucoup ses pensées et il avait très envie de la revoir. Mais quelle raison légitime aurait-il eu de retourner au White Dove, si ce n'était pour boire et jouer ? Il ferait peut-être bien de développer quelques vices !

— Vous êtes de la police ? demanda *señora* Chavez.

— Je l'étais. Maintenant, j'aide mon vieux à élever du bétail au Texas.

— Vous êtes en affaires avec *Señor* Griffin ?

— Non. Je suis un ancien ami de sa sœur. J'espérais pouvoir lui dire bonjour.

Chavez hocha la tête et pianota sur la table. Une jeune fille s'approcha de la table pour prendre sa commande, mais fut renvoyée sur le champ d'un simple geste.

— J'espérais que vous seriez là pour enquêter sur lui. Je ne vais pas y aller par quatre chemins : *señor* Griffin a ruiné mon mari. Et Dee Luttrell, ou Griffin, ou quel que soit le nom qu'elle se donne ces derniers temps, ne vaut pas mieux que les traînées qui font tourner les saloons et les bordels répugnants de cette ville !

Logan prit note du dédain dont cette femme faisait preuve envers le côté malfamé de la ville.

— Vous dites que mam'selle Griffin est une prostituée ? demanda-t-il prudemment.

— Oh, je n'en sais rien ! Probablement pas, elle a l'air d'aimer son petit garçon. Mais elle n'a aucune dignité… alors ça revient au même, n'est-ce pas ?

Dee avait un enfant ? Savoir qu'elle avait poursuivi sa route sans un regard en arrière lui fit mal.

— Êtes-vous sûr de n'avoir aucune juridiction sur ces terres ? poursuivit *señora* Chavez.

Devant son air grave, Logan revint à la conversation.

— Tout à fait sûr, m'dame. N'avez-vous pas exposé votre affaire aux autorités locales ?

Elle jeta un regard alentour, avant de répondre à voix basse.

— *Señor* Griffin les a sous ses ordres ; ne me demandez pas comment, je l'ignore. Aller voir le shérif ne servirait à rien.

— Est-ce qu'un certain Raul Sandoval… serait impliqué, d'une manière ou d'une autre ?

Elle eut un regard horrifié.

— *¡Póngote las cruces!*

Elle se signa, puis murmura :

— *El maldito.*

Secouant la tête, elle ajouta :

— Le diable.

— Savez-vous où se trouvent Frank et Dee Griffin, à l'heure qu'il est ?

Señora Chavez haussa les épaules, les laissant retomber en signe d'impuissance.

— À Cimarron, peut-être. Mais je me fiche bien de leur sort. Peut-être que vous réfléchirez à ce que je vous ai dit et rendrez justice à ceux d'entre nous qui ne méritent pas notre sort.

La mince affaire ! *Dites à votre époux d'arrêter de faire confiance aux hommes malhonnêtes*, eut-il envie de lui dire. Mais lui-même avait eu confiance en Dee, par le passé. Tout le monde pouvait éprouver une foi déplacée.

—J'y penserai, m'dame.

———

CLAIRE PARCOURUT des yeux les étagères au-dessus de son lit, assise dans la seule et unique pièce du cabanon. Ces dernières années, elle s'était procuré plusieurs livres de maths et de latin, après avoir entendu dire que les médecins de l'armée étaient interrogés dans ces matières. Elle avait passé de nombreuses nuits à lire jusqu'à ce que ses yeux brûlent et que sa tête tourne à force d'essayer de déchiffrer les symboles et les formules. Elle se sentait souvent frustrée, mais elle s'acharnait jusqu'à percer à jour leur signification. Elle envisagea un instant de se plonger dans une page de calculs, mais elle manquait de concentration et ses efforts seraient vains.

Elle repensa à Logan, se demandant s'il avait déjà quitté la ville — et sa tête fut envahie d'images déplacées. Elle ne s'était jamais sentie attirée par un homme de la sorte, auparavant. Sa seule présence la perturbait, et ce depuis qu'ils s'étaient rencontrés, au Texas. Dans sa chambre plongée dans l'obscurité, il l'avait surprise en étant nu de la tête aux pieds, déclenchant chez elle une réaction de défense qui l'avait poussée à garder ses distances. Mais maintenant, après tant de nuits blanches à ressasser leur rencontre, elle s'était mise à en rêver, transformant alors la scène… Elle ne s'y voyait pas effrayée, se précipitant pour couvrir son corps et lui sommant de partir. Au contraire, elle lui permettait de rester, ce qu'il acceptait sans piper mot. Dans l'ombre, tiraillée entre la peur et l'excitation, elle s'efforçait de mémoriser chaque centimètre carré de son corps. Mais elle se réveillait toujours avant qu'il ne la touche…

Elle se secoua pour sortir de ses rêveries et se repencher sur la situation. Elle vivait dans un saloon. Socialement, elle ne valait pas mieux que du crottin de cheval. Ouvrir son cœur, même à un ami, ne lui vaudrait que des souffrances — et elle ne pouvait pas se permettre de dépasser le stade de l'amitié. Elle était bien placée pour savoir ce qui advenait des femmes qui couchaient hors mariage !

Le savoir n'atténuait malheureusement pas la peine qu'elle ressentait à l'idée du départ imminent de Logan. Cet homme l'avait complètement chamboulée et elle se demandait si elle parviendrait un jour à s'en remettre.

En parallèle, il y avait le problème plus urgent que causait l'absence de Maggie ; Claire serait obligée de fermer le White Dove dès le lendemain, ou du moins à le faire tourner sans *divertissements*.

Elle pensa à Jimmy. Elle l'avait materné comme son propre fils et non son frère. Si elle était sûre d'une chose, c'était de vouloir le retrouver.

Et pour y parvenir, elle devait se rendre à l'évidence : elle ne pouvait plus se cacher.

À la tombée de la nuit, elle partirait pour Cimarron.

———

LE CRÉPUSCULE TOMBAIT sur la place. Logan était appuyé contre un piquet servant à attacher les chevaux ; il passa son pouce sur la colombe sculptée qu'il tenait dans sa main.

Pourquoi était-il si contrarié à l'idée de s'en aller en laissant Claire derrière lui ?

— Tu as l'air d'un homme qui hésite entre deux chemins.

One-Eyed Jack apparut à ses côtés.

— Je réfléchissais, c'est tout, dit Logan en lui serrant la main.

— J'étais connu pour faire ça aussi, de temps en temps. Tia prétend que c'est ce qui me donnait des migraines.

Jack s'appuya à son tour contre le piquet et croisa les bras.

Ils contemplèrent ensemble le mouvement des hommes et des femmes, des chariots chargés de marchandises et de quelques chiens par-ci par-là.

Cernée de toutes parts par des maisons d'adobe sur un ou deux niveaux abritant des commerces, la place était traversée d'est en ouest par l'artère principale de la piste de Santa Fe. Les bâtisses des environs comptaient différents marchands, deux hôtels, une quincaillerie, la taverne le Graaf City et une banque. Il y avait aussi un saloon avec un billard, à deux pas, mais un seul des saloons de cette ville intéressait Logan.

Un grand moulin à la silhouette originale se dressait au milieu de la place, composé de deux plateformes superposées qui donnaient à la structure une hauteur incroyable. La rumeur courait qu'il avait été utilisé plus d'une fois pour y pendre des hommes. D'après Logan, ce n'était pas difficile à croire — il était lui-même tombé quelques fois sur des lynchages… même s'il était toujours arrivé trop tard pour sauver le type au bout de la corde.

À nouveau, il balaya la place des yeux. Des portiques entouraient les devantures des rez-de-chaussée et même les fenêtres des étages. Les colonnes qui supportaient les porches étaient blanchies à la chaux, ce qui uniformisait les habitations.

Logan jeta un coup d'œil à la foule qui allait et venait dans la rue, devant les vestiges calcinés de plusieurs bâtiments.

— Le Romero Building, dit Jack. Le feu a commencé ici et a brûlé les deux autres maisons, il y a quelques semaines.

— Des blessés ?

Logan remarqua un homme à cheval, drapé dans une

grande étoffe mexicaine et portant un large sombrero tout mou.

— Heureusement, non.

Pas un homme, une femme.

— Putain de merde !

— Je pense qu'ils vont le reconstruire, dit Jack. Le Romero a toujours été célèbre, dans cette ville.

— C'est Claire, là ? demanda Logan.

Le cheval était sans nul doute le vieux Reverend. Il l'avait ramené au saloon le matin même.

Jack regarda dans la même direction en plissant les yeux.

— Quoi, qu'est-ce que tu racontes ? Tia m'a dit qu'elle se cachait jusqu'au retour de sa mère. J'étais tenu au secret ! Hum… fit-il, ce chapeau semble un peu trop grand.

— Où est-ce qu'elle va ?

— C'est par-là qu'on sort de la ville. Les soldats prennent cette route pour aller à Fort Union et en revenir. Ça mène aussi à Cimarron.

— Elle s'en va !

Logan prit conscience qu'il ne la reverrait peut-être jamais, ce qui ne lui plut pas du tout.

— Hum… Claire est forte, je l'ai toujours pensé, dit Jack, avant de regarder Logan. Mais elle est aussi têtue. Toutes les femmes le sont, franchement ! Avec Tia, on s'est occupés d'elle autant qu'on a pu, mais on se fait vieux. Si tu as envie de nous aider, on t'en serait très reconnaissants.

— Vous pensez qu'elle a des ennuis ?

Jack observa le ciel qui devenait sombre.

— Je pense qu'il va bientôt faire nuit.

Il se tourna vers Logan et le regarda dans les yeux.

— Rejoins-là, fils ! Tu en as envie, de toute façon. Est-ce qu'un bon coup de pied aux fesses t'aiderait ?

La bouche de Logan s'incurva en un demi-sourire.

— Peut-être…

— Arrête de parler et tire-toi de là !

Logan ajusta son chapeau.

— Bien, monsieur.

Il adressa à Jack un hochement de tête ; il devait se dépêcher de ramasser ses affaires à l'hôtel et d'aller chercher Storm dans les écuries.

CHAPITRE QUATRE

Claire savait bien que le plus logique aurait été d'attendre que le jour se lève pour se mettre en route, mais elle préféra profiter du camouflage qu'offrait la nuit. Malgré tout, elle prit la peine d'enfiler un nouveau déguisement.

Le ciel s'obscurcissait lorsqu'elle quitta les abords de la ville en direction du nord, sur la vieille piste de Santa Fe. Le chemin, de la largeur de plusieurs chariots, creusé d'ornières et bordé de graminées blondes, traversait les immenses plaines. À l'ouest, les contours nets des montagnes Sangre de Cristo s'élevaient à l'horizon. On voyait aussi l'insolite Hermit's Peak, un repère saillant non loin de la ville. Jaillissant du sol, le sommet offrait un dégradé contrasté d'abruptes falaises rocheuses et de terrains plats dont l'angle d'inclinaison donnait l'impression que la Terre avait tenté de le pousser hors de ses entrailles lors d'une énorme explosion géologique. Véritable repère visuel, il rappelait à Claire les quatorze dernières années qu'elle avait passées ici, les bons et les mauvais moments, les rêves et les espoirs qui lui avaient fourni une échappatoire, quand la réalité devenait trop difficile à supporter.

Malgré la dévotion de Maggie envers son commerce, parfois, tout à coup, elle emmenait Claire — et Jimmy, après sa naissance — dans la nature. Son endroit préféré était au pied du Hermit's Peak. S'il y avait eu des moments heureux dans l'enfance de Claire, la plupart d'entre eux avaient eu lieu pendant ces *trêves* où elles cessaient d'être des parias de la société. Elle aidait sa mère à faire du feu, du ragoût de lapins aux pommes de terre, et elles dormaient à la belle étoile. Ce furent les seules occasions où Maggie évoqua la vie qu'elle avait eue avant la naissance de Claire ; sa propre enfance à Charleston et la famille qui n'avait pas accepté sa grossesse hors mariage.

— Les couchers de soleil sont différents, plus à l'est, avait-elle raconté plus d'une fois. Pas comme ici, avec toutes ces flammes orange et rouges dans le ciel. Mon papa m'emmenait souvent dans les montagnes et je me souviens de ces fois, au crépuscule, où Dieu peignait le monde en bleu lavande et en violet.

Claire culpabilisa. Sa mère avait enduré une vie difficile, après avoir quitté la Caroline du Sud, toute seule, pour se diriger vers l'ouest ; elle avait fait de son mieux pour leur offrir un toit, à elle et à Jimmy, et pour remplir leurs assiettes. Il serait injuste de la part de Claire de dénigrer tout ce qu'elle avait réussi à obtenir à la sueur de son front. Qu'elle la retrouve ou non, autant essayer de sauver le commerce du White Dove dès son retour de Cimarron.

Elle se libéra de la lourde étoffe qu'elle attacha derrière elle. Quand le cheval augmenta l'allure, il devint difficile de maintenir le grand chapeau sur sa tête. Dès qu'elle fut assez loin de la ville, elle ôta le sombrero et laissa sa natte blonde tomber dans son dos.

Claire poussait Reverend autant qu'il pouvait le supporter, d'après elle, sachant qu'à tout moment, il pouvait refuser de faire un pas de plus. Plus il vieillissait, plus il se montrait têtu et dans de mauvaises dispositions. Cimarron se trouvait à environ quatre-vingts kilomètres au nord et, même si elle ne pourrait pas aller bien loin ce soir, elle espérait s'éloigner le plus possible de la ville avant de s'arrêter pour camper.

Bifurquant de la piste principale, elle se rapprocha des contreforts des montagnes pour avancer plus à couvert. La nuit tombait et une poignée d'étoiles scintillaient dans le ciel. Claire inspira profondément ; c'était si bon de quitter l'espace confiné du saloon ! Là, en pleine nature, avec pour seule compagnie le vent dans les arbres et la forte odeur des pins, elle ressentit un bien-être qui lui faisait défaut depuis longtemps. Elle jeta un coup d'œil au ciel et se demanda si Logan regardait le même océan étoilé, sûrement à des lieux d'elle, en route pour le Texas. Elle prit une autre profonde inspiration et tenta de penser à autre chose.

Peut-être qu'un de ces jours, elle retournerait au ranch S. R. rendre visite à Molly. Logan serait sans doute marié et père d'une ribambelle d'enfants, d'ici là. Cette idée l'attrista.

Il n'est pas pour toi, Claire, alors laisse tomber !

L'approche d'un cavalier lui fit froid dans le dos. Elle mesura combien elle était vulnérable, seule au milieu de nulle part. L'homme l'avait vu, car sa trajectoire empêchait Claire de l'éviter. Elle encouragea Reverend à garder un bon pas, espérant qu'ils se croiseraient sans histoire. Au moment où ils se rapprochèrent, le cavalier fit tourner son cheval pour obliger le sien à s'arrêter.

— Qu'est-ce tu fais là ?

Claire regretta d'avoir enlevé la cape et le sombrero ; elle se sentait fragile, sans la protection d'un déguisement. Elle portait un pantalon et une chemise d'homme trouvés dans la chambre de Maggie — et qui appartenaient à Dieu savait qui — mais ses cheveux étaient plus difficiles à cacher.

Le visage barbu de l'homme lui sembla familier. Elle ne pouvait que prier qu'il ne fasse pas le rapprochement avec le saloon et la laisse passer.

— Je ne veux pas d'ennuis, dit-elle d'une petite voix. Si ça ne vous dérange pas, je vais continuer ma route.

— Tu t'balades toute seule, poupée ?

— Non, je vais rejoindre mon mari à Ocate Crossing.

Ce mensonge la fit grimacer intérieurement. Ocate Crossing était encore à plus de trente kilomètres de là, trop loin pour faire peser sur cet homme la menace d'un mari qui n'existait pas.

— Eh ben, c'est drôlement loin, nan ? Quel genre de type laisse sa femme cavaler toute seule la nuit ?

— Merci de vous en inquiéter, mais je vais reprendre ma route.

Claire fit pivoter Reverend pour qu'il contourne le cavalier ; à cet instant, elle se souvint de lui : Harry Myers, un des hommes de Frank Griffin. Claire n'aimait pas Griffin, malgré la longue histoire que sa mère avait avec lui — ou peut-être à cause de ça. De toute façon, elle n'avait pas envie que Griffin apprenne qu'elle était toujours en vie et de retour en ville. Il irait tout de suite le dire à Sandoval. La peur gagna ses os en repensant au Mexicain machiavélique qui l'avait battue sans relâche jusqu'à la laisser pour morte.

— J'crois que vous devriez m'laisser vous aider, miss, dit Harry en tendant le bras vers elle pour l'attraper.

Claire tenta d'éviter sa main, mais il l'avait saisie au poignet et la tirait déjà vers lui.

— Lâchez-moi !

Elle retira violemment son bras de son emprise.

À présent tout près d'elle, il scruta son visage intensément.

— Tu ressembles à la Waters… tu s'rais pas sa fille ?

— Je ne fais que passer, dit Claire en voulant faire repartir son cheval, mais Harry l'attrapa à nouveau.

— Lâchez-moi !

Il resserra son emprise et elle glissa de sa selle. Surprise par la chute, elle se mordit la langue et le goût métallique du sang lui emplit la bouche. Elle tomba à genoux, puis se mit à courir. Elle l'entendit sauter à terre.

— Nom de Dieu, viens-là !

Il la saisit par la taille. Malgré tous les efforts de Claire pour rester debout, il la fit tomber à terre.

— Pourquoi tu t'laisses pas faire ? Y'a pas besoin d's'e battre. Je veux juste qu'on s'amuse un peu !

Claire atterrit sur le dos, tandis qu'il se dressait au-dessus d'elle. Prenant de l'élan avec sa main libre, elle le frappa au visage de toutes ses forces, si bien qu'une vive douleur fusa de ses doigts jusqu'à son coude. Tout à coup, l'agression de Sandoval lui revint en mémoire et un accès de rage et de terreur la submergea.

Elle se déchaîna contre Myers, donnant des coups de pied, criant et griffant. Elle se débattit avec fureur ; des larmes ruisselaient sur son visage. Puis, l'homme disparut et les coups de Claire finirent dans le vide. Une respiration irrégulière résonnait à ses oreilles — la sienne. Elle se redressa pour s'asseoir et cligna vivement des yeux pour y voir clair. Peut-être qu'elle rêvait…

Logan !

Elle le vit pousser Harry face contre terre d'un coup de pied dans le dos, avant de lui tordre violemment un bras en arrière. Il lui colla un pistolet sur la tempe.

— Espèce de petite merde ! lâcha-t-il. Tu t'en prends toujours aux femmes sans défense ?

— J'allais pas lui faire mal, dit Harry d'une voix haletante. J'ai cru qu'elle mentait, pour son mari !

— Si je te tue tout de suite et balance ton cadavre dans les collines, personne ne te trouvera avant longtemps…

— Grand Dieu ! s'exclama Harry. C'était juste un malentendu !

D'un coup sec, Logan remis Harry debout.

— Je n'oublie jamais un visage, dit-il.

Harry fit de grandes enjambées maladroites jusqu'à son cheval, sauta dessus et déguerpit, laissant un nuage de poussière dans son sillage.

Logan rengaina son revolver et s'approcha de Claire, assise par terre. Il s'agenouilla.

— Tu vas bien ?

Elle acquiesça, toujours effarée.

— Qu'est-ce que tu fais par ici ? murmura-t-elle.

— Je t'ai suivie.

— Pourquoi ?

— Si je le savais… !

Il l'aida à se relever.

— Mais j'ai bien fait. Tu connais ce type ?

Claire renifla et s'essuya le visage, un peu gênée.

— Oui, mais pas bien. Il s'appelle Harry Myers. Je ne pense pas qu'il m'ait reconnue. Enfin, si… il a deviné qui j'étais.

Elle fronça les sourcils.

— Il oubliera peut-être. Tu t'es montré très persuasif.

— De qui te caches-tu ? Sandoval ?

En plein dans le mille ! Claire s'en étonna.

— C'est ce que pense Tia, expliqua Logan. Et si on campait, pas loin d'ici ? Tu pourrais peut-être me raconter ce qui se passe exactement.

— Tu devrais être en route pour le Texas, à l'heure qu'il est, dit-elle, même si elle se réjouissait qu'il soit là.

— Ouais, bon, ces paysages commencent à me plaire…

Les larmes montèrent aux yeux de Claire une fois de plus, mais avant que Logan ne puisse le remarquer, elle se tourna vers son cheval et se remit en selle. Elle ne devrait pas mêler

Logan à ses problèmes, mais l'envie de se jeter dans ses bras la débordait. Pour une fois, elle avait envie de se sentir en sécurité, d'avoir confiance en quelqu'un et de croire qu'il existait des hommes différents de ceux qui fréquentaient le White Dove. Un défi de taille à relever, même pour quelqu'un comme Logan.

— Trouvons un endroit à l'abri des regards, dit-il une fois en selle à son tour.

Il la regarda un instant, puis dit doucement :

— Tu devrais manger quelque chose. Les galettes à l'avoine sont ma spécialité.

— On a largement passé l'heure du petit-déjeuner.

— Bon, je n'ai plus qu'à t'en cuisiner deux fois de suite !

Il parvenait toujours à la déstabiliser légèrement.

— Je ne me souviens pas qu'un homme ait déjà cuisiné pour moi.

— Alors, tu vas être gâtée !

Aucun homme ne lui avait jamais proposé de la *gâter*.

Claire le suivit dans l'obscurité.

Le feu crépitait entre eux. Claire était assise sur une couverture d'un côté des flammes, Logan de l'autre, en face d'elle. Il s'était vite rendu compte qu'elle avait emporté très peu d'affaires ; ça tombait vraiment bien qu'il l'ait suivie. Il avait l'habitude de venir en aide aux gens — sa mère lui avait suffisamment répété que c'était sa vocation. Et c'était exactement ce qu'il faisait avec Claire, se disait-il. Il secourait une femme qui en avait besoin.

Elle était encore sous le choc de l'agression de Myers. Logan avait difficilement contenu son envie de coller une balle dans la tête de ce fils de pute, ce qui ne lui ressemblait pas. Ça l'étonnait beaucoup ; d'habitude, il gardait son sang-froid.

Mais en voyant Myers sur le point de prendre Claire de force, il avait vu rouge. Vraiment rouge. Une seule chose avait sauvé ce type : le passé de Shérif de Logan qui influençait encore beaucoup son comportement. Il ne pouvait pas décider de tuer un homme en toute lucidité — par contre, si Claire n'avait pas été témoin, il aurait bien passé Myers à tabac.

Maintenant qu'il l'avait fait manger et boire un peu, elle semblait plus calme et avait vraiment meilleure mine.

— Tu comptes aller à Cimarron ? demanda-t-il.

Elle hocha la tête.

— Pour une raison particulière ?

— Pour retrouver ma mère.

Elle était assise, les jambes croisées, et tenait une tasse de café en étain entre les mains.

Malgré une légère brise, dormir dehors ne serait pas désagréable. Logan prévoyait quand même de proposer à Claire sa couverture supplémentaire.

— Elle a des ennuis ? demanda-t-il.

— Tu dois penser que je ne suis bonne qu'à ça, dit-elle avec un rire triste.

— À avoir des ennuis ? Je suis juste inquiet pour toi, Claire, et j'ai l'impression que personne ne s'est jamais occupé de toi. Où est ton père ?

Elle haussa les épaules.

— Je n'en sais rien. Je ne l'ai pas connu. Ma mère m'a emmenée ici quand j'avais cinq ans.

— Et tu as vécu au White Dove depuis ?

— La plupart du temps.

— Tia m'a dit que tu ne te prostituais pas.

Claire releva la tête brusquement.

— Et est-ce que cette subtile distinction fait une différence à tes yeux ?

— N'en fait-elle pas une aux tiens ?

— Ça n'empêche que je vis dans le mauvais quartier de la ville ; je fréquente quand même les mauvaises personnes.

— Tu pourrais choisir de partir, dit-il l'air de rien.

— Oui ; j'y ai pensé, souvent. Mais ce n'est pas si simple.

Logan jeta un autre bout de bois dans le feu.

— En réalité, l'expérience m'a appris que la plupart des choses sont plus simples qu'on ne croit. Si tu n'aimes pas la donne, mélange les cartes et commence une autre partie ! Et si tu me racontais un peu ce qui se passe dans ta vie ?

Claire but un peu de café en fixant les flammes.

— Il y a quelques mois, avec mon frère et ma mère, on était dans une diligence qui est tombée dans une embuscade.

— De quel genre ?

— Un groupe d'hommes, répondit-elle. Dont un que je connaissais.

— Sandoval ?

Elle acquiesça.

— Ils vous ont volés ?

Une expression de douleur passa sur le visage de Claire.

— Ma mère a d'abord pensé que c'était leur intention. Elle nous a dit de ne pas résister, de leur donner ce qu'ils voulaient. Mais leur braquage avait un autre but. Je l'ai lu dans le regard de ma mère, dès qu'elle a vu Sandoval.

— Que s'est-il passé ?

Claire devint livide.

— Il m'a prise et m'a dit de ne pas me débattre. Que tant que je me laisserais faire, ils ne feraient aucun mal à Maggie et Jimmy.

Sa voix s'enroua.

— Il m'a dit ça.

Logan leva les yeux vers les étoiles ; il eut du mal à réfréner sa nervosité.

— Tu n'es pas obligée de me dire ce qu'il t'a fait.

Il pouvait bien l'imaginer tout seul et aucun scénario n'était beau à voir.

Elle resta silencieuse un long moment.

— Il m'a battue jusqu'à ce que je sois certaine d'en mourir.

Elle resserra les mains autour de sa tasse en étain et ses jointures blanchirent.

— Et personne ne l'en a empêché ?

Les images tournaient en boucle dans sa tête, tandis que le feu claquait en consumant le bois. L'envie de punir cet homme submergeait Logan comme une crue subite. Idéalement, il se serait occupé de Myers et de Sandoval en une nuit et cet acte l'aurait sans aucun doute soulagé. Mais ce monde n'était pas idéal ; la vie et le mal marchaient main dans la main. Il n'y avait aucun moyen d'échapper à cette réalité.

— Non.

— Et personne ne t'a retrouvée ?

Elle secoua la tête.

— Pas avant Molly. Je ne me souviens pas clairement des détails — combien de temps je suis restée là-bas, combien de temps Sandoval m'a gardée avec lui… à la fin, il m'a laissée dans le désert.

Elle inspira profondément.

— Quand Molly est arrivée à cheval et m'a trouvée, j'ai pensé qu'elle était peut-être mon ange gardien.

— Pourquoi es-tu venue au Texas ? Pourquoi n'es-tu pas retournée en ville pour porter plainte contre lui ?

Claire gigota en évitant son regard.

— Un peu par lâcheté, un peu par colère, je suppose. J'avais le pressentiment que cette histoire cachait quelque chose, que d'une certaine façon…

Elle hésita.

— Que peut-être ma mère savait.

Elle secoua la tête.

— Je voulais juste tourner le dos à tout ça, et Molly m'offrait une opportunité que j'ai saisie. Peut-être que je n'aurais pas dû partir. Tu ne serais pas là, si je ne l'avais pas fait, c'est sûr.

— Non ; c'est sûr.

Mais il ne pouvait pas s'imaginer ailleurs, même s'il avait d'abord un peu hésité à suivre Claire.

— Qu'est-ce qui te fait croire que ta mère savait que Sandoval allait t'agresser ?

— Non, je ne pense pas qu'elle le savait ni qu'elle l'avait prémédité. Mais j'ai eu l'impression que le voir ne l'a pas surprise. Et puis, quelle raison avait-il de faire ça ? Je crois qu'il voulait qu'elle le voie.

Elle posa sa tasse et se frotta les bras.

— Et il voulait que je l'identifie aussi.

Logan se leva et chercha une couverture dans ses affaires. Il la secoua pour la déplier et contourna le feu pour venir la poser sur les épaules de Claire. Ses mains s'attardèrent un moment au contact de son corps. Prenant conscience de s'appesantir un peu trop, il lui tapota le bras amicalement et retourna s'asseoir en face d'elle, agacé par ses propres désirs.

Il n'avait pas envie de lui tapoter le bras amicalement ; il avait envie de l'embrasser, et le fait de la toucher n'avait fait qu'enflammer ce désir. Mais il sentait que le moindre geste de sa part la rendrait tellement nerveuse qu'elle lui demanderait de partir.

— Pourquoi ? demanda-t-il.

Claire resserra la couverture autour d'elle.

— Il avait déjà essayé de s'en prendre à moi, une fois.

Logan fit un gros effort pour se taire, afin de la laisser poursuivre, mais une vive émotion naissait en lui : le regret de n'avoir pas connu Claire plus tôt. Il aurait peut-être pu lui éviter tout ça.

Elle lui jeta un coup d'œil.

— Je l'ai dupé. J'ai mis en douce une concoction dans son verre de whisky qui l'a rendu malade et impuissant.

Logan cligna des yeux, craignant de n'avoir pas bien compris. Puis, il hocha la tête en signe d'approbation.

— Bravo !

— Peut-être… mais je pense qu'il ne l'a jamais oublié. J'étais nerveuse et j'en ai versé plus que nécessaire. Il est resté mal en point pendant des jours.

— Bien fait pour lui !

Logan rumina ces informations.

— Donc, Sandoval t'aurait agressée pour se venger ?

— Possible. En partie. Mais ma mère a trempé dans des affaires avec Frank Griffin pendant des années, et Sandoval est son…

Elle s'efforça de trouver le terme approprié.

— Son sbire ? Il fait le sale boulot pour Frank ?

Claire hocha la tête en silence.

— Quelle relation entretenait ta mère avec Frank ?

— Elle l'a rencontré à Denver, quand j'avais cinq ans, et elle l'a suivi ici. Elle l'aime — si on peut appeler ça de l'amour — mais ça ressemble plus à une obsession. Elle prétend que Jimmy est son fils. Frank venait souvent, avant, mais ses visites se sont raréfiées, depuis un an. Alors, ma mère a commencé à se comporter bizarrement. Frank a une sœur, je crois qu'elle s'appelle Dee, et son mari est mort aux alentours de Noël. J'y ai beaucoup réfléchi ; c'est à la même époque que maman est devenue… nerveuse, même un peu paranoïaque.

Logan ne releva pas l'allusion à Dee. Il aurait peut-être dû parler de sa liaison avec elle, mais pour une raison ou une autre, il n'eut pas envie d'exhumer son passé. Claire se confiait à lui et il ne voulait pas la couper dans son élan… ni risquer de perdre sa confiance.

— Tu penses qu'il y a un rapport entre la mort de cet homme et ce que Sandoval t'a fait ?

Logan se demanda également si Maggie Waters était impliquée dans le décès de Teddy Luttrell, mais une fois de plus, il ne voulait pas risquer de mettre Claire sur la défensive, alors il tut sa suspicion.

Claire haussa les épaules.

— Je l'ignore, mais maman a fini par décréter qu'on partait en vacances à Albuquerque. Elle nous a fourrés dans la diligence, Jimmy et moi. On aurait dit qu'elle fuyait quelque chose, mais elle n'en parla pas, comme d'habitude.

— Tu vas à Cimarron pour la retrouver ?

Elle hocha la tête.

— Les filles du saloon m'ont dit qu'elle était partie vers le nord, avec Jimmy. Ça ne m'étonnerait pas qu'elle soit allée à Cimarron. On y a vu Frank et Sandoval.

— Alors, tu t'es dit que tu allais débarquer comme ça et vérifier par toi-même ?

— Qu'est-ce que je pouvais faire d'autre ?

Un éclair de mécontentement passa dans le regard de Claire et Logan eut un aperçu du caractère impétueux qu'elle cachait bien.

— Tu te rends compte combien c'était imprudent, d'essayer de retrouver ta mère et Jimmy toute seule ?

— Eh bien, au cas où tu ne l'aurais pas remarqué, il n'y avait personne dans mon entourage susceptible de m'accompagner.

Claire se tendit et l'atmosphère entre eux devint électrique.

— Tu aurais pu me demander de t'aider.

Bon sang, il l'avait dit d'un ton plein de ressentiment !

— Non.

Voyant qu'elle ne développait pas davantage sa réponse, il ajouta mentalement *têtue* à ses traits de personnalité.

Frustré, il dit :

— Je suis là, maintenant, et à la lumière de tout ce que tu m'as dit, des renforts t'auraient été utiles.

Avant qu'elle ne puisse l'interrompre, il poursuivit :

— Tu ferais mieux de dormir un peu. On reprendra la route à l'aube.

Elle le dévisagea.

— Pourquoi fais-tu ça, Logan ? Pourquoi es-tu là ?

Parce que tes yeux me rappellent le printemps dans le Montana, parce que tes cheveux brillent comme le soleil sur les plaines du Texas, parce que ta présence me procure un sentiment de liberté et du désir, comme un souffle doux plein de promesses.

— Pour t'aider, répondit-il simplement.

CHAPITRE CINQ

Peu après le lever du soleil, Claire se changea pour mettre une robe en coton bleue, froissée, mais quand même présentable, et elle reprit sa route pour Cimarron aux côtés de Logan. L'esprit embrouillé par une mauvaise nuit, elle se demanda une fois de plus pourquoi il restait avec elle. Elle ressentait l'attirance qu'il y avait entre eux — ne pas s'en rendre compte aurait été difficile — mais elle avait du mal à le croire prêt à abandonner ses responsabilités familiales pour assurer sa sécurité. Pourtant, une part d'elle-même était tellement soulagée de l'avoir à ses côtés qu'elle se moquait de connaître ses raisons.

Elle avait l'impression de rêver éveillée, accompagnée tout à coup par cet homme qui, aux dires de tous, était gentil et travailleur. Un homme issu d'une famille d'éleveurs respectables. Un homme qui n'avait rien à faire avec une femme comme elle. Même si elle ne s'était jamais prostituée, sa réputation avait été faite dès son plus jeune âge, à cinq ans, lorsque sa mère avait commencé à vendre ses services aux hommes dans la petite cahute qu'elles occupaient aux abords de la ville. Il ne lui avait pas fallu longtemps pour comprendre qu'elle n'était pas comme les autres ; elle ne pouvait pas fréquenter les mêmes écoles ni les mêmes églises et ne pouvait prétendre aux mêmes fonctions sociales. En dix-neuf ans, elle n'avait jamais eu de véritable amie.

Pas avant de rencontrer Molly.

En passant du temps avec elle, Claire avait compris que sa nouvelle camarade avait elle aussi vécu dans les zones d'ombre de la vie ; Molly savait que survivre impliquait des choix difficiles et qu'il fallait absolument continuer de rêver à de meilleurs lendemains. Claire avait des aspirations concernant l'avenir, mais la dure réalité de sa vie mettait souvent tous ses rêves à terre. Par conséquent, ses envies restaient d'inatteignables buts, des fantasmes, pas si loin des contes de fées pleins de princesses qu'elle racontait autrefois à Jimmy à l'heure du coucher.

Envisager un avenir avec un homme comme Logan était sûrement le vœu le plus fantaisiste qu'elle ait formé. Une femme pouvait facilement offrir son corps — sa mère l'avait largement prouvé — mais en ce qui concernait son cœur, c'était une autre affaire. Claire ne donnerait jamais son corps ni son cœur avant d'être absolument certaine de l'issue de la relation, et quel homme la fréquenterait assez longtemps pour lui permettre de prendre une telle décision ?

Ils chevauchèrent sans relâche jusqu'à dépasser Fort Union, dont les bâtisses et les gens se remarquaient de loin, la ville étant située comme au centre d'une plaine dégagée et sans relief. Ils firent halte à l'ombre d'un arbre pour laisser les chevaux se reposer, pendant que Logan leur donnait l'eau qu'il avait apportée.

— Es-tu toujours aussi bien organisé ? lui demanda Claire.

Elle se coiffa du grand chapeau mexicain pour protéger ses yeux du soleil.

— Il y a toujours un minimum à avoir avec soi. De l'eau, des rations de nourriture et des couvertures.

Il la regarda droit dans les yeux.

— Des armes.

On aurait presque dit qu'il la grondait.

— Tu essayes de me dire quelque chose ?

Logan fut sur le point de répondre, mais il s'arrêta dans son élan et soupira. Il se tourna face à elle et planta ses mains sur ses hanches fines avec désinvolture ; il l'observa.

— Sais-tu au moins te défendre ?

Claire plissa les yeux et pinça les lèvres.

— Eh bien, on a un revolver au saloon, pour les clients qui ne respectent pas les règles.

— Tu l'as déjà manipulé ?

— Hum… non. Il n'y a même pas de balles dedans ; mais j'y ai déjà touché une ou deux fois.

Elle prit conscience de l'effet pathétique de sa déclaration.

— Maman disait toujours qu'il serait trop dangereux d'en avoir un chargé, qu'une des filles pourrait se faire tuer. Et même si les affaires étaient plutôt bonnes, d'habitude, elle ne voulait pas dépenser d'argent dans une meilleure arme à feu ou des munitions. Elle en avait déjà marre des tarifs trop élevés que lui faisaient les commerçants pour l'alcool et la nourriture. Et puis, il y avait les amendes mensuelles, quand les filles étaient traînées en prison pour racolage. Ça ne rimait pas à grand-chose, mais c'était toujours proportionnel aux plaintes des citoyens modèles de la ville.

— Est-ce que *señora* Chavez en fait partie ?

Étonnée, Claire acquiesça.

— Tu la connais ?

— On a vaguement fait connaissance.

Señora Chavez avait toujours ouvertement manifesté sa désapprobation concernant tous les saloons, les établissements de jeux et les dancings de la ville. Claire s'était même demandé comment une femme pouvait réussir à fourrer son nez dans les affaires d'autant de gens et avoir encore le temps d'élever une famille.

— Cette femme aime faire des embrouilles, dit Claire. Concernant les armes, même si Maggie avait toujours un niveau d'exigences élevé quand il s'agissait d'embaucher des filles, aucune d'elles n'avait de compétence en la matière. De toute façon, les hommes qui venaient au saloon ne cherchaient pas leur qualité de tir — ils avaient d'autres préoccupations.

Elle regretta aussitôt ce flot de paroles. Logan la fixait d'un regard pénétrant, implacable. Impénétrable. Sa mâchoire se crispa et Claire eut l'idée furtive qu'il la regardait comme ces hommes qui avaient d'autres *préoccupations*. L'envisager l'étourdit légèrement.

— Il faudrait que tu connaisses au moins quelques bases. Je vais te montrer.

Il dégaina son revolver et vint se placer près d'elle.

— C'est un Colt Army .44, parfois appelé Peacemaker ou M1873.

— Pourquoi « quarante-quatre » ?

Elle observa la longueur du canon.

— C'est la taille de la cartouche. Je peux utiliser des quarante-quatre dans mon Winchester aussi. Ça simplifie un peu les choses, de ne pas avoir à transporter deux sortes de balles différentes. Là, c'est un cylindre à six coups, poursuivit-il.

Avec dextérité, il ouvrit un éjecteur sur le côté l'arme.

— Ça fait partie du bouclier anti-recul, mais il faut le pousser sur le côté pour mettre les cartouches.

Il le manœuvra rapidement pour éjecter les balles qui se trouvaient déjà dedans.

— Il y a une bielle à ressorts qui permet d'éjecter les cartouches vierges ou les douilles usagées.

Logan fit tomber les balles dans la poche de sa chemise. Il remit l'éjecteur en place et tendit l'arme à Claire.

— Mieux vaut enlever le chapeau, ajouta-t-il doucement.

Il jeta le volumineux couvre-chef au sol.

— Fais attention ! dit-elle en essayant de lui reprendre le sombrero.

Elle tenta également de ne pas faire cas de leur promiscuité.

— C'est un cadeau.

— Je suis soulagé de l'apprendre ! J'ai eu peur de devoir aussi t'apprendre quels vêtements porter quand on est une dame. Tu es trop jolie pour continuer à te cacher dans tous ces déguisements.

— Je ne suis pas une dame, murmura-t-elle.

— J'aurais pu tomber dans le panneau ! dit-il avec un grand sourire.

Un instant, autre chose que de l'amusement passa dans son regard — ou l'imagination de Claire lui jouait-elle des tours ?

Elle se concentra sur l'arme qu'elle tenait dans les mains, avant de s'attirer des ennuis en disant quelque chose de stupide.

— Tu armes le marteau comme ça.

Il se plaça derrière elle et passa ses bras par-dessus les siens ; leurs doigts se touchèrent. De son pouce, Logan tira le marteau en arrière qui se logea à sa place en un clic.

— Tu vises ta cible en te servant de la rainure, là...

Il fit glisser son doigt pour désigner la fente creusée sur le haut de l'arme.

— ... tu alignes avec le viseur, ici, dit-il en montrant la petite saillie au bout du canon.

Claire fit de son mieux pour se concentrer sur l'arme à feu et non sur l'homme se tenant contre elle, mais ça s'avéra difficile. Les odeurs encore présentes du café qu'il avait bu et du feu qu'ils avaient fait ce matin se mélangeaient à celle, plus séduisante, de l'homme lui-même. Elle prit le temps de recouvrer ses esprits.

Logan guida son autre main sur l'arme et lui fit redresser les bras.

— Ce revolver est lourd, alors il vaut peut-être mieux que tu le tiennes à deux mains. Je te trouverai quelque chose de plus léger dès que possible. Aligne ton viseur, mais si tu es dans l'urgence, vise simplement le torse de l'homme. Tu auras des chances de le toucher quelque part et de le ralentir. Tu peux t'entraîner à armer le marteau.

Il s'éloigna d'elle et elle regretta aussitôt sa proximité, aussi impersonnelle fût-elle.

Elle fit l'exercice demandé ; après quoi, Logan le lui prit des mains et y inséra deux balles.

— Avec une arme chargée, la détente entraîne un coup, alors tiens-toi prête ! Tu n'es pas si menue ; si tu tiens bon, tout ira bien.

Claire se demanda s'il préférait les femmes menues.

— Éloignons-nous des chevaux, dit-il encore. Le mien ne broncherait pas, mais je doute que le tien ait l'habitude des coups de feu.

Elle le suivit. Il les emmena environ deux cents mètres plus loin, en direction des contreforts. Il montra du doigt un pin au large tronc.

— Vise celui-là !

Elle braqua le revolver, écarta les jambes en armant le marteau et tenta de viser l'arbre. Quand elle tira sur la détente, la force de la décharge la projeta en arrière, contre le torse ferme de Logan.

Étonnamment, ça le fit rire. Il l'aida à retrouver l'équilibre en la tenant par les hanches.

— Pas mal ! Tu as plutôt bien encaissé le coup. Essaye encore !

Il la laissa faire plusieurs essais et, à la fin, elle avait atteint la cible sept fois.

— Tu as un bon œil, lui dit-il alors qu'ils revenaient vers les chevaux. Tu es sûre que personne ne t'a jamais fait tirer avant ?

— Sûre ; tu es ma première fois !

Consternée par ce qu'elle venait de dire, elle s'efforça de cacher sa gêne. *Voilà ce qui arrive, quand tu passes ta vie entourée de filles de joie !*

— Je ne suis pas sûr de me souvenir de ma première fois.

Doutant d'avoir bien entendu, elle demanda d'une voix qui ressemblait plus à un couinement qu'autre chose :

— Pardon ?

Les yeux de Logan pétillaient et Claire comprit qu'il la taquinait. Un léger sourire se dessina sur ses lèvres.

— De la première fois où je me suis servi d'une arme, dit-il. Je devais avoir sept ou huit ans.

— Ça paraît vraiment tôt…

En imaginant mettre un revolver entre les mains de Jimmy, son sourire s'évanouit.

— Pas vraiment. Ce sont des trucs de garçon… les armes, les chevaux, la bagarre. Mon père a préféré nous apprendre à nous en servir correctement, plutôt qu'on finisse par essayer en douce, n'importe comment. Évidemment, il ne se montrait pas si ouvert d'esprit avec les filles de la famille.

Claire le regarda bouche bée, puis referma la mâchoire. Les filles du White Dove plaisantaient souvent à propos des gamins venant pour leur *première fois*. Ellie prétendait avoir dépucelé un garçon de quatorze ans, une fois ! Claire avait eu envie de vomir, rien qu'à l'idée. Quel parent laisserait son enfant s'initier au sexe si jeune et avec une femme ayant l'âge de sa mère, par-dessus le marché ?!

Claire avait peut-être été en partie élevée par des femmes qui travaillaient pour sa mère, mais elle n'en restait pas moins naïve dans le domaine des relations entre hommes et femmes. Elle avait seulement déduit de ce qu'elle avait vu que les hommes avaient besoin de sexe, rien d'autre. Les hommes avaient le choix ; les femmes, non. Ça ne semblait ni correct ni juste et Claire n'avait jamais compris pourquoi cette règle était immuable.

Elle eut une petite idée, pourtant, en regardant Logan à la dérobée.

— Je pense que ton père a eu raison de vous protéger, répondit-elle après avoir évité de justesse un figuier de Barbarie.

Logan se mit à rire.

— Ouais, je suppose que j'en ferai autant pour mes enfants, un jour !

— Surtout pour tes filles, dit Claire, comme pour elle-même.

Elle était bien décidée à donner à ses enfants une vie totalement différente de celle qu'elle avait eue. *Si jamais* elle avait la chance d'en avoir.

— Mes filles… dit Logan. Je n'y avais jamais réfléchi. J'espère que je saurai m'en sortir !

— Je pense que tu seras un très bon père, le jour venu.

Il la regarda d'un air amusé.

— Pourquoi, Claire ? Tu dis ça parce que tu m'aimes bien…

— Tu crois ça parce que je t'ai fait un compliment ? Je te renvoyais juste la pareille.

— Comment ça ?

— Tu m'as dit que j'étais plus jolie en blonde.

Elle eut chaud au visage ; elle avait sûrement rougi. Elle n'oublierait jamais sa remarque et, à présent, il le savait.

— C'est la vérité. Je dis toujours les choses comme elles sont.

Elle se tut un instant et croisa son regard.

— Toujours ?

— Ouais, toujours.

En plongeant dans les yeux bleu-vert de Logan — de la

même couleur intense que celle des épicéas bleus — Claire sentit le temps se suspendre. Elle ressentait tout autour d'elle l'alchimie qu'il y avait entre eux. L'envie d'aller vers lui, de le toucher d'une manière ou d'une autre, ne serait-ce qu'en lui tenant la main, mit à mal la fermeté de sa retenue. Le caractère irrésistible de ce désir la stupéfia ; aucun homme ne lui avait fait un tel effet. Chaque centimètre carré de sa peau qu'avait touché Logan en lui apprenant à tenir une arme était encore comme enflammée. Bon Dieu, elle souhaitait tant sentir ce contact à nouveau !

Son visage la trahissait, elle pouvait le lire dans les yeux de Logan. Il était impossible de ne pas remarquer l'attention soudaine qu'il lui portait. Le corps de Claire répondait à son regard intense, au désir, à la soif qu'elle savait n'être que trop physique. Pourtant, l'ombre qu'elle vit passer dans son expression la décontenança. Logan ne voulait pas de ça entre eux. Pas plus qu'elle ; tout était déjà assez compliqué comme ça !

Elle prit sur elle et rompit le charme en détournant les yeux. Elle regarda par terre et se remit à marcher vers les chevaux d'un pas résolu.

Ils reprirent leur route vers le nord, à un rythme lent pour ne pas fatiguer leurs montures déjà éprouvées par la chaleur écrasante d'un ciel turquoise et sans nuage. Du vent venait des montagnes à leur gauche et soufflait sur l'étendue plane devant eux.

— As-tu toujours voulu être éleveur ?

Avec un peu de chance, bavarder allégerait la gêne engendrée par leur muette attirance.

— Non. Je ne suis revenu au Texas que l'année dernière, pour aider mon père.

— Où étais-tu, avant ?

— J'ai fait quelques boulots ici et là. À dix-neuf ans, j'ai rassemblé du bétail dans le Montana. Ensuite, j'ai travaillé comme éclaireur pour l'armée. Après ça, j'ai fait du transport de marchandises dans le Kansas et j'ai bossé comme bûcheron du côté de Denver. Une fois plus grand et plus sage, je suis devenu shérif à Virginia City.

— Tu as dû en voir, des choses et des endroits différents !

Claire était plus qu'envieuse.

— Ce n'est pas aussi bien qu'on pourrait le croire, répondit-il. Ma mère pense que j'ai flâné trop longtemps. Elle a probablement raison.

— C'est ta mère, elle se fait du souci pour toi, c'est normal.

— J'imagine. Mais maintenant que Matt s'est marié, mon vieux parle de diviser le ranch S. R. Il voudrait que j'en prenne une part.

— Tu as beaucoup de chance. Tes parents ont dû travailler dur pour faire de ce ranch ce qu'il est.

Logan lui jeta un coup d'œil.

— Et toi… ? Tu ne peux pas rester toute ta vie dans un saloon.

— Non.

Elle passa ses rênes d'une main à l'autre.

— Mais ce n'est pas si simple. Je n'ai aucun moyen d'être autonome.

— Il n'y a pas quelque chose que tu aimes faire ? Que tu fais bien ? demanda-t-il en la regardant dans les yeux.

Elle confiait rarement ses rêves. À quoi bon ? *Est-ce que Logan en vaut la peine ?* Cette pensée était sortie de nulle part. Une toute petite voix dans sa tête lui répondit que oui.

— Tu ne veux pas me le dire ?

Il sourit.

— Je ne mords pas, tu sais. Je suis vraiment un brave type, quand tu fouilles un peu. Et je ne me suis jamais moqué des rêves d'une femme.

Elle lui jeta un regard noir et secoua la tête.

— Arrête de me faire marcher ! Tu crois que la vie est facile ? Tu es un homme. Tout est simple, pour un homme.

Elle fut incapable de réfréner l'amertume qui perça dans sa voix.

Il fit semblant de chercher son pistolet.

— Attends, laisse-moi vérifier que mon revolver n'est pas chargé… j'aurais peur que tu me tires dessus ! Je ne sais pas comment tu as fait pour apprendre à t'en servir aussi vite.

Elle darda sur lui un regard courroucé qui le fit rire.

— Détends-toi, Claire ! Dis-moi ce que tu aimerais faire plus tard.

Elle détourna les yeux. Les hautes herbes blondes se balançaient dans le vent et elle se sentit aussi petite qu'une fourmi accrochée à une de leurs tiges mouvantes.

— Si tu veux tout savoir, j'aimerais être médecin, dit-elle à mi-voix.

Il répondit par un sifflement.

— On ne peut pas te reprocher de ne pas mettre la barre assez haut ! Et tu penses que c'est impossible ?

Elle le regarda comme s'il était complètement idiot.

— Je n'ai pas d'argent, presque aucune école dans le pays n'accepte les femmes et, au cas où tu l'aurais déjà oublié, je vis dans un bordel !

Elle avait dit la fin de sa phrase en criant, débordée par sa propre frustration.

Logan haussa un sourcil.

— J'avais dû oublier, j'imagine. Merci de me l'avoir rappelé.

Il avait encore cette fichue étincelle dans le regard.

Découragée, Claire poussa Reverend au petit galop. Elle ne voulait plus discuter de sa situation. Ce qui la contrariait plus que tout au monde, c'était l'éventualité de devoir finir par vendre son corps, simplement pour survivre. Si elle en arrivait là, elle devrait fatalement abandonner tout espoir d'un avenir meilleur.

Ils continuèrent leur route vers le nord, traversèrent Octate Crossing et firent boire les chevaux à Rayado, un lieu de halte pour les diligences avec seulement quelques maisons. Ils progressaient le long des montagnes Sangre de Cristos qui les protégeaient par leur frontière naturelle, tandis que le soleil amorçait sa chute derrière les reliefs. Ils atteignirent Cimarron en fin d'après-midi.

La ville était construite sur les contreforts. Les montagnes, à sa gauche, rappelaient les espoirs nourris par tous les hommes partis s'aventurer dans les mines qu'elles comptaient. Frappée par la vision des immenses pentes abruptes soulignées par le soleil couchant, Claire ne pouvait détourner les yeux de ces hauteurs offrant une promesse d'anonymat et de paix. Si elle s'enfonçait dans ces montagnes, y verrait-elle plus clair dans sa vie ? Pourrait-elle arrêter de se battre ? L'idée était séduisante, bien que totalement irréaliste, mais elle la mit de côté pour le moment.

Ils longèrent la prison entourée d'un mur en pierres de trois mètres de haut et menèrent leurs chevaux derrière l'échoppe du Barlow, Sanderson & Compagnie. De l'autre côté de la rue, Claire remarqua le Schwenk's Hall et plus loin, un bâtiment carré s'élevant sur trois niveaux qu'un panneau désignait comme l'Aztec Grist Mill.

Jetant un autre coup d'œil vers le Schwenk's, Claire se dit que des femmes ne tarderaient pas à proposer leur corps à tout homme prêt à payer le prix. Elle se demanda si sa mère y serait. Il y avait de fortes chances qu'elle soit au St James — si elle était dans les parages. Elle avait souvent parlé de ce saloon, par le passé.

Ils s'approchèrent du Old National Hotel qui se dressait en face d'une quincaillerie et d'une pension pour chevaux. À côté, il y avait un puits recouvert d'un chapiteau. Claire était déjà venue dans cette ville une fois et elle trouva que le décor n'avait pas beaucoup changé.

— Je vais jeter un coup d'œil au registre, dit-elle en descendant de Reverend.

Elle tira un peu sur sa robe qui s'était prise dans le sombrero attaché à sa selle.

—Je reviens tout de suite.

Logan hocha la tête.

Voir que le nom de sa mère ne figurait pas sur la liste des clients de l'hôtel ne lui prit qu'un instant. Elle rumina cette information tout en revenant vers le porche, regardant au passage un groupe d'hommes à sa droite. L'un d'eux en particulier attira son regard : un grand Mexicain qui marchait vers les autres, le visage tâché et balafré, masqué par l'ombre que faisait le bord de son chapeau.

Sandoval !

Elle fut prise de panique. Son cœur se mit à battre deux fois plus vite et elle eut du mal à respirer.

Après avoir attaché les chevaux, Logan gravit les marches pour rejoindre Claire sur le perron. Leurs regards se croisèrent et elle se précipita à sa rencontre. Se collant brusquement à lui, elle l'embrassa.

Les lèvres de Logan étaient chaudes, mais elle était trop tendue pour l'apprécier. Elle resta plantée là, incapable de faire autre chose que de s'agripper à ses épaules de toutes ses forces.

DANS LA VIE, Logan se faisait rarement surprendre, mais il fut totalement pris de court par cette femme venue se jeter dans ses bras. Non pas que l'idée d'embrasser Claire ne lui soit jamais passée par la tête, mais sa précipitation à coller ses lèvres aux siennes ne devait pas avoir grand-chose à faire avec lui. Il fut sidéré de constater, à cette occasion, son manque total de compétence en matière de baisers. Il se détacha de leur bouche-à-bouche des moins romantiques et lui dit à voix basse :

— Je ne suis pas un bout de bois, Claire.

Il se décala pour la cacher de quiconque passait dans la rue et la plaqua contre la façade de l'hôtel. Si elle voulait jouer une scène, il en profiterait pour lui montrer un truc ou deux qui pourrait lui être utile dans ce domaine. Prenant le contrôle de la situation, il immobilisa la tête de Claire entre ses mains et plongea sur ses lèvres. Elle avait incarné une tentation à laquelle il n'avait pas prévu de céder, mais à présent, il se prenait au jeu avec fougue et application. Il comptait savourer ce baiser comme il avait rêvé de le faire depuis la première fois où il avait posé les yeux sur elle, au ranch S. R., des mois plus tôt.

Elle bougea à peine. Ses yeux restèrent écarquillés.

— Détends-toi… murmura-t-il, avant de l'embrasser à nouveau.

Une tentation, oui, mais qui n'avait pas l'air très réticente. Petit à petit, elle s'abandonnait ; ses lèvres s'entrouvraient progressivement, enflammant le désir de Logan avec la perspective d'aller bien plus loin.

Il se délecta de ce contact agréable et doux. Il avait eu envie de la toucher et maintenant que c'était fait, il se demandait combien de temps il tiendrait avant de vouloir recommencer. Il savait se contrôler, mais il était sacrément près de balancer toute retenue par la fenêtre. Il n'avait pas ressenti ça pour une femme depuis longtemps.

— Ils sont partis, maintenant ? demanda-t-il à voix basse.

Il la cachait toujours avec son corps.

— Quoi ?

Son souffle court et son visage rougi excitèrent Logan encore plus et il se retint de laisser courir ses mains sur elle. Il se consola un peu en constatant que, même si elle s'appliquait à prétendre le contraire, il ne la laissait pas indifférente.

— Je suis désolée de m'être jetée à ton cou, dit-elle dans un murmure précipité. J'ai vu Sandoval et j'ai voulu me cacher.

— Tu peux te cacher derrière moi quand tu veux !

Il prit la liberté de caresser sa joue avec son pouce, avant de se retourner pour scruter la rue. Il voulait voir à quoi ressemblait le fumier en question.

— Il est parti, dit Claire dans son dos. Ma mère n'est pas à l'hôtel, mais elle peut quand même être en ville. Je vais passer la nuit ici. S'il faut que tu partes, je comprendrais.

— Non.

Il observait toujours la rue.

— Je vais rester, moi aussi. Je vais nous réserver une chambre pour deux.

— Pardon ?

— Aucune chance au monde que je te laisse seule avec Sandoval dans les parages. Je vais nous enregistrer en tant que mari et femme. Tu as un deuxième prénom ?

Claire semblait confuse et Logan n'y était pas pour rien.

— Margaret, répondit-elle. Pourquoi ?

— Hum, ça n'ira pas, dit-il. Je vais nous présenter comme Logan et Peggy Ryan.

Elle hocha la tête, hésitante.

— Ce baiser… dit-elle, tu as conscience que je ne vais pas… que je ne vais pas m'occuper de toi, quel que soit le prix que tu m'offrirais…

Logan la regarda ; elle était très belle. Son visage avait des traits charmants, un petit nez droit et des yeux verts tout à coup brillants de méfiance. Il se dit qu'elle ne vaudrait pas le coup, si elle s'offrait à lui trop facilement. Mais il ne comptait pas la séduire !

— Si je me souviens bien, c'est toi qui t'es jetée sur moi,

Claire, pas le contraire. Et ton inexpérience n'est pas passée inaperçue.

Mince, c'était mal formulé !

Ce qui fut instantanément confirmé par l'indignation lisible sur son visage.

— Claire…

Mais elle disparut à l'intérieur de l'hôtel, avant qu'il ne puisse l'arrêter.

Bien joué !

Il la suivit et en moins de dix minutes, ils étaient enregistrés comme monsieur et madame Ryan. Dans un silence embarrassé, ils allèrent s'installer dans leur chambre.

CHAPITRE SIX

C laire était assise dans la minuscule chambre d'hôtel à attendre le retour de Logan. Malgré l'obscurité de la nuit, il avait jugé trop dangereux qu'elle sorte se renseigner sur Maggie Waters. Peu de temps après l'avoir accompagnée jusqu'à la chambre, il était parti voir ce qu'il pourrait découvrir lui-même.

Claire se leva et se mit à arpenter la pièce. C'était petit. Le mobilier était composé du strict minimum : une chaise en bois, une table de nuit étroite avec une cruche et une bassine dessus, placée près d'une grande fenêtre, et une autre table en bois avec un plateau en marbre et trois pieds fins, collée au mur de l'autre côté du lit. Un pot de chambre était discrètement posé dans un coin. Pour finir, il y avait un lit double ordinaire, recouvert d'un dessus de lit bleu délavé, qui ne cessait d'attirer l'attention de Claire, malgré elle.

Avec son cadre en fer forgé noir, il trônait dans la pièce et l'incitait à penser à Logan, à sa bouche et à ses mains, à *sa présence*. Au souvenir de son baiser, tout à l'heure sur le perron, son cœur s'emballa et ses jambes devinrent toutes molles.

Elle se demandait encore et encore ce qui l'avait poussée à se jeter sur lui comme ça.

La peur.

Sandoval la terrifiait ; en le voyant, elle avait agi de façon désespérée. De vagues images d'elle, couchée dans un arroyo plein de cactus, des mois plus tôt, obscurcirent ses pensées — son visage dans la terre, tuméfié et en sang, sa vie la quittant peu à peu. *Quelle créature du désert l'attaquerait en premier, pour finir le boulot ?*

Cet après-midi, ses pas l'avaient précipitée vers Logan et instinctivement, elle avait monopolisé toute son attention comme seule une femme pouvait le faire. Elle avait eu besoin d'une protection et Logan avait fait l'affaire. Visiblement, elle avait été suffisamment affolée pour céder à la première impulsion venue. Elle s'était jetée dans ses bras — avant de lui dire de ne pas se faire d'idées !

Elle ferma les yeux et se tint la tête. Toute bonne prostituée aurait continué sur sa lancée, moyennant paiement. Si sa mère avait été témoin de la scène, elle l'aurait sûrement grondée de ne pas avoir suivi la plus basique des règles du commerce.

Tout le monde avait un prix. Même Claire.

Elle s'efforça de mettre cette réflexion de côté. Quant à la marche à suivre avec Logan, elle s'en soucierait plus tard. Pour l'instant, elle avait des soucis familiaux à régler.

Rester ici à attendre n'avait aucun sens. Logan ne connaissait ni Jimmy ni sa mère, il ne savait même pas à quoi ils ressemblaient. Il s'était empressé de partir et elle n'avait même pas eu le temps de lui dire qu'elle avait emporté la perruque.

Elle la sortit d'une sacoche en cuir, avec la robe noire que Louisa lui avait prêtée. Devait-elle la porter, sachant qu'elle comptait jeter un coup d'œil au St James Saloon ? Est-ce qu'une telle robe attirerait sur elle une malencontreuse attention, ou la remarquerait-on encore plus avec la robe de calicot qu'elle avait également prise avec elle ? Elle resta indécise un moment, ne sachant que faire, puis se débarrassa rapidement du pantalon et de la chemise trop grande qu'elle portait pour se faufiler dans la robe de saloon.

Elle avait oublié d'emporter des bas, alors elle enfila pieds nus, avec difficulté, les bottines noires sophistiquées. Elle entortilla ses longs cheveux en un chignon qu'elle fourra sous la perruque, avant de ramener les deux tresses noires devant ses épaules pour se donner une apparence qu'elle espérait naturelle. Elle jeta un rapide coup d'œil à son reflet dans un petit miroir ovale accroché au mur, au-dessus de la table de nuit. Quelle horreur ! La perruque ne lui allait pas du tout au teint et la robe exhibait le galbe de sa poitrine de façon obscène. Elle attrapa la grande étoffe mexicaine et s'en servit de châle pour couvrir ses épaules. C'était à peine un peu mieux.

Elle ne pouvait pas sortir en traversant tranquillement le hall de l'hôtel ainsi vêtue. Heureusement, on leur avait attribué cette chambre du rez-de-chaussée qui ne donnait pas côté rue. Elle ouvrit les rideaux en dentelle et grommela en peinant à remonter le battant de la vitre supérieure. Elle se percha sur le rebord de fenêtre, fit basculer ses jambes dehors, puis se pencha en avant jusqu'à finir par tomber par terre dans un bruit sourd.

———

TRAVERSANT la rue en direction du St James, Logan tira quelques bouffées du cigare qu'il s'était procuré au Schwenk's Hall. D'après les conversations qu'il avait entendues, les gens de cette ville étaient un peu nerveux, ces temps-ci. Les problèmes avec la concession minière Maxwell Land Grant perduraient — les investisseurs qui l'avaient rachetée en mille huit cent soixante-dix à Lucien Maxwell s'efforçaient de chasser les squatteurs et les colons de leur propriété, ce qu'ils faisaient, d'après les rumeurs, de façon sournoise. Deux ans plus tôt, un certain Reverend Tolby, un type au franc-parler qui avait dénoncé les allégations mensongères dirigées envers les habitants de la ville, avait été tué. Sa mort avait déclenché des réactions en chaîne aboutissant au meurtre du shérif local. D'autres décès s'étaient ensuivis et les locaux ne faisaient plus confiance aux hommes qui travaillaient comme représentants officiels de la Grant. Le plus dingue là-dedans était que Luttrell avait fait partie de ces représentants !

Logan secoua la tête. Un million d'hectares de terres… ! C'était une tentation de taille, et il doutait que Griffin et Sandoval se soient gardés de tremper dans l'affaire.

Jusqu'ici, malgré les nombreux établissements dans lesquels il avait mené son enquête, Logan n'avait pas récolté le moindre indice concernant Maggie et le jeune Jimmy. Il espérait trouver quelque chose au St James, sans quoi, il devrait retourner dans la chambre d'hôtel exigüe, annoncer à Claire qu'il n'avait aucune piste, puis trouver un moyen de rester sage. Quelques verres d'alcool fort devraient calmer ses ardeurs.

Ben voyons… !

Il verrait plus tard comment réussir à dormir dans la même chambre qu'elle.

Il entra dans le saloon, parcourut des yeux la salle bondée et se dirigea vers le bar, au fond de la pièce. Il commanda un Bourbon ; à peine en eut-il avalé une première gorgée qu'une jeune femme trop parfumée et savamment accoutrée s'approcha de lui avec nonchalance. Elle lui sourit.

— » Soir, dit-il.

— Ça l'est, en effet.

Elle tourna le buste vers lui pour lui mettre son énorme poitrine sous le nez. Elle portait une robe rouge très échancrée qui rappela à Logan la tenue que Claire portait au saloon.

— Je ne t'ai jamais vu par ici, dit-elle en tripotant ses boucles rousses. Tu aimerais avoir de la compagnie, ce soir ?

La réponse à cette question, c'était oui, mais c'était la compagnie de Claire qu'il désirait. Malgré tout, cette fille pouvait avoir de précieuses informations.

— Je cherche une blonde, dit-il en faisant référence à la description que Claire avait faite de sa mère.

Elle lui avait dit qu'elles avaient presque l'air de sœurs.

La jeune femme fit la moue, ce qui la rendit moins séduisante.

— Je ne suis peut-être pas blonde, mais je peux quand même te faire passer du bon temps !

Elle lui fit un clin d'œil et ajouta, en baissant d'un ton :

— Je suis rousse de partout. C'est pour ça que tout le monde m'appelle… Red.

Ça fit rire Logan qui avala son verre d'un trait. Il n'avait jamais compris les femmes, mais elles étaient vraiment de sacrés phénomènes !

— Je cherche Maggie Waters. Vous l'avez vue, récemment ?

— Ça se peut. Une raison particulière ?

Logan haussa les épaules.

— Quelle raison peut avoir un homme de chercher une femme ?

La rousse scruta les environs, avant de se pencher vers Logan.

— Un tout petit conseil, beau gosse. Maggie Waters aime bien faire des histoires. Pourquoi s'attirer des ennuis ? Je vais m'occuper de toi…

Elle glissa un doigt dans le col ouvert de Logan et joua avec les poils de son torse.

— … aussi longtemps que tu voudras.

Il lui retira la main. La vie l'avait plutôt épargné, l'empêchant rarement de faire ce qu'il voulait, et pour l'heure, il ne désirait pas particulièrement que Red le touche, aussi flatteur que pût être son geste. Quoiqu'il n'eût rien de flatteur ; Red travaillait — quand les pensées et le désir de Logan se concentraient sur une femme rêvant de devenir médecin.

Cependant, Red pouvait en savoir bien plus que le peu qu'elle avait dit. Il commanda donc un autre verre et prit ses aises au comptoir.

CLAIRE FIXA LOGAN encore une fois.

Ce n'est pas ma mère, que ce type cherche… c'est à passer du bon temps ! La rousse était collée à lui et visiblement, il aimait ça. Claire sentit monter en elle une violente déception mêlée d'un sentiment d'humiliation. Elle avait l'habitude de repousser de telles émotions, mais cette fois, elle n'arriva pas à s'en défaire. Elle avait grandi dans un saloon, elle avait vu des hommes se conduire comme ça tout le temps. C'était normal, attendu, mais regarder Logan flirter avec cette fille la blessa profondément ; jamais rien ne lui avait fait ça.

Les larmes aux yeux, elle sortit du saloon comme une voleuse, aussi vite qu'elle était entrée. Elle disparut dans l'obscurité, derrière le bâtiment. Que devait-elle faire, maintenant ?

— Elle pleure son fils toutes les nuits. À ta place, je surveillerais mes arrières.

Claire se figea en reconnaissant cette voix à l'accent mexicain. *Sandoval !*

— Je peux me charger de Didi, mais ce bordel avec Maggie dure depuis trop longtemps.

Griffin !

Elle recula tout doucement pour se tapir dans l'ombre et jeter un coup d'œil à l'angle de la ruelle. Sandoval attachait son cheval, tandis que la grande silhouette de Griffin se dressait à ses côtés. Ensuite, ils disparurent dans le saloon.

L'esprit de Claire s'emballa. Sa mère était-elle avec eux ? Peut-être qu'ils la retenaient captive quelque part ! Et Jimmy ? Ça lui retourna l'estomac, mais elle savait ce qu'elle devait faire ; et pour ça, il lui fallait son cheval.

Elle remonta à la hâte la rue voisine et repéra l'étable où Logan avait laissé leurs chevaux avant de s'installer à l'hôtel. Une fois à l'intérieur, l'odeur du foin et du fumier la prit à la gorge ; elle dut s'arrêter pour reprendre son souffle. Un jeune garçon sauta du tabouret où il somnolait.

— Je viens chercher mon cheval, dit Claire. C'est celui-là ; vous pouvez le seller, s'il vous plait ?

Elle montra du doigt Reverend qui sommeillait dans un coin de stalle. Elle eut des remords de déranger son vieil ami.

— Oui, m'dame, répondit le garçon.

Il se frotta les paupières et la regarda en plissant les yeux.

— Et vous êtes qui ?

— Clai…

Elle s'interrompit brusquement.

— Madame Ryan.

Le garçon opina du chef.

— Ça m'a l'air tout bon.

Après ce qui sembla à Claire une éternité pour ses nerfs, le garçon lui amena son cheval sellé.

— Merci.

Elle s'empressa de sortir de l'écurie et guida Reverend jusqu'au St James.

Elle fut soulagée de voir les chevaux de Sandoval et Griffin toujours attachés devant. Les deux hommes étaient donc encore dans le saloon. Tout ce qui lui restait à faire était de patienter jusqu'à ce qu'ils sortent, puis de les suivre. Elle s'essuya les mains sur les volants de sa robe et attendit, nerveuse, reconsidérant maintes fois son plan. Mais elle arrivait toujours à la même conclusion : les suivre était ce qu'elle avait à faire de mieux.

———

LOGAN APPRIT de la rousse que les deux hommes venant d'entrer dans le saloon étaient Griffin et Raul Sandoval. *Jackpot !* Il les observa tout en écoutant vaguement ce que lui disait Red.

Sandoval était grand et dégingandé. Il repoussa de son visage grêlé les mèches grasses de ses cheveux noirs mi-longs. Même si Logan n'avait pas su ce que cet homme avait fait à Claire, il n'aurait jamais couru le risque de lui tourner le dos. Sandoval semblait faire partie de ces types qui trahiraient leur propre mère pour sauver leur peau. Claire n'aurait pas pu avoir la moindre chance, contre lui, se dit Logan.

Mais ce ne serait pas son cas. L'adrénaline vibra dans ses veines à l'idée d'une confrontation.

Les hommes passèrent près du bar où il était assis avec Red. Frank Griffin ressemblait trop à Dee pour laisser le moindre doute quant à leurs liens de sang. Ils avaient les mêmes cheveux bruns — mais ceux de Frank étaient clairsemés — et des yeux énigmatiques, enfoncés et captivants qui, s'ils avaient donné du charme à Dee, n'apportaient à son frère qu'un air futé et dangereux.

Les deux hommes s'installèrent à une table, à l'autre bout de la salle, et commandèrent à boire. Ils lorgnaient de temps à autre une fille de joie, mais ne faisaient principalement que parler. Ils buvaient avec modération, ce qui était malin. Puis, tout à coup, ils furent debout et en marche vers la porte.

— Tu ne crois pas ? demandait la rousse à Logan.

— Ouais, bien sûr.

Il jeta un coup d'œil vers elle, avant de s'éloigner du bar.

— Merci pour la conversation, Red, mais il faut que j'y aille.

— Attends !

Elle le tira par le bras.

— J'ai passé une bonne heure avec toi. Tu ne vas pas m'dédommager un peu ?

— Et moi qui pensais que tu restais pour mes beaux yeux…

Il se tourna ; par la fenêtre, il pouvait toujours surveiller Griffin et Sandoval qui longeaient le côté de la bâtisse.

— C'est toi qui as voulu bavarder avec moi, dit-il.

— T'es bête ou quoi ? Je ne veux pas bavarder avec toi ! J'essaye de gagner ma vie, là !

— C'est un des risques du métier… répondit Logan en haussant les épaules. Je pensais avoir été clair : je préfère les blondes.

Une blonde en particulier.

Logan sourit légèrement en entendant Red lui donner toutes sortes de noms d'oiseaux, mais il s'en alla sans un regard en arrière.

Il se hâta vers l'étable où se trouvait Storm et remarqua immédiatement l'absence de Reverend. Il secoua un peu le garçon d'écurie pour le réveiller.

— Où est l'autre cheval que j'ai amené tout à l'heure ?

— Quoi ? demanda le garçon en clignant des yeux rapidement. Oh… la dame est venue le chercher.

— Quelle dame ?

Logan eut un mauvais pressentiment — ce qui devenait récurrent, ces jours-ci, depuis qu'il avait retrouvé Claire.

— Madame Ryan.

— À quoi ressemblait-elle ?

— Eh ben, c'tait une jolie dame, même si elle devait être en route pour un saloon.

— Pourquoi ?

— Vu comment elle était habillée…

Le garçon se gratta la tête ; il avait les cheveux ébouriffés.

— Vous avez des problèmes de couple ?

— Tu es trop jeune pour parler comme ça. De quelle couleur étaient ses cheveux ? demanda Logan, une suspicion commençant à lui ronger les méninges.

— Noir, répondit le garçon. Ils avaient presque l'air faux.

— Sans blague, marmonna Logan.

Il aurait dû savoir qu'elle ne l'écouterait pas. L'idée de fouiller dans ses affaires ne lui avait pas traversé l'esprit, mais à la réflexion, il aurait probablement dû.

— T'as une idée d'où elle allait ?

— Nom, m'sieur, répondit le garçon en secouant la tête.

Logan prit une pièce dans sa poche et la lui donna.

— Selle mon cheval, et fais vite !

— Oui, m'sieur.

Le garçon s'exécuta à la hâte.

CLAIRE FIT de son mieux pour ne pas se faire remarquer, restant suffisamment loin de Griffin et Sandoval pendant qu'ils traversaient la ville, mais elle faillit les perdre deux fois. Elle s'était enveloppée dans l'étoffe mexicaine, mais elle attirait malgré tout l'attention des hommes en passant devant les quelques autres établissements de la ville. Malheureusement, le tissu ne couvrait pas ses jambes nues et elles semblaient faire l'effet d'un phare à tous les types à quatre cents mètres à la ronde !

Claire était déjà venue à Cimarron, une fois, pour accompagner sa mère qui voulait recruter des filles pour son saloon. Maggie ne s'était pas sentie très bien, avant son départ, mais elle avait refusé de reporter son voyage. Claire avait alors insisté pour l'accompagner, histoire de veiller sur elle. Elle avait passé le plus clair de son temps dans le même hôtel qu'ils occupaient maintenant avec Logan, pour s'occuper de Jimmy. Quand ils avaient fini par rentrer à Las Vegas, Maggie n'avait embauché qu'une fille : Louisa Pérez.

Griffin et Sandoval quittèrent la densité de la ville pour se diriger vers les montagnes. Ils empruntèrent en partie la piste de Santa Fe qui, en traversant Cimarron, était la source de vie de la communauté. Mais d'après Claire, il devait être question d'autre chose que du commerce habituel entre les deux hommes, aujourd'hui. Elle pénétra en territoire inconnu.

Elle restait à la traîne, de peur qu'ils entendent son cheval. Par chance, le sentier était nettement marqué, alors elle le suivit en espérant à la fois ne pas perdre leur trace et ne pas être vue.

Mais qu'est-ce que je fais là ?

Je veux savoir ce qui est arrivé à maman et à Jimmy, se remémora-t-elle. Elle retournerait à l'hôtel dès qu'elle serait sûre qu'ils n'étaient pas là où se rendaient Griffin et Sandoval. Elle devait rester concentrée sur ce but. Avec un peu de chance, Logan n'aurait pas remarqué son absence.

Elle le revit fugacement avec la rousse. Si elle le trouvait dans la chambre avec cette fille… mais non, il ne serait pas assez bête pour faire une chose pareille. *Bon sang !* C'était vraiment stupide, de s'attacher à lui !

Après un virage, elle remarqua au loin la sombre silhouette d'une maison. De la lumière filtrait par les fenêtres et de la fumée s'élevait de la cheminée. Elle arrêta Reverend et mit pied-à-terre — cette fois sans tomber, heureusement. Elle guida son cheval dans les taillis et l'attacha hors de vue. Elle posa l'étoffe colorée sur la selle.

Ensuite, elle avança sans bruit vers la maison. Elle ne vit nulle part les montures de Griffin et Sandoval. Les deux hommes avaient dû les mettre derrière, avant de se rendre à l'intérieur. Claire s'immobilisa un moment ; elle avait peur de s'approcher plus, mais ne voulait pas rater quelque chose d'important. On ne voyait aucun mouvement dans la maison ; impossible de savoir qui étaient et où se trouvaient ses occupants.

Elle décida de la contourner par la droite. Le perron ne semblait pas une bonne idée et par-derrière, ce n'était pas mieux — les chevaux s'y trouvaient sûrement et pourraient signaler sa présence. Elle se plaqua contre la façade, mais la fenêtre était trop haute pour qu'elle puisse y jeter un coup d'œil. Elle envisagea d'aller chercher Reverend ; sur son dos, elle serait à la bonne hauteur. Mais il ferait probablement du bruit. Elle scruta les environs à la recherche d'une pierre ou d'un morceau de bois qui pourrait lui servir de marchepied, mais ne vit rien d'assez gros.

Elle avait la peur au ventre. Inspirant un bon coup, elle se faufila à l'avant de la maison et gravit lentement les marches du porche. À gauche de la porte d'entrée, une grande fenêtre donnait à l'intérieur, flanquée de rideaux entrouverts. Elle se tapit et regarda dedans, à la dérobée. Griffin était assis à une table en bois, à l'autre bout de la pièce. Apparemment, il nettoyait un pistolet. Une femme entra et Claire fit un effort pour mieux la distinguer. Elle était brune, jeune et jolie. C'était peut-être Dee, la sœur de Griffin. Claire ne se souvenait pas très bien d'elle, pour n'avoir qu'une ou deux fois échangé quelques mots avec elle, ces dernières années.

— « Garde donc qui voilà… ! »

La voix s'éleva dans la nuit, derrière elle.

Entendant se rapprocher un bruit de bottes montant les marches, elle se figea.

La voix de Sandoval était facilement reconnaissable.

Elle resta plantée là. Instinctivement, elle voulut s'enfuir en courant, mais une douleur fusa dans sa colonne vertébrale.

Sandoval appuyait le canon froid d'une arme entre ses épaules nues.

Avec sa perruque noire cachant ses cheveux blonds, il ne la reconnaîtrait peut-être pas. Elle leva les mains en l'air, s'accrochant de toutes ses forces à cet espoir. Elle lui tournait toujours le dos.

— Je cherche Maggie Waters. Elle m'a dit de venir à Cimarron pour du travail.

— C'vrai ? dit-il derrière elle. Et tu rôdes toujours la nuit ?

— C'est ce que font les filles de joie, non ?

Elle espérait que sa question murmurée ne trahirait pas sa terrible angoisse.

Sandoval enfonça son arme dans son dos pour la pousser en avant. Elle émit un faible cri, fermant les yeux pour se retenir de hurler.

— Tu espionnes, dit-il. Pour qui ?

— Je ne sais pas de quoi vous parlez.

Le visage écrasé contre la façade rugueuse de la maison, elle sut que ses chances de s'échapper se réduisaient à chaque instant. Sandoval la saisit par le bras et lui fit faire volte-face. Il saisit sa gorge dans l'étau douloureux de sa main et plaqua le canon de son arme sur sa tempe.

— Qui es-tu ? demanda-t-il.

Son visage était si près du sien qu'elle sentait l'odeur prononcée du tabac qu'il avait fumé. Elle chancela en se rappelant la dernière fois où il s'était trouvé si proche d'elle. *Il ne me reconnaît pas*. Elle essaya de se raccrocher à ce constat pour maîtriser la peur viscérale qu'elle avait de cet homme.

— Peggy Ryan.

Elle avait répondu à voix basse, même si ça n'avait plus d'importance. Il ne la reconnaissait pas, mais il la tuerait quand même, à tous les coups.

— Je travaille pour Maggie.

— Menteuse…

Il fit traîner un doigt sur son épaule nue. Elle se colla à la façade boisée de la maison pour fuir son contact.

— Je me suis tapé toutes les filles du White Dove, poursuivit-il. Et pas toi, alors tu mens.

Elle réfréna un accès de panique ; les battements de son propre cœur l'assourdissaient. Il allait tirer d'une seconde à l'autre et sa vie serait finie. Bon Dieu, ce qu'elle pouvait haïr cet homme ! Ce qu'elle détestait l'impuissance et la terreur !

Des larmes roulèrent sur ses joues. Elle s'efforça de prier comme le lui avait appris Tia ; un sanglot s'échappa de ses lèvres.

Ses ailes te guident vers le ciel. La colombe s'envole avec Son souffle.

Elle rejoignit en pensées la clairière dans les bois, là où elle allait s'asseoir, quand elle était petite. Une colombe blanche comme neige était venue près d'elle, comme sachant qu'elle la trouverait là.

La colombe.

Une silhouette sortie de nulle part tordit le bras de Sandoval. Une détonation assourdissante fit grimacer Claire. Elle cria, plaquant les mains sur ses oreilles, et tomba à genoux. Elle reçut au visage des échardes de bois pulvérisé. Un autre cri perçant lui échappa en voyant une personne massive mettre un coup de poing à Sandoval qui l'envoya à terre, inconscient.

— Tu vas bien ?

Elle ne distinguait que la sombre silhouette d'un homme. Le flot de ses larmes et le bourdonnement dans ses oreilles la coupaient du monde. Rêvait-elle ? C'était Logan ! Elle sentit la force de sa poigne en prenant la main qu'il lui tendait. Sa peau était chaude — Claire ne devait donc pas être morte. Il l'attira vers lui et la prit dans ses bras.

Le cliquetis d'une arme la fit sursauter. Logan fit volte-face en la cachant derrière lui ; il braqua un revolver qu'elle n'avait même pas remarqué en direction du corps inerte de Sandoval.

Frank Griffin se tenait sur le perron, face à eux, le mettant en joue avec un fusil.

— T'es sur une propriété privée, connard ! dit Griffin. Lâche ça, ou je vous bute, toi et ta pute, et ça s'ra d'la légitime défense.

— Alors, je le tuerai lui aussi, dit Logan d'une voix parfaitement calme.

Claire s'efforça de calmer sa respiration.

— T'es qui, putain ? demanda Griffin.

Sandoval bougea. Avant que Claire ne puisse prévenir Logan, ce dernier l'attira au sol en échangeant des coups de feu avec le Mexicain ; puis, il entraîna Claire à sa suite en bas des escaliers en la tirant par le bras, lui servant toujours de bouclier.

— Ne te redresse pas ! la prévint-il.

Il dégaina un autre pistolet et continua à tirer, tout en se dirigeant vers le côté de la maison. Il s'arrêta pour recharger les deux armes avec une rapidité qui la stupéfia.

— Fonce vers les arbres !

Il fit un signe de tête vers la forêt, à quelques centaines de mètres de là. Elle s'élança, il fit feu, et ils se retrouvèrent bientôt à courir le plus vite possible entre les cactus, les pins et les buissons épineux qui ne cessaient d'érafler et de brûler les bras et les jambes de Claire. Elle avait mal sur le côté du buste et pensait qu'une branche avait dû l'entailler sévèrement.

Elle trébucha, mais Logan la remit sur pied et l'entraîna encore plus loin. Elle ne savait pas du tout où ils se trouvaient et s'en remettait entièrement à lui pour trouver leur chemin. Quand il devint évident qu'ils n'étaient pas poursuivis, Logan s'arrêta pour les laisser reprendre leur souffle.

Une vive douleur transperça Claire entre les côtes. Par réflexe, elle porta une main à son buste, à droite, et ouvrit des yeux écarquillés en sentant une moiteur. Elle baissa les yeux ; sa paume était couverte d'une tache sombre. Du sang ! L'éraflure devait être plus grave qu'elle n'avait cru. Elle leva les yeux vers Logan qui la dévisageait, choqué lui aussi. Elle prit peur en le voyant s'approcher d'elle, comme enragé.

— Putain de merde, Claire… Tu as reçu une balle !

Elle voulut dire quelque chose, mais sa vue se troubla et elle sombra.

CHAPITRE SEPT

Claire s'évanouit et Logan la recueillit dans ses bras, s'insurgeant contre le sort. Il était hors de question qu'il la perde ! Il l'allongea, le dos contre ses jambes. Il arracha la chemise qu'il portait en faisant voler les boutons et glissa une main entre ses genoux pour attraper le couteau qu'il cachait dans sa botte. Avec précautions, il entailla la robe de Claire sur le côté, puis coupa son chemisier imbibé de sang.

Il tenta d'examiner la blessure. Il n'y voyait pas grand-chose dans la pénombre, mais son buste semblait seulement écorché. Il ne voyait ni boursouflure ni large blessure indiquant la présence d'une balle dans son corps. Mais il ne se détendit que très légèrement, parce qu'elle perdrait trop de sang. Il découpa plusieurs bandes de tissus dans le bas de sa chemise et les plaqua sur sa cage thoracique, avant de les maintenir autour avec le reste du vêtement.

Il inspira pour se calmer. Il repensa à l'indécence de son acte, quand il avait ouvert sa robe. Tenant son corps inerte dans ses bras, la peur le gagna, en même temps qu'une pulsion primitive qui s'enracina en lui : il voulait bien plus d'elle que son corps. Il la voulait tout entière, avec l'esprit et la nature essentielle qui la caractérisaient — et il avait besoin de plus de temps pour explorer le potentiel entre eux. Il ne laisserait pas une fichue balle lui voler cette chance !

Tout en lui caressant le front, il lui dit doucement :

— Claire, réveille-toi…

Elle bougea légèrement.

— Il faut qu'on marche jusqu'à mon cheval ; sinon, on ne réussira jamais à retourner en ville. Tu m'entends, ma chérie ?

Elle ouvrit les yeux.

— Que s'est-il passé ?

— Tu as reçu une balle, mais la blessure est superficielle, tu vas t'en sortir. En revanche, il faut qu'on parte d'ici. Si je t'aide, tu peux marcher ?

— Oui, répondit-elle, sa voix n'étant plus qu'un murmure éraillé. Je vais essayer.

Elle se leva, tituba et baissa les yeux sur le bandage improvisé. Elle essaya de cacher avec ses bras son corps légèrement dénudé. Comme il avait déjà ôté sa chemise, Logan ne put rien lui proposer pour se couvrir, mais la robe en soie noire dissimulait encore le plus important et il n'avait rien vu qu'il n'aurait pas dû. De toute façon, concentré sur la blessure, il ne lui serait pas venu l'idée de regarder.

— Ne sois pas gênée, dit-il. Je n'ai découpé que le côté de la robe, près de la plaie.

Elle se remettait rapidement.

— Tu as pu arrêter les saignements ?

— Pour l'instant.

Il passa un bras autour de sa taille et la maintint contre lui, de l'autre côté de la blessure. Il se mit à marcher lentement. Un rapide coup d'œil aux étoiles et au terrain lui donna une idée générale de leur emplacement. Il n'y avait plus qu'à espérer que Griffin, ou la personne qui avait tiré en premier, n'avait pas trouvé son cheval caché derrière un massif de genévriers à bien cinq cents mètres de la maison.

— J'ai une trousse médicale à l'hôtel, alors n'appelle pas de médecin, dit-elle.

Elle respirait difficilement.

— Pourquoi ?

— Inutile d'attirer plus d'attention sur nous. Promis, hein ?

— Je ne peux pas promettre ce genre de chose. Rentrons à l'hôtel ; on verra ensuite ce qu'il sera nécessaire de faire.

Quand la respiration de Claire devint trop laborieuse, il la souleva dans ses bras en prenant soin de ne pas toucher la plaie.

— Tu vas t'épuiser, dit-elle, mais sa tête roula contre son épaule.

Il fut soulagé de trouver Storm exactement là où il l'avait laissée. Il hissa doucement Claire sur la selle, avant de monter derrière elle.

— Et Reverend ? demanda-t-elle.

— Ça ira. Je reviendrai le chercher demain.

Logan surveilla leurs arrières, tout en laissant Storm se frayer un chemin dans l'étendue sauvage. Il évita la route, hésitant même à rentrer à l'hôtel, mais ils n'avaient pas été suivis, alors il prendrait le risque pour cette nuit. Il devait soigner Claire au plus vite.

Quand ils arrivèrent à l'hôtel, Logan attacha sa jument derrière l'établissement qu'il contourna ensuite, portant Claire jusqu'au hall d'entrée. Heureusement, l'endroit était désert en cette heure tardive. Il traversa le couloir en quelques grandes enjambées, s'efforçant en même temps de retirer la clé de sa poche de chemise. Il put ensuite ouvrir la porte et se glisser dans la chambre. Il déposa Claire sur le lit ; elle grimaça en fermant les yeux. Il attrapa une couverture et la posa sur elle, puis lui ôta rapidement ses bottines lacées. Elle avait de sévères ampoules aux talons. Visiblement, elle n'avait pas l'habitude de porter ce genre de chaussures.

— Dans mon sac, tu trouveras une pochette pleine de sucre.

Elle se frotta le front.

Logan fouilla dans ses sacoches de selle.

— Ça ? demanda-t-il en brandissant un petit sac en cuir brut.

Elle acquiesça, livide.

— Il va te falloir de l'eau… et plus de tissu, dit-elle d'une voix irrégulière.

Il prit la cruche sur la commode, soulagé de la trouver pleine, et s'empara d'une autre de ses chemises. Il regrettait de ne pas avoir rapporté une bouteille de whisky du St James, mais quelques heures plus tôt, il aurait eu l'air de vouloir saouler Claire pour profiter d'elle. Il faisait vraiment de son mieux pour faire preuve à son égard d'un comportement irréprochable. *Et merde !* Sa bonne conduite n'avait pas été gage de sa sécurité, ce n'était rien de le dire !

Avec précautions, il abaissa la couverture et entreprit de défaire le bandage qu'il avait fait plus tôt. Elle baissa les yeux sur ses manœuvres.

— Coupe-le, tout simplement, dit-elle. La robe aussi.

— Je ne veux pas que tu m'accuses de te déshabiller !

Il sortit son couteau et se débarrassa rapidement du bandage. Ensuite, il s'attaqua à ce qui restait de la robe.

— Louisa va me tuer… dit-elle.

— C'est sa robe ?

Elle hocha la tête. Il s'accroupit entre le lit et la fenêtre et tailla le tissu en soie le long de son buste, tout en essayant de ménager sa pudeur.

— Je suis sûre que tu as déjà vu une femme nue. Allez, enlève-là ! ordonna-t-elle avec agacement.

— Tu choisis un drôle de moment pour flirter avec moi, marmonna-t-il, un peu nerveux.

Il n'avait jamais déshabillé une femme en dehors de certaines occasions bien particulières.

— Je ne flirte pas…

Elle serra les lèvres et regarda au plafond.

— Je t'ai vu tout nu au Texas, alors visiblement, on n'en est plus là.

Logan y songea. Il avait effectivement été nu, lors de leur première rencontre ; mais il avait pensé que, dans l'empressement dont Claire avait fait preuve pour le tenir à distance, ce détail était passé inaperçu. Le fait qu'elle s'en souvienne lui inspira une certaine émotion ; il nourrit l'espoir que leur rencontre soit gravée dans son esprit autant qu'elle l'était dans le sien — tout comme le baiser devant l'hôtel.

Il baissa sa robe et son chemisier jusqu'à ses fines hanches. Il entraperçut le bout rose de ses seins, avant de poser sur elle la couverture. Il ne s'était jamais vu comme ces types capables de profiter d'une femme, mais que venait-il de faire, là ?! Il s'immobilisa ; devait-il ou non enlever le reste de sa robe et ses sous-vêtements ?

— Je sais que tu préfères les rousses.

La jalousie dans sa voix, aussi modique soit-elle, le prit de court. Donc, Claire l'avait vu avec Red. Son cœur s'emballa un peu. En tous cas, il se sentait incapable de la déshabiller plus pour le moment, et ça n'avait rien à voir avec l'envie de préserver sa pudeur !

Refusant de saisir l'opportunité de la séduire, il coinça la couverture autour de ses épaules et s'efforça de rester concentré sur ce qui avait vraiment de l'importance. Sa vie.

— J'étais juste allé glaner des informations. Je n'aime pas spécialement les rousses.

Il arracha plusieurs bandes de la nouvelle chemise qu'il trempa dans la bassine d'eau posée derrière lui, sur le large rebord de fenêtre. Il repoussa juste ce qu'il fallait de couverture pour voir l'endroit où la balle l'avait entaillée, se gardant bien de découvrir sa poitrine.

— Tu peux lever ton bras ?

Elle y parvint, mais l'effort la fit grimacer. Il mit plusieurs minutes à nettoyer le sang séché, avant de pouvoir enfin atteindre la blessure humide qui se remit à saigner.

— Saupoudre le sucre sur la plaie, dit-elle.

— Je n'ai jamais entendu parler de ce procédé.

Mais il ouvrit le petit sac et s'exécuta.

— Ça va sécher la plaie et favoriser la guérison.

— Je pense que je devrais quand même aller chercher du whisky, pour empêcher toute infection, dit-il.

— Le sucre fera le même effet.

— Il faut peut-être que je recouse la plaie.

Claire secoua la tête.

— Non ; vu où elle est placée, ce n'est pas la peine.

— Tu risques d'avoir une méchante cicatrice.

— Il vaut mieux laisser ouvert pour que ça guérisse. Tu peux refaire un bandage ?

Pour bander ses côtes à nouveau, Logan fut obligé de retirer la couverture. Il se trouva soumis à une épreuve jusqu'alors inconnue. La peau blanche, la taille fine et les seins ronds de Claire déclenchèrent en lui un désir si violent qu'il eut l'impression d'être un garçon voyant une femme nue pour la première fois. Mais il était loin de n'être qu'un petit garçon et il avait le pressentiment que Claire était une femme dont il ne pourrait bientôt plus se passer.

— Et pour la douleur ? demanda-t-il d'une voix où pointaient colère et frustration. Tu as quelque chose à prendre pour la calmer ?

Il remonta la couverture sur elle, puis s'éloigna du lit — d'elle et de la tentation.

La respiration de Claire était comme un râle qui résonnait dans la pièce exigüe.

— Pas vraiment. Je n'ai pas emporté tous mes remèdes.

— Je peux te laisser seule cinq minutes ?

— Pour quoi faire ?

— Je dois m'occuper de Storm avant qu'on ne la remarque et je vais trouver quelque chose pour calmer la douleur.

Elle hocha la tête.

Il se pencha vers elle et l'embrassa sur le front. Il fut choqué par son propre geste ; la toucher était la dernière chose à faire, mais il n'avait pu s'en empêcher.

— Je reviens tout de suite.

La perruque était de l'histoire ancienne, perdue quelque part pendant leur fuite. Il était ravi de ne plus la voir, mais il devrait quand même la retrouver. Si quelqu'un tombait dessus, l'anonymat de Claire serait compromis.

— Sois prudent, murmura-t-elle.

Leurs regards se croisèrent, puis Logan quitta la chambre pour s'empêcher de changer d'avis et de rester. Il fit ce qu'il avait à faire en un rien de temps.

CLAIRE SE RÉVEILLA. La douleur lancinante et la sensation de brûlure sur le côté de son corps la firent gémir. Lorsqu'elle bougea légèrement, ça devint insoutenable ; elle se mordit la lèvre. Logan somnolait sur la chaise, une épaule appuyée au mur et les jambes étendues sur le bas du lit. Il tenait un fusil dans les bras.

Il aurait pu dormir avec moi. Ce n'est pas comme s'il me trouvait irrésistible. J'étais toute nue et ça ne lui a fait aucun effet.

Au moins, sa déception la distrayait de son corps qui souffrait le martyre. Elle se redressa avec détermination en serrant les dents pour s'empêcher de grogner de douleur. La bouteille de whisky que Logan avait rapportée la veille était juchée sur la table de nuit, à côté du lit. Elle s'en empara et but plusieurs gorgées au goulot, avant de s'appuyer contre la tête de lit en fer. La brûlure de l'alcool la fit tousser et elle fut prise de nausée. Elle n'aimait vraiment pas boire, mais être un peu éméchée lui évitait de se focaliser sur la douleur ; une piètre consolation, mais à ne pas négliger.

Logan remua.

— Comment te sens-tu ?

Il se leva et regarda par la fenêtre, puis il s'approcha du lit et posa le fusil contre le mur.

— Je n'aurais jamais cru boire un jour dès le réveil ! dit-elle.

La chemise ouverte de Logan attira son regard. Elle s'attarda sur son torse couvert d'une toison brune et ses abdos qui se contractaient à chacun de ses déplacements autour du lit. Elle ressentit de la chaleur dans son ventre. *Ce doit être l'alcool.*

— Oui, mieux vaut ne pas en faire une habitude, dit-il en souriant. Tu as vraiment bien dormi, tu as l'air d'aller mieux.

— Je ne me sens pas mieux. Quelle heure est-il ?

— Midi passé.

— Oh ! fit-elle en écarquillant les yeux, la fusillade dans les bois lui revenant en mémoire. On ne devrait pas rester là !

— Je me disais la même chose.

Un coup frappé à la porte les interrompit. Logan prit son arme à six coups ; il était rangé dans un étui posé au sol sur un tas d'affaires, à côté d'un pistolet plus petit fixé à un harnais noir. Claire fronça les sourcils devant toutes les armes qu'il avait apportées.

— Qui est-ce ? demanda-t-elle d'une petite voix.

Il entrebâilla la porte et jeta un coup d'œil à l'extérieur, avant d'ouvrir complètement.

— C'est Red.

Claire regarda, stupéfaite, la gourgandine du St James entrer dans la chambre. Super, se dit-elle ; elle serait aux premières loges pour la voir se jeter au cou de Logan !

La fille dévisagea Claire, puis regarda nerveusement Logan qui refermait la porte.

— Faut croire que t'as trouvé ta blonde, finalement, dit-elle, visiblement déçue et confuse.

— Comment tu as fait pour me retrouver ? demanda Logan.

— Je t'ai suivi, hier, quand tu es revenu chercher une bouteille de whisky et que tu as décampé comme si t'avais le feu au cul.

Elle regarda Claire à la dérobée.

— Je comprends pourquoi, maintenant. Tu ressembles vraiment à Maggie Waters, toi !

— Tu la connais ? demanda Claire.

Red acquiesça par un simple battement de paupières.

— Tu sais où elle est ? ajouta Claire avec insistance.

Red hésita.

— Non, je ne sais pas. Il y a autre chose qui m'amène, dit-elle en faisant un mouvement de tête vers Logan. Ton mec, là, il est venu hier demander après Maggie. Je venais pour le prévenir ; mais vu que t'es la fameuse blonde pour qui il se réservait, eh ben, p't-être bien que j'devrais vous prévenir tous les deux.

— Nous prévenir de quoi ? demanda Claire.

— T'as déjà entendu parler d'un certain Teddy Luttrell ?

Claire acquiesça.

— Il s'est fait tuer l'année dernière. Tu le savais, non ?

Claire hocha la tête à nouveau.

Red regarda derrière elle comme si quelqu'un pouvait l'entendre, mais Logan avait refermé la porte. Ils étaient seuls.

Red dit à voix basse :

— Je crois que Maggie a assassiné Luttrell.

— Quoi ?!

Claire fit un effort pour se redresser, prenant conscience après coup de sa nudité. Elle s'empressa de caler le drap autour de sa poitrine. Un spasme douloureux dans sa cage thoracique la fit grimacer.

— Qu'est-ce qui te fait dire ça ?

— Tu as la moindre preuve de ce que tu avances ? demanda Logan d'une voix sévère.

Red lui jeta un regard avant de se retourner vers Claire.

— Écoutez, j'en ai déjà sûrement trop dit. Je ne peux rien ajouter. Je suis venue parce que… eh bien, tu m'as plu, dit-elle en fixant Logan à nouveau. C'est très rare qu'un homme me rejette. Ça m'a fait réfléchir à des choses… je ne devrais sûrement pas m'en mêler, mais je ne voulais pas que tu fréquentes Maggie. Elle n'en vaut pas la peine.

Red pivota vers la porte, puis s'arrêta dans son élan.

— Il y a une autre raison, aussi. Mon frère — il s'appelle Shorty McClaren — il a côtoyé Maggie, il y a longtemps. Et je ne l'ai jamais revu depuis, dit-elle en s'adressant directement à Claire.

— Je me souviens de lui.

Des mois plus tôt, Shorty avait passé pas mal de temps au White Dove. Ensuite, Sandoval avait attaqué Claire.

— J'ai bien peur de ne pas l'avoir vu récemment.

— Tu es la sœur de Maggie ? demanda Red.

— Non. Je suis sa fille.

Red sembla très étonnée.

— Eh ben… peut-être que je me trompe sur son compte.

— Est-ce que Frank Griffin sait où elle est ? demanda Logan.

— Non, mais il veut la retrouver à tout prix. Ceci dit, à votre place, je n'aurais pas envie de croiser son chemin. Il faut que j'y aille.

— Attends ! dit Claire. As-tu entendu quelque chose à propos de Jimmy Waters ? C'est mon frère, un grand blondinet de huit ans. Il était avec Maggie, quand elle est venue ici.

Red secoua la tête.

— Désolée… je n'ai pas d'autre info.

Elle ouvrit la porte et jeta un coup d'œil dans le couloir. Puis, elle regarda Logan par-dessus l'épaule, avant de dire à Claire :

— À ta place, je ferais tout pour le garder. Les types bien se font rares.

Elle referma la porte derrière elle.

Logan ramassa son étui de revolver au sol, le boucla autour de sa taille et glissa dedans son six-coups. Il s'assit au bord du lit qui grinça sous son poids. D'une main, il enleva la couverture des jambes de Claire qui serrait le drap contre sa poitrine.

— Il faut qu'on t'habille, dit-il.

Ses gestes avaient beau être impersonnels, Claire frémissait malgré tout.

— Quelle relation ta mère entretenait avec Luttrell ?

— Je n'en sais rien. Les hommes allaient et venaient. Je n'y prêtais pas beaucoup d'attention.

Elle se tourna vers lui.

— J'aurais dû, j'imagine…

— Tu n'es pas en sécurité, ici.

— Je pense n'être en sécurité nulle part. Tôt ou tard, Griffin et Sandoval sauront que je suis vivante. Et ils me mettront la main dessus, ne serait-ce que pour retrouver Maggie plus facilement.

— Alors ne leur laissons aucune chance de t'attraper. Je te préfère vivante.

Il la fixa de ses yeux couleur bleu-vert.

— J'espère juste que Jimmy est vivant…

— Il y a de grandes chances qu'il le soit. Vu que Griffin et Sandoval n'ont pas Maggie, on peut facilement supposer que, où qu'elle soit, Jimmy est avec elle. Malgré tout ce qui s'est passé hier soir, je crois que tu peux être optimiste.

L'espoir de Logan l'encouragea.

— Tu as vraiment repoussé cette rousse, hier ?

La question lui avait échappé.

Le regard de Logan s'enflamma.

— Il se pourrait qu'une certaine Peggy aux cheveux noirs m'ait fait tourner la tête.

Claire sentit son corps monter en température et rougir de la tête aux pieds. Ses seins réagirent comme s'il les avait touchés et elle fut soudain tentée de repousser le drap.

Elle avait envie de Logan.

Claire n'avait jamais compris pourquoi les femmes sacrifiaient leurs propres besoins, leurs propres désirs, au premier venu. Mais Logan n'était pas n'importe quel homme. Elle n'aurait pourtant pas dû le désirer de cette façon. Résister à la tentation aurait dû être simple… malheureusement, ce fut plus fort qu'elle.

Elle tendit un bras vers lui. Il lui prit la main.

— Red ne m'attire pas ; mais toi, oui. Si on va sur ce terrain, je vais avoir envie d'aller jusqu'au bout et ton état ne le permet pas.

Quand il déposa, de ses lèvres chaudes et douces, un baiser dans sa paume, la chaleur dans son ventre n'eut plus aucun lien avec le whisky.

Logan lâcha sa main après la lui avoir posée sur les genoux.

— Je suis tenté d'aller voir le shérif et de tout lui raconter.

— Mais…

— Mais, l'interrompit-il doucement, je sais ce que tu te dis et tu as peut-être raison. S'en remettre aux autorités, à ce stade, pourrait faire plus de mal que de bien. Je veux te ramener à Las Vegas.

— On pourrait sûrement en savoir plus, en restant ici.

— Peut-être que oui, peut-être que non. De toute façon, tu as besoin de repos.

— Alors, je ne devrais pas voyager…

— C'est vrai, mais je crois qu'on aura beaucoup de mal à rester cachés, par ici. Cimarron est une petite ville.

Il se leva et boutonna sa chemise.

— Je dois m'occuper de certaines choses. Tu penses pouvoir être prête d'ici ce soir ?

Claire hocha la tête. Le drap remua, caressant sa peau nue. Elle se demanda ce qu'elle ressentirait, si Logan la touchait. Si elle sentait son souffle glisser sur elle… Le désir, mêlé de la déception que lui inspira son départ, pesa lourd sur ses pensées et sur son cœur.

Une chose était claire : Logan avait fait tomber sa carapace comme peu de gens avant lui.

Ce qui aurait dû la contrarier.

Bon Dieu, c'était loin d'être le cas !

CHAPITRE HUIT

Reverend suivait Storm qui ralentit pour pénétrer dans une zone boisée, au sud de Cimarron. Logan était allé le chercher, le matin même, très tôt. Claire avait été soulagée de ne pas devoir repartir sans lui. Sandoval n'aurait sûrement pas fait le lien entre le cheval et elle, mais il aurait pu remonter sa piste jusqu'au White Dove.

Jusqu'à présent, ils avaient suivi la route dans le noir, au petit galop. Logan n'avait pas dit un seul mot, mais il avait dû sentir que le cheval de Claire ne pourrait pas maintenir ce rythme beaucoup plus longtemps — pas plus qu'elle, d'ailleurs, si elle en croyait la douleur cinglante à son flanc. Elle serra les dents et changea de position sur la selle. Sa robe tirait sur le bandage, elle avait envie d'enlever la jupe et le jupon, mais se retint de se plaindre ; Logan devait avoir une raison de rester silencieux.

La lune était quasiment pleine ; elle perçait à travers les arbres, éclairant leur chemin. Une brise soufflait dans la vallée isolée qu'ils traversaient et faisait remuer les branches des peupliers qui les abritaient. On entendait au loin le bruit d'un ruisseau. C'était un endroit idéal où construire une maison et justement, ils aperçurent une bâtisse. On voyait de la lumière à travers les fenêtres et de la fumée s'échappant lentement de la cheminée.

Logan les fit ralentir pour contourner la propriété au pas. Ensuite, ils continuèrent leur route en suivant un sentier sur les contreforts des montagnes. Ils évitèrent une prairie, à leur gauche, pour rester à couvert.

Réprimant un gémissement, Claire sortit la bouteille de whisky d'une sacoche et en but une autre gorgée. Était-elle devenue alcoolique ? Elle n'aurait su dire, mais son buste la faisait souffrir et elle ignorait jusqu'où Logan comptait aller avant de s'arrêter pour la nuit et combien de temps elle pourrait encore tenir.

Quand ils arrivèrent près d'un grand piton rocheux entouré d'arbres, Logan prit le cheval de Claire par la bride et le guida derrière un bosquet de pins. Il plaqua un doigt ganté sur ses lèvres pour l'inviter au silence, se pencha et approcha sa bouche tout près de son oreille.

— On est suivis.

Son souffle chaud lui donna des frissons. Elle hocha la tête. Il prit son fusil et descendit de cheval, puis disparut à pied en rebroussant chemin.

Ne sachant pas quoi faire ni comment se rendre utile, Claire mit pied à terre en grimaçant, se retenant de toutes ses forces de gémir de douleur. Elle ôta son grand sombrero et prit dans ses sacoches de selle le revolver que Logan lui avait acheté un peu plus tôt. Le Colt, avec son barillet à cinq coups, était plus petit que le Peacemaker. Claire avança jusqu'au bord de la paroi rocheuse en se répétant mentalement le nombre de coups. *Cinq.* Elle aurait cinq chances de se défendre, si quelqu'un l'attaquait. Avec un peu de chance, cinq coups suffiraient.

Les chevaux s'ébrouaient et piaffaient nerveusement. Claire scruta par-dessus son épaule la pénombre de la forêt.

Elle sentit une odeur de tabac.

Elle se sentit gagnée par la peur et regarda fébrilement autour d'elle, priant pour que ce ne soit pas Sandoval.

Où es-tu, Logan ?

En bougeant, elle risquait de se faire remarquer, mais elle ne pouvait pas rester immobile pendant que Sandoval, ou quiconque était là, risquait de tirer sur Logan.

En dépit de son confort personnel, elle s'éloigna des rochers pour se faufiler dans les bois. Elle avança au hasard dans l'obscurité. Des aiguilles de pin écrasées sous ses bottes rompirent le silence. Elle s'immobilisa en serrant plus fermement son revolver ; elle devait faire moins de bruit !

— *Puta…*

Claire se figea. Elle entendit un petit rire dans son dos, puis sentit l'odeur de tabac devenir plus forte. Sandoval était le seul à l'appeler ouvertement « putain ». Il savait donc qui elle était.

— Il y avait un truc louche, à propos de l'étranger, en ville, dit-il.

La voix de cet homme la répugnait ; elle lui faisait l'effet d'une bavure sur sa peau.

— Mais je n'aurais jamais imaginé qu'il me mènerait jusqu'à toi. On te croyait tous morte.

Claire bougea légèrement sa main droite et braqua son arme face à elle, dans l'un des plis de sa jupe. Heureusement qu'elle pouvait la dissimuler, mais elle paniqua en pensant à la suite des événements. Elle était une piètre tireuse, à côté de Sandoval ! Il devait l'avoir dans sa ligne de mire, sans aucun doute.

— Ne t'imagine pas que ce *desperado* viendra à ton secours. Je me suis occupé de lui.

Claire s'affola. Il mentait peut-être — il fallait qu'il mente !

Cinq coups.

— Ton déguisement était réussi. Je me demande depuis

combien de temps tu étais de retour, à duper tout le monde comme ça, dit Sandoval à mi-voix, avec son accent saccadé.

Il se remit à rire.

— Je t'ai flanqué la trouille, hein ?

Il s'approcha. Elle tressaillit en le sentant glisser un doigt entre ses omoplates. Le fait d'avoir une chemise sur le dos n'atténua pas la répulsion qu'elle ressentit à ce contact qui se reproduisait à si peu d'intervalles.

Maintenant assez proche d'elle, il avait des chances de voir le revolver. Elle devait faire quelque chose.

— Je n'ai jamais oublié ce que tu m'as fait, dit-il.

Elle savait bien qu'il parlait de la fois où elle l'avait drogué, après qu'il eut tenté de la violer.

Fais vite !

Elle se retourna en armant son pistolet, mais il lui saisit le poignet au moment où elle fit feu. Le tir fut dévié et la balle percuta le haut d'un arbre. Un cri, sorti de la gorge de Claire, déchira la solitude de la nuit. Elle se débattit contre lui. S'y prenant à deux mains, elle réarma le revolver. Le coup partit avec un bruit terrible dans l'épaule de Sandoval qui desserra son emprise, tandis qu'elle tombait à la renverse. Elle s'empressa de se relever, mais elle avait perdu son arme. Elle se mit à la chercher désespérément.

Non, cours !

Elle s'enfuit à toutes jambes à travers la forêt, sans regarder en arrière. La peur lui donnait des ailes. L'air froid de la nuit piquait ses joues ; ses tresses rebondissaient sur ses épaules.

Elle courait vite, ses bras et ses jambes se mouvaient en cadence de façon autonome. Elle n'avait jamais connu ça, la fuite et la liberté. Elle avait échappé de justesse à Sandoval la nuit d'avant, ce qu'elle n'avait pas du tout réussi à faire trois mois plus tôt. Mais ce soir, elle se débarrasserait de lui. Elle allait courir sans s'arrêter et il ne pourrait jamais la rattraper.

Peut-être que, pour une fois, elle serait aux commandes d'une vie qu'elle avait rarement sentie lui appartenir.

Une rivière lui coupa la route et elle fut obligée de s'arrêter. Ses halètements sonores résonnaient dans ses oreilles. Elle observa les environs en tentant de respirer par le nez pour parvenir à entendre si elle était suivie. La douleur lui transperçait le flanc droit, mais elle s'efforçait de ne pas y prêter attention. Il n'y avait personne ; seul le cours d'eau lui tenait compagnie en coulant doucement.

Où est Logan ?

Il fallait qu'elle le retrouve ! Et si Sandoval lui avait vraiment fait du mal ?

Dans la quiétude de la forêt, Claire semblait perdre son identité personnelle. Si elle s'enfuyait dans les montagnes, personne ne connaîtrait son histoire. Elle pourrait prendre un nouveau départ, suivre un chemin différent.

Ces pensées la choquèrent et elle les chassa. *Folles. Irrationnelles.* Elle s'était déjà sauvée une fois, au Texas, avec Molly. À cette occasion, Logan était entré dans sa vie et maintenant, il était là, potentiellement en danger. À cause d'elle. Elle devait retourner le secourir.

Elle rebroussa chemin vers Sandoval. Consciente de n'être plus armée, elle avança sans faire de bruit vers l'endroit où il lui était tombé dessus. Elle s'arrêta, à l'affût du moindre mouvement, mais tout était calme. Que Sandoval se soit enfui semblait peu probable. Elle sillonna la zone. Aucune trace du Mexicain, pas d'odeur de tabac.

Une main sortit de nulle part et se plaqua sur sa bouche. Elle tenta de l'enlever de toutes ses forces et poussa un hurlement étouffé. Son assaillant la tira violemment en arrière pour la plaquer sur son large torse. La terreur fusa dans ses jambes, comme précipitée par la foudre. Un murmure lui parvint :

— Non, Claire, c'est Logan !

Elle cessa de se débattre et s'affaissa contre lui, soulagée. Quand il desserra son emprise, elle se retourna contre lui.

— Dieu merci, tu vas bien !

Elle le prit dans ses bras.

Il referma les siens autour d'elle ; sentir son corps fut comme trouver un phare dans la tempête. Elle ignora la douleur aigüe entre ses côtes pour s'abandonner à leur étreinte et à son besoin de le toucher.

— J'ai entendu des coups de feu, dit-il. Tu es blessée ?

— Non.

Elle enfouit son visage dans son cou.

— C'était Sandoval. Je pense que je l'ai touché. Tu es blessé ?

— Rien de grave.

Cette réponse l'inquiéta. Elle se pencha en arrière et vit une grande marque au niveau de son œil gauche.

— Il t'a assommé ?

— Quel idiot j'ai été, de vouloir que tu te caches pendant que j'inspectais les lieux !

— Tu es fou ? Je…

Il l'embrassa, d'un baiser avide et résolu. Brusquement, il cessa.

— Cache-toi, chuchota-t-il en lui tenant fermement le visage à deux mains.

Elle hocha la tête, bouleversée par l'intensité de son geste et tout ce qu'il impliquait. Il s'éloigna et elle rampa dans l'obscurité et l'anonymat de la nuit. Au bout d'un long moment, il revint.

— Il y a des traces de sabots retournant vers Cimarron. Et du sang. Tu lui as bien tiré dessus.

Claire se leva.

— Tout s'est passé si vite !

— C'était suffisant pour lui faire tourner les talons et déguerpir. Promets-moi juste une chose…

Claire ne voyait plus rien d'autre que la grande silhouette de Logan, dont émanait colère, instinct de protection et une force purement sexuelle… entièrement concentrée sur elle. Un désir explosa en elle avec une telle violence qu'elle en chancela. Elle imagina enlever ses vêtements et s'offrir à lui, le toucher, coller son corps au sien. Abasourdie, elle se sentit prise au piège par la folie de ses propres sentiments.

— Quoi ?

— À l'avenir, plus de face-à-face armé avec ce connard. Ce n'est pas un spectacle à mon goût.

Elle acquiesça.

— Tu veux que je jette un coup d'œil à cette blessure ? demanda-t-elle.

Elle tendit la main et repoussa ses cheveux de l'hématome en essayant de chasser ses pensées lubriques. Une vive douleur se déclencha dans son flanc, l'aidant à détourner son attention.

Logan fit un pas en arrière.

— Ouais, mais faut monter un campement d'abord. Pas de feu.

Elle laissa retomber sa main à contrecœur.

Logan alla chercher les chevaux et ils avancèrent vers le sud, avant de faire halte. Claire s'assit à côté de lui sur le seul sac de couchage qu'ils avaient pour examiner sa blessure du mieux qu'elle pouvait, à la belle étoile. Visiblement, ce n'était pas ouvert, ce qui était une bonne chose. Aucun risque d'infection.

Son corps vibrait encore de désir ; elle se demandait quelle serait la réaction de Logan si elle l'embrassait comme une femme prête à faire l'amour. Sans en être sûre, elle avait l'impression insensée qu'elle pourrait avoir la réponse très facilement, en ce qui le concernait.

Non… en ce qui *la* concernait. Suscitées par l'intensité d'un désir qu'elle semblait incapable de contrôler, des larmes lui montèrent aux yeux.

Le jappement lointain d'un coyote lui fit perdre le fil de ses pensées, rompant le charme un instant.

Elle sentit Logan poser une main sur son front.

— Tu es brûlante. Pourquoi ne pas m'avoir dit que tu avais de la fièvre ?

Elle en avait ? Une nouvelle vague de désir la percuta de plein fouet. Elle se pencha vers lui et l'embrassa dans le cou, sur la joue, partout où ses lèvres trouvaient à se poser.

— Claire…

Sa voix trahissait l'inquiétude, mais ce n'était pas ce qu'elle voulait de lui. Elle colla sa bouche à la sienne et il l'attira contre lui, répondant avec ferveur par un baiser passionné à la soif qu'elle ne pouvait plus refouler. Elle grimpa sur ses genoux, éperdue de désir.

— Ma chérie, dit-il en la repoussant ; tu n'es pas en état de faire ça.

Elle ferma les yeux ; son corps tout entier se mit à frissonner. Logan la fit se rasseoir sur le sac de couchage. Elle ne put se retenir plus longtemps et fondit en larmes.

— Chut… fit-il en lui caressant les cheveux. Essaye de dormir.

Il s'allongea à côté d'elle et elle sanglota, le nez dans sa chemise. Dans un brouillard de fatigue, elle réalisa la gravité de son état. Elle espérait que la fièvre combattrait le risque d'infection ; mais quelles ressources en elle allaient lutter contre la tension sexuelle qui rongeait son corps ? Au bord de la folie, elle ne pouvait plus réfléchir, seulement *ressentir*, et la violence de ces sensations l'effraya.

Elle roula sur son flanc gauche ; elle avait besoin de s'éloigner de lui.

— Claire, tu pourrais retourner au Texas et rester chez mes parents, dit-il dans son dos. Laisse-moi retrouver ta mère et Jimmy !

L'offre avait beau être tentante, elle se sentait démoralisée.

— Non, dit-elle d'une voix éraillée, en essuyant ses joues mouillées.

— Tu es toujours aussi têtue ? demanda Logan en posant une main sur sa hanche.

Ce geste ralluma une flamme en elle qui irradia son bas-ventre. Si seulement Logan pouvait satisfaire ce besoin, peut-être que la fièvre diminuerait et la laisserait souffler — et même ressentir une paix dont elle avait tant rêvé dans sa vie. Ses lèvres tremblèrent ; elle s'efforça de respirer calmement.

— Maman disait toujours que ça causerait ma perte.

Le contact de sa main lui provoquait des picotements et une sensation de brûlure, même à travers ses vêtements. Elle ferma les paupières avec force pour se retenir de le supplier.

Elle n'avait jamais, de toute sa vie, dérogé à son code moral personnel ; elle avait toujours été stricte et intransigeante envers elle-même. Il fallait absolument qu'elle se souvienne de ces règles, avant de faire quelque chose qu'elle pourrait regretter.

— Les femmes têtues ont de meilleures chances de survie, dit-il. Mais n'aie pas peur de te reposer sur moi.

— Tu ne devrais même pas être là ! répondit-elle d'une voix précipitée.

— Peut-être… mais j'ai la réputation d'être plutôt têtu, moi aussi.

Il se rapprocha d'elle et se colla dans son dos.

— Reste avec moi ! dit-il d'un ton plein de conviction. Tu dois lutter !

Elle ne savait pas vraiment s'il parlait de combattre la fièvre ou son désir frénétique.

—Je vais essayer.

CHAPITRE NEUF

E n fin d'après-midi, le lendemain, Claire entrait dans Las Vegas aux côtés de Logan. Comme la fièvre était tombée en milieu de matinée, elle avait insisté pour qu'ils accélèrent la cadence en vue d'atteindre la ville. La fatigue s'estompait à mesure qu'elle remarquait, en arrivant sur la place, les regards furtifs que les gens lui lançaient. Il y en avait trop pour que ce soit anodin. Depuis qu'elle était revenue au White Dove, trois semaines plus tôt, c'était la première fois qu'elle n'était pas déguisée. Ça allait forcément jaser ! Cette perspective la mit mal à l'aise.

Elle aperçut Maria Chavez ; cette femme d'âge mûr la dévisageait. *Señora* Chavez réprouvait fermement toute prostitution et ne manquait pas une occasion de le faire savoir. À l'âge de dix ans, Claire avait voulu participer à une soirée de fandango, en ville, où l'on pouvait manger, danser et faire connaissance ; mais Maria Chavez avait été tellement éloquente à propos de la présence de l'enfant d'une prostituée que Claire, mortifiée, avait rapidement décampé. Elle aurait pu rester malgré tout, mais n'avait pas voulu embarrasser Sarah Brightman, une fille du même âge qu'elle environ qui l'avait suppliée de venir à l'une de ces festivités dont elle avait tant entendu parler.

Le père de Sarah était officier à Fort Union et la petite s'était liée d'amitié avec Claire, un après-midi, alors qu'elle se trouvait en ville. Le colonel Brightman n'avait pas mis longtemps à découvrir la situation de Claire et à interdire à sa fille de s'approcher d'elle. Maria Chavez avait marmonné à voix basse, un jour en passant, qu'elle prierait pour l'âme de Claire à l'Église catholique locale, *Nuestra Señora de los Dolores* ; mais quelle différence cela aurait-il pu faire ?

Ils arrêtèrent leurs chevaux devant le White Dove et Claire mit pied à terre en grimaçant, essayant de ménager le côté droit de son buste. Une pancarte était accrochée devant la fenêtre : FERMÉ JUSQU'À NOUVEL ORDRE.

Logan vint se poster près d'elle.

— Des problèmes ?

— Certaines filles ont changé d'établissement avant mon départ. J'étais obligée de fermer.

Elle voulut ouvrir la porte, mais la trouva verrouillée. Elle contourna le bâtiment pour entrer par la cuisine. Logan la suivit.

— Ellie ? Betsy ?

La voix de Claire ne portait pas bien loin. Ils traversèrent le saloon vide. Elle entreprit de monter lentement les escaliers.

— Doucement, dit Logan dans son dos. Il faut que tu te reposes. La nuit a été longue.

L'allusion à ce qui s'était passé entre eux la veille au soir la fit rougir de gêne. Ils n'en avaient pas parlé et, ne sachant pas comment expliquer sa tentative de séduction désespérée, malgré l'emprise de la fièvre, Claire avait tout simplement évité le sujet. Ayant repris ses esprits et le contrôle de ses pulsions, elle avait conclu qu'en définitive, Logan n'avait pas voulu coucher avec elle et qu'il l'avait gentiment repoussée.

Claire était soulagée qu'il n'ait pas profité d'elle. *Vraiment ?*

Betsy apparut au bout du couloir, en haut des marches.

— Claire, Dieu merci ! On se demandait ce qui t'était arrivé.

Puis, elle fixa Logan.

— Betsy, voici monsieur Ryan.

Claire se tut un instant pour reprendre sa respiration. Elle avait elle-même changé son pansement le matin même ; la plaie était tuméfiée et elle devrait la soigner plusieurs jours pour qu'elle guérisse proprement.

— Logan, voici Betsy Williams.

— Mademoiselle Williams…

— Comment va Ellie ? demanda Claire.

— Beaucoup mieux, mais elle est toujours alitée. Tu as trouvé Maggie ?

Claire secoua la tête. Betsy sembla hésiter.

— On manque de provisions.

— Je vais m'en charger, dit Logan. Faites-moi une liste. Claire, je vais m'occuper des chevaux.

Elle osa un regard vers lui en demandant :

— Où pourrais-je te trouver ? Au Wagner Hotel ?

— Pas quand tu es ici.

Elle ne se hasarda pas à la moindre interprétation de sa réponse, pas après avoir perdu toute retenue la nuit dernière.

— Tu n'es pas en sécurité, toute seule, ajouta-t-il.

Betsy poussa un petit cri.

— Pourquoi ? Que se passe-t-il ?

— Rien, répondit Claire précipitamment. Monsieur Ryan se montre simplement surprotecteur.

— Je resterai ici, dit-il d'un ton catégorique.

Betsy tortilla ses mains l'une contre l'autre.

— Eh bien, on a des chambres libres.

— Très bien, dit-il. J'en louerai une.

— Je peux préparer vos repas, proposa Betsy. Et j'ai des talents de couturière. Je peux raccommoder et laver vos vêtements. Et pour un peu plus d'argent, je pourrais, eh bien…

La jeune femme regarda Claire nerveusement.

— C'est ce qu'on fait, ici…

Claire dévisagea Betsy, éberluée. Quand avait-elle décidé d'élargir son offre professionnelle ? Et enfin, pourquoi voulait-elle étrenner sa nouvelle carrière avec Logan ? Claire ressentit un vif élan de possessivité.

— Ce ne sera pas nécessaire, répondit Logan. J'ai plutôt un faible pour les femmes aux cheveux noirs.

Betsy sembla surprise et Claire rougit d'un seul coup.

— Tu dois vouloir voir Ellie, supposa Logan, après lui avoir fait un clin d'œil et un demi-sourire. Je serai dehors, derrière.

Claire le regarda partir, stupéfaite. Avec un simple regard et un petit sourire, il avait réussi à raviver la flamme dans son ventre qu'elle s'était acharnée toute la journée à éteindre !

LOGAN DÉGUSTA un plat copieux de *posole* — un chili au porc et au maïs — suivi d'une sorte de pain perdu que Betsy appela *sopa*, arrosé de *melado*, un sirop fait maison. Il s'agissait de simples plats locaux, mais Logan fut impressionné par les talents de cuisinière de la jeune femme. Claire, assise à ses côtés à une table bancale et abîmée du saloon, ne faisait pas semblant de manger. Il en était ravi ; il fallait qu'elle prenne des forces pour se remettre de sa blessure. Il craignait une rechute.

Il s'inquiétait aussi de ne pas être capable de résister, si elle décidait à nouveau de l'assaillir avec son innocente et débordante sexualité. Non pas qu'il comptait y céder — il la connaissait assez bien pour savoir que le comportement qu'elle avait eu ne lui ressemblait pas. C'était pourquoi il l'avait repoussée ; mais ça lui avait demandé plus de volonté qu'il n'aurait jamais cru en avoir !

Il l'avait vraiment désirée.

Il avait encore envie d'elle.

Mais il doutait que Claire comprenne ce qui arriverait, s'ils cédaient à leur attirance réciproque. Il avait plus d'expérience qu'elle ; il se devait d'être la voix de la raison.

Claire s'était lavée et changée ; elle portait à présent une chemise blanche et une jupe colorée qui soulignait ses hanches fines, la rendant bien trop appétissante.

La voix de la raison…

Alors qu'ils mangeaient en silence, un coup frappé à la porte les fit tous sursauter. Betsy se leva et se dirigea vers l'entrée ; Logan porta une main à son revolver dont l'étui était accroché à sa taille. Claire remarqua son geste et une ombre d'inquiétude passa sur son visage. Se levant à son tour, elle rejoignit Betsy qui s'effaçait pour laisser entrer leur visiteur, One-Eyed Jack.

— Merci beaucoup, Betsy, dit-il.

Il aperçut Claire et vint la prendre dans ses bras avec émotion. La voyant grimacer en se tenant les côtes, il fronça les sourcils.

— Je suis heureux de te revoir, *Palomita*. Tu es blessée ?

Claire sourit.

— Ce n'est rien. Quelle joie de te voir, Jack ! Tu veux manger quelque chose ?

— Tu sais que je ne réponds jamais non à ça !

— Je vais vous préparer une assiette, dit Betsy en partant vers la cuisine.

Claire présenta le vieil Indien à Logan.

— On s'est déjà rencontrés, dit Logan. Content de vous revoir.

Il se leva et vint serrer la main de Jack.

— Eh bien, je suis un peu rassuré. Avec toutes les rumeurs qui courent en ville… !

Jack s'assit sur la chaise que lui présentait Logan.

— Que disent les rumeurs ? demanda Claire en s'asseyant à son tour, avec précautions.

Betsy revint avec un bol de *posole*, un bol de *sopa* et un grand verre de lait qu'elle posa devant Jack, avant de reprendre place à table.

— Les rumeurs parlent de toi, répondit Jack. Tout le monde sait que tu es en vie et que tu es de retour. J'étais inquiet, mais je suis rassuré de voir que monsieur Ryan est là.

— On l'est tous ! dit Betsy avec un vif enthousiasme.

Tous les regards se tournèrent vers elle et son visage s'empourpra.

Logan espérait pouvoir être à la hauteur de la foi aveugle de cette jeune femme. La marque au-dessus de son œil que Sandoval lui avait faite, la veille, était toujours gonflée et prouvait bien qu'il s'était laissé surprendre.

— Tu t'es pris une porte, ou un truc ? demanda Jack en montrant la blessure de Logan.

— Ou un truc, répondit-il.

Jack eut l'intelligence de ne pas insister.

— Tu as entendu quelque chose au sujet de Maggie ? demanda Claire.

L'Indien secoua la tête, la bouche pleine.

— Non, m'dame. Sûr que Tia et moi, on aurait essayé d'aider, si on avait su où elle était.

— Je sais.

Après avoir terminé son assiette, Jack sortit la Bible d'une poche de son manteau. Il plissa les yeux pour en lire un passage, tenant le livre noir et défraîchi devant son visage.

— « Tout ce qui est a déjà été, comme tout ce qui sera ; et Dieu reproduit ce qui a disparu. »

— Tu en es presque à la moitié, remarqua Claire. Tu fais des progrès !

— Ouaip. Peux pas dire que je comprends toujours tout, mais ce Dieu chrétien est vraiment intéressant.

Il reporta son attention sur la page, faisant glisser son doigt sur les écritures.

— Mais voilà ce que je voulais vous lire : « Dieu jugera le juste et le méchant ; car il y a là un temps pour toute chose et pour toute œuvre. »

— L'Ecclésiaste, dit Logan.

Le visage de Jack se fendit d'un sourire.

— Tu connais la Bible ? demanda Claire.

— Ma mère nous l'a fait lire, à Matt et moi, quand on était petits.

— Tes parents ont une belle collection de livres. Ta maman a eu la gentillesse de me laisser en emprunter quelques-uns, quand j'étais là-bas.

Voilà donc où Claire disparaissait, chaque soir… Logan ne s'était jamais autant dépêché de rentrer pour le dîner, après ses journées de travail au ranch, que pendant son séjour au S. R. Sa présence avait eu sur lui un réel pouvoir d'attraction. Il s'était même mis à soigner sa toilette d'habitude si sommaire, avant de venir à table.

Il n'était pas assez naïf pour se laisser tourner la tête par un joli minois, mais pour autant, Claire ne l'avait pas laissé indifférent avec sa retenue, son charme, sa douceur et l'irrésistible tentation qu'elle représentait.

Bizarrement, il se sentait très proche d'elle, comme s'ils se connaissaient depuis bien plus que quelques mois.

Autre coup à la porte. Logan intercepta Claire avant qu'elle n'atteigne la porte. Cette femme n'avait-elle donc aucune prudence, en matière de sécurité ? Il lui barra le passage, sans faire cas du regard agacé qu'elle lui lança, et ouvrit la porte lui-même.

— Excusez-moi…

Une Mexicaine se tenait sur le seuil.

— *Señorita* Claire est ici ?

— Ça en fait, du monde, alors que l'établissement est

fermé… murmura Logan.

Une odeur de lavande l'enveloppa et la chaleur du corps de Claire se mêla à la sienne quand elle le poussa de côté. Il ne pouvait pas dire que son contact lui déplaisait.

— Juanita, qu'y a-t-il ? demanda Claire.

— On est tellement contentes que tu sois rentrée ! Tu peux venir, *por favor* ? C'est Mary Beth, elle ne va pas bien.

— *Sí*. Attends, je vais chercher ma sacoche.

Logan ralentit Claire dans son élan en posant une main sur son épaule et vint s'interposer devant les escaliers.

— Où crois-tu aller ?!

Elle s'arrêta brusquement et le bras de Logan retomba en frottant sa poitrine. Vu l'expression de Claire, il était évident qu'elle savait que ce contact anodin n'avait rien d'accidentel, mais au-delà de ça, Logan ne pouvait déterminer ce qu'elle en pensait.

— Plus bas dans la rue, au Southern Charm. Ça va aller. J'y suis allée plein de fois.

— Mais jamais après t'être fait tirer dessus.

— Merci de t'en soucier, mais je pense pouvoir me débrouiller. Ensuite, je reviendrai me reposer. Promis.

— Tu sais que je vais t'accompagner, n'est-ce pas ?

Elle l'observa, puis hocha la tête.

— D'accord.

Dans ses yeux verts, il lut un mélange de reconnaissance et de lassitude.

— Claire, tu n'es pas obligée de faire ça, dit-il. De toujours te sacrifier pour les autres.

— Je sais.

Mais elle semblait déjà résignée.

Il relâcha son épaule.

— Et tu ne peux pas vivre comme ça, à toujours surveiller tes arrières.

— C'est ma vie et crois-le ou non, j'y suis habituée.

Elle repartit vers les escaliers, mais il eut le temps d'apercevoir la tristesse de son regard.

Claire était assise dans une pièce secondaire du Southern Charm ; elle examinait sa patiente. La jeune femme était avachie sur une chaise. C'était le soir et la ville se peuplait d'une foule d'hommes sortis boire. Claire déplora la fermeture du White Dove ; l'établissement aurait pu en absorber une partie.

La pièce était remplie des filles du saloon, malgré les appels tonitruants qui leur étaient lancés depuis le salon principal. D'après Claire, elles étaient là par curiosité, désirant la voir, mais aussi, de toute évidence, voir l'homme qui l'accompagnait. Même si elle était ravie que Logan soit venu avec elle — ce n'était rien de le dire, quand Sandoval était susceptible de refaire surface — elle devait avouer être agacée par tous ces regards que les autres filles lui lançaient. En dehors de cette légère jalousie et de son inquiétude pour Mary Beth, elle éprouvait le désir d'une longue nuit dans un vrai lit. Elle finirait peut-être même par prendre une dose de laudanum, contre la douleur ; l'incessante palpitation au niveau de ses côtes commençait à l'emporter sur son aversion à prendre ce médicament hautement addictif.

Belle Mason, la tenancière du saloon, se tenait sur le côté, vêtue d'une longue robe jaune et d'un jupon noir dont les froufrous dépassaient en dessous. Claire la trouva bien trop apprêtée pour une ville comme Las Vegas — ce n'était pas Denver, après tout. Le décolleté carré, souligné d'une ligne noire, accentuait sa poitrine, mais elle n'était plus à la fleur de l'âge. Ses cheveux grisonnants étaient remontés sur sa tête en un chignon sophistiqué. Les filles du White Dove, sa mère comprise, ne s'étaient jamais habillées de façon aussi extravagante. Du coin de l'œil, elle remarqua Alice et Louisa et se demanda si elles étaient contentes de leur nouvelle patronne.

Claire palpa les amygdales de Mary Beth. Elles étaient un peu enflées.

— Tu as mal, quand tu avales ?

La jeune femme acquiesça. Les filles étaient de plus en plus jeunes, constata Claire avec dégoût.

— Ça fait plus de trois jours que je ne me sens pas bien, dit Mary Beth.

Claire n'en dit rien, mais elle la trouvait épuisée et son teint ne disait rien de bon. En lui touchant le front, elle put affirmer que Mary Beth avait de la fièvre.

— Ouvre la bouche.

Claire examina sa gorge ; elle était rouge comme une tomate.

Elle fouilla minutieusement dans sa sacoche et en sortit un flacon de miel et d'ail cru.

— Prends-en une cuillère à café, quatre fois par jour, dit-elle en donnant le sirop à la fille. Ça atténuera la douleur et l'inflammation.

Elle lui donna aussi un sachet étiqueté *échinacée pourpre*.

— Fais une infusion de ça et bois-en une tasse toutes les deux heures. Tu devrais te sentir mieux d'ici un jour ou deux, mais je repasserai te voir demain.

— Merci, dit la fille en souriant. C'est très gentil.

— Ça va aller, dit Claire. Repose-toi et bois beaucoup d'eau, pour aider à faire tomber la fièvre.

Elle s'empressa d'ajouter :

— Et pas de clients pendant quelques jours.

Mary Beth reçut la dernière préconisation avec un vif soulagement. Deux autres filles l'aidèrent à rejoindre sa chambre en sortant par une porte, sur le côté de la pièce, qui menait aux escaliers.

— Allez, tout le monde au travail ! dit Belle en tapant dans ses mains.

La pièce se vida pendant que Claire remballait ses affaires.

— Attends, dit Belle. Je voudrais que tu voies quelqu'un d'autre.

— Vous allez la payer ? demanda Logan.

— Je vous demande pardon ?

— Vous vous attendez à ce qu'elle travaille gratuitement ?

— Elle l'a toujours fait.

— Ce n'est pas grave, Logan, dit Claire en se levant. L'autre fille est trop malade pour descendre ici ?

— Ce n'est pas une fille. Suis-moi !

Claire n'eut pas besoin de regarder Logan pour le savoir contrarié. Il ne comprenait pas comment les choses marchaient, ici, ni la relation que Claire avait développée avec les filles de ce quartier. Elle les avait prises en pitié et tant pis si Belle en abusait. Peut-être qu'elle n'aurait pas dû avoir de la peine pour elles ; certaines étaient vraisemblablement contentes de leur sort et même fières, mais Claire voyait malgré tout comme un vide en elles qui, pour une raison inconnue, lui inspirait de la compassion.

Maggie elle-même n'avait pas compris ça.

Belle les guida le long du bar et dans une cage d'escalier au fond de la pièce. Logan avait pris la sacoche de Claire et la portait. Luttant contre la douleur de son buste, Claire prit plusieurs longues inspirations. Ils seraient bientôt de retour au White Dove et elle pourrait se reposer.

Au bout d'un couloir, Belle toqua doucement à une porte avant d'entrer.

— Rosa, c'est moi.

Claire connaissait Rosa Brown et la salua d'un signe de tête. Elle n'avait pas plus de douze ou treize ans et Claire se demanda si ses parents, Hyman et Pablita, savaient qu'elle était là. Il faudrait qu'elle se penche sur la question plus tard. Les

Brown étaient de braves gens — Hyman avait souvent rapporté à Claire des livres de médecine de Kansas City, dans ses chargements de marchandises.

Une fois dans la chambre, Belle changea de contenance et s'agenouilla au bord du lit en souriant au petit garçon allongé dessus.

— Comment va-t-il ?

— Il somnole.

— Il s'appelle Dylan, dit Belle à Claire. Il va avoir dix-huit mois.

— C'est le tien ? demanda Claire, étonnée que Belle Mason héberge un enfant dans son saloon.

Dans l'absolu, ça ne la choquait pas — Jimmy et elle avaient bien grandi dans ce genre d'environnement — mais Belle, égocentrique et avisée qu'elle était, ne lui avait jamais semblé maternelle. Peut-être qu'elle et Maggie avaient plus de choses en commun que leur éternelle querelle.

— Non. Je le garde seulement pendant un moment.

— Qu'est-ce qu'il a ? demanda Claire en venant se placer à côté de Belle, consciente de la présence de Logan derrière elles. Du coin de l'œil, elle le vit croiser les bras dans une posture d'attente.

— Il a des rougeurs sur les bras et les jambes et ça empire.

Belle abaissa les couvertures pour les montrer à Claire.

Dylan regarda l'étrangère avec circonspection, de ses grands yeux marron ; son visage était encadré d'une chevelure brune ébouriffée.

— Salut, toi ! Je m'appelle Claire.

Elle examina doucement les tâches rouges et craquelées à l'intérieur de ses bras.

— Tu aimes les bâtons de menthe poivrée ?

Elle repoussa la couverture plus bas pour observer l'état de ses jambes. Certaines des plaques étaient fissurées, laissant la peau à vif. Claire réfléchit rapidement à un traitement.

Dylan répondit à sa question par un hochement de tête.

— Je pense que j'en ai un dans mon sac… dit Claire.

Il était rare qu'elle soigne des enfants, mais elle gardait quelques douceurs sous la main pour gâter Jimmy.

Elle lui tendit la friandise, puis entreprit de lui laver les jambes à l'eau savonneuse, se dépêchant quand il se tortillait en essayant de la repousser. Ensuite, elle enduit les taches rouges d'un mélange de vaseline et d'acide borique. Elle avait appris ce procédé en entendant le médecin de la ville en parler, en faisant les courses.

— Voilà qui est mieux.

Elle repoussa les cheveux de son front en essayant de le calmer.

— Essaye de ne pas gratter, même si ça te démange.

Dylan ne dit rien ; il suça le bâtonnet de menthe. Claire le regarda, attendrie ; elle aurait aimé remonter le temps et profiter encore une fois de la petite enfance de Jimmy.

— Il va s'en remettre ? demanda Belle, tandis qu'elles retournaient vers la porte.

— Oui.

Claire lui donna la boîte qui contenait la mixture.

— Mets-lui-en deux à trois fois par jour. Il faut que les zones ouvertes restent propres. Ne le laisse pas jouer dehors tant que la peau n'est pas soignée ; sinon, elle risque de s'infecter. Ne laisse aucune personne malade l'approcher avant que les lésions ne soient cicatrisées. J'essayerai de passer demain pour voir comment il va.

Claire s'essuya les mains avec le chiffon que lui tendit Belle.

Logan se rapprocha et Claire l'aperçut faire un clin d'œil à Dylan. Le petit garçon lui tendit la main et elle vit Logan hésiter, perplexe, avant de serrer finalement les minuscules doigts dans sa paume immense.

— Sh'rif ? demanda Dylan, les surprenant tous avec sa question.

Claire se demanda si le petit garçon savait déjà bien parler.
Logan était visiblement confus.

— « Shérif », lui murmura Claire.

Ayant eu la traduction, il se détendit et se tourna vers le garçon.

— Non. Juste un ami.

Dylan le regarda sans ciller. Logan relâcha doucement sa main.

— Prends patience, mon pote.

Logan lui pinça légèrement la joue en lui adressant un large sourire, avant de suivre Claire en dehors de la chambre.

Cette image de Logan avec l'enfant l'avait marquée. Elle aimait l'idée qu'il devienne père un jour. Une image lui apparut spontanément : elle se vit tenir un bébé dans les bras, un bébé à eux.

La minute d'après, ils étaient dans la rue, en chemin pour le White Dove. Logan prit la main de Claire et, ensemble, ils marchèrent vers la seule maison qu'elle n'avait jamais connue.

CHAPITRE DIX

Quand Claire entra, le White Dove était désert ; Betsy avait disparu et Jack était sûrement retourné à ses activités dont elle ne connaissait pas vraiment la nature. Logan s'immobilisa un instant entre les portes battantes, puis verrouilla l'entrée principale. Il craqua une allumette qu'il glissa dans une lampe à huile posée sur l'une des tables.

— Tu lui fais confiance, à Belle Mason ? demanda-t-il.

Claire posa sa sacoche sur le bar ; la lumière faible et vacillante de la lampe chassa certaines ombres, mais pas toutes.

— Non, bien sûr que non.

— Alors, pourquoi diable cours-tu là-bas à chaque fois qu'une de ses filles est malade ?!

La voix de *One -Eyed Jack* résonna dans sa tête, avec l'emphase que lui donnait son obsession pour la Bible. *Ne déclare pas tes intentions au monde, Claire. Fais ce que tu dois faire parce que c'est bien. Parce que c'est juste. Ta récompense est dans les mains de Dieu, pas dans celles des hommes.* Claire hésita. Ce n'était sûrement pas le genre de réponse qu'attendait Logan et elle se demanda même s'il la comprendrait — la plupart du temps, elle ne comprenait rien à ce que Jack racontait.

Il déclamait souvent en ayant la tête dans les nuages et non les pieds sur terre, mais c'était peut-être pour ça qu'elle avait tant d'affection pour lui.

Elle n'avait jamais vraiment expliqué à quiconque pourquoi aider les gens la passionnait, comment elle se sentait poussée à faire *quelque chose* pour les soulager. Elle rêvait d'être médecin, mais autant être réaliste : les soins prodigués aux prostituées de la ville seraient peut-être sa seule chance d'approcher cet art. Elles avaient besoin de quelqu'un qui les aide — et qui était mieux placé qu'elle pour le faire ?

— Je ne peux pas rester là et ne rien faire pour elles. Leur vie n'est pas aussi simple que tu le crois.

— Tu n'as jamais eu d'autres ambitions ?

Il la fixait avec un regard appuyé qui balaya sa fatigue d'un seul coup. Elle se sentit à la fois gênée et exaltée.

— Tu sembles absolument déterminé à changer ma vie, Logan. Mais elle n'a pas besoin d'être changée.

Pourtant, sa déclaration sonnait faux. Déjà, sa vie n'était plus la même ; la présence de Logan en était la preuve irréfutable.

Il se rapprocha et vint poser ses mains sur le comptoir, derrière elle, la coinçant entre ses bras.

— Rester spectateur, ce n'est pas mon truc.

Elle fut enveloppée par la chaleur de son corps et les souvenirs de la nuit dernière lui revinrent, lorsqu'elle était fiévreuse de désir et qu'ils s'étaient embrassés.

— Ça ne va pas marcher, murmura-t-elle.

— Parce que tu lis dans l'avenir, maintenant ?

Sa bouche était à quelques centimètres de la sienne.

— Je ne te demande pas de comprendre ma vie.

Elle se sentait acculée. Une part d'elle résistait, quand l'autre l'incitait à succomber à la tentation. Quelle importance, après tout ? Elle eut presque envie de rire haut et fort, mais éprouva une certaine peur. La proximité de Logan lui faisait à la fois du bien et du mal. Elle ressentait trop de choses pour lui, dans son cœur et physiquement. L'instinct d'autoprotection qui lui avait beaucoup servi dans son enfance prit le dessus.

— Tu finiras par partir, dit-elle. Tôt ou tard.

Logan fixait sa bouche.

— Probablement. Mais je suis là, maintenant ; et je n'arrête pas de penser à toi.

Une vague de désir la submergea. Logan représentait une part du monde qu'elle ne connaissait pas, remplie d'enthousiasme, d'envies et de potentiel, le tout formant une irrésistible combinaison. Il l'embrassa et elle ne fit rien pour le repousser.

Logan savoura leur baiser, même si Claire ne se montrait pas démonstrative. Il avait besoin de la toucher. Il savait qu'elle était fatiguée, qu'elle devait se reposer, mais il voulait la sentir contre lui un bref instant. Comme elle ne le repoussait pas, il l'embrassa plus passionnément, tout en prenant soin de maîtriser son désir. Il s'en tint à ses lèvres, à ses joues et à la douceur de son cou. Lorsque sa retenue se mit à faiblir, il s'écarta.

Une main enfouie dans ses cheveux, il posa son front contre le sien et inspira pour se calmer. Ce qu'il désirait était clair comme de l'eau de roche : il voulait faire l'amour avec elle. Il avait envie d'oublier toutes les raisons qu'ils avaient de ne pas le faire, celles qu'*il* avait. S'il soufflait un peu sur les braises qu'il y avait entre eux, il se retrouverait couché sur elle en un rien de temps.

Il respira son parfum qui lui rappela les forêts, les montagnes et les ruisseaux qui s'étendaient dans l'Ouest américain ; c'était l'essence même de la liberté, qu'il avait entre les mains. Il se rappela une chose dont sa mère lui avait parlé, à propos du puissant effet de l'odeur d'un bébé sur le psychisme de sa mère, une odeur qui les reliait. Il y avait longtemps qu'il n'avait pas autant désiré une femme et que ce désir ne s'était pas mué en une relation qui dépassait l'envie de satisfaire une excitation purement physique.

Il voulait aller plus loin, avec Claire. Beaucoup plus. À cette pensée, son ventre se noua.

Il ne se sentait pas prêt à désirer une femme autant que Dee, à servir son cœur sur un plateau pour qu'il soit rôti et découpé en rondelles selon les caprices du destin et la réticence de Claire à surmonter ce qui se dressait entre eux.

Il recula.

— Tu devrais aller te reposer.

La confusion jeta un voile sur le regard de Claire.

— Tu as besoin d'aide pour ton bandage ? demanda-t-il.

— Non. Je le changerai demain matin.

Une expression soucieuse passa sur son visage ; elle se figea comme si elle voulait dire quelque chose, puis contourna Logan.

Il la laissa s'éloigner.

— Bonne nuit, dit-elle d'une petite voix, en partant vers la cuisine.

— « Nuit… murmura-t-il en fixant le comptoir.

CLAIRE ENTRA dans la pièce unique du chalet qu'elle occupait derrière le saloon, alluma une lampe et verrouilla la porte. Elle jeta un coup d'œil au désordre de la chambre et, pour arrêter de penser à Logan, elle sortit un chiffon d'un meuble en bois, dans un coin, et se mit à astiquer la table et les deux chaises près de la fenêtre. D'un geste limité par sa blessure, elle tira les rideaux et se sentit enfin seule.

Des larmes lui brouillèrent la vue. Elle sortit sa chemise de nuit d'une commode, puis ouvrit son lit en faisant attention à ses gestes. L'édredon et les draps blancs élimés n'étaient jamais suffisants pour lui tenir chaud, en hiver.

Elle regarda l'autre lit, plus petit et à l'opposé de la pièce, près de la porte, où Jimmy dormait d'habitude. Il était couvert d'un couvre-lit en bonne laine, fait par Claire elle-même. Tricoter ne lui avait pas plu, les nombreuses erreurs de l'ouvrage en étaient la preuve, mais elle n'avait pas ménagé ses efforts pour qu'il n'ait pas froid. Elle essuya ses joues mouillées et prit la couverture qu'elle serra contre elle, comme s'il s'agissait de son petit frère ; puis, elle se laissa tomber sur son propre lit.

Et si elle ne retrouvait ni sa mère ni Jimmy ? En fait, elle ne l'avait jamais envisagé. Que ferait-elle alors ? Elle avait beau avoir tant rêvé d'une vie différente, respectable, elle n'aurait jamais pu consciemment renier la seule famille qu'elle avait. Maggie Waters avait de nombreux défauts, mais c'était quand même sa mère ; et Jimmy…

Claire ferma les yeux avec force pour refouler le flot des larmes qui menaçaient de déborder. Elle ne supporterait pas de ne jamais revoir son frère, sa petite tête aux cheveux blonds comme les siens, son sourire espiègle. Il avait une incroyable faculté d'adaptation aux différentes circonstances de sa vie et elle l'aimait plus que tout au monde.

Lui seul comptait.

Elle aimait sa mère, mais n'avait jamais réussi à correspondre à l'image que Maggie s'était faite de ses enfants.

Cette pensée fut une révélation ; Claire comprit qu'elle avait toujours cherché l'approbation de sa mère en apprenant à soigner les différents maux et maladies des prostituées de la ville. Quelque part, ces soins donnaient à ces femmes une certaine valeur — et à sa mère aussi, par extension. Le combat entre la honte et la dignité avait tiraillé Claire pendant des années, mais au-delà de ça, elle avait rêvé que sa mère soit fière d'elle. Elle avait été en mal de sa reconnaissance toute sa vie.

Pourtant, Maggie n'avait rien fait, quand Sandoval l'avait agressée, des mois plus tôt ; un incident qui avait coupé son existence en deux, avec un avant et un après. Avant, elle avait cru qu'en dépit de tout, Maggie aimait ses enfants et ferait n'importe quoi pour les protéger. Maintenant, elle ne s'accrochait plus à des croyances aussi fantaisistes. En fermant les rideaux tout à l'heure, elle s'était renfermée dans un cocon qu'elle s'était fabriqué toute seule. À présent, elle réalisait que sa vie ne reposait sur rien.

Pourquoi n'était-elle pas devenue l'une de ces colombes souillées ? Pourquoi n'avait-elle pas cédé au mode de survie qui amenait automatiquement les autres femmes à vivre de cette façon-là ? Elle l'ignorait. Sans savoir comment, elle avait tout fait pour ne pas se dévoyer, malgré l'incessante influence autour d'elle. Elle n'aimait pas trahir ses principes.

Cependant, était-elle si différente de sa mère ? Il y avait une part de Maggie qu'elle ne connaîtrait jamais, quelque chose qui faisait partie d'elle aussi. Pouvait-on dire qu'elle se prostituait en prodiguant des soins gratuitement ? Ou en travaillant dans l'ombre, à vouloir réparer les pots cassés par sa mère ?

Quand elle se leva pour étendre la couverture de Jimmy sur son lit, elle repensa à Logan.

En l'embrassant, il lui avait fait entrevoir un monde merveilleux — celui d'une vie pleine de possibilités fascinantes. La magie de l'espoir. Était-il stupide de sa part, de se laisser aller à de telles aspirations ?

Au moment où elle s'asseyait sur le lit, elle sursauta en entendant toquer doucement. Elle alla tourner le verrou et entrouvrit la porte.

Ellie Hicks.

Si seulement ç'avait été Logan…

LOGAN ÉTAIT APPUYÉ au rebord de fenêtre, dans l'obscurité de la pièce qu'il occupait ; il regardait le cabanon où vivait Claire. Il était dans la chambre de Maggie, au-dessus du saloon. L'un des murs était recouvert d'un papier peint orné de roses et le dessus de lit était blanc, avec des froufrous. Maggie appréciait visiblement les ambiances féminines et elle devait aimer ses enfants, puisque sa chambre donnait directement sur leur petit chalet. La personnalité de cette femme dépassait peut-être ce qu'en disaient les apparences. Logan l'espérait vraiment, dans l'intérêt de Claire !

Il n'arrêtait pas de penser à elle et ne savait pas quoi faire de la folle attraction qu'il ressentait.

Il se frotta les yeux et jeta encore un coup d'œil par la fenêtre. Il vit une silhouette s'approcher de la porte du cabanon et tous ses sens se mirent en alerte instantanément. La personne toqua, puis disparut à l'intérieur. Logan attrapa son revolver et quitta l'étage.

— ELLIE, qu'est-ce que tu fais là ? demanda Claire. Je t'en prie, entre !

Elle s'effaça pour lui céder le passage.

— Tu te sens mieux ?

Ellie ôta le châle multicolore qu'elle avait drapé autour de son visage. Ses cheveux roux grisonnants étaient peignés en arrière et Claire fut ravie de voir non seulement ses joues à nouveau roses, mais aussi de la lumière dans son regard ; ce n'était pas flagrant, mais c'était déjà ça.

— Apparemment, je récupère bien.

Ellie lui adressa un sourire forcé.

— Je ne t'ai jamais remercié convenablement pour ce que tu as fait. Je pense que tu m'as sauvé la vie.

Devant la tristesse d'Ellie, Claire eut envie de pleurer.

— Je suis désolée de n'avoir pas pu sauver tout le monde…

Ellie balaya ce commentaire d'un revers de main, mais ses yeux brillaient de larmes et ça fendait le cœur.

— Cet enfant était une erreur, dit-elle d'une voix qui n'était qu'un murmure.

Elle baissa la tête et cacha son visage dans sa main, puis inspira un bon coup.

— Non, ce n'était pas une erreur.

Elle releva les yeux vers Claire.

— Je voulais cet enfant. Et je réalise que je ne peux plus faire ça. Je n'aurais jamais cru vouloir arrêter un jour… je ne me croyais pas capable d'arrêter, mais là, je ne peux tout simplement plus le faire !

Claire acquiesça en silence. Ellie avait toujours été la plus forte de toutes les femmes que sa mère employait. Forte de tête, d'esprit et de caractère, quand elle avait affaire aux clients. En la voyant là, brisée et à bout, Claire ressentit au fond d'elle quel douloureux sacrifice Ellie avait fait toutes ces années. Elle avait trop subi, c'était évident.

— Je suis vraiment désolée de te faire ça à toi, surtout en ce moment, dit Ellie. J'imagine que tu espérais rouvrir dès que je pourrais travailler, mais… je ne pourrai plus. Je regrette. Je sais que les temps sont durs, avec Mags qui est partie. Si je peux faire quoi que ce soit d'autre pour toi, évidemment, j'essayerai.

L'aveu d'Ellie précipitait peut-être encore un peu plus la chute du White Dove, mais grâce à lui, Claire retrouvait un peu de foi en l'être humain. *La volonté refait surface, même depuis les profondeurs du désespoir.* Jack aurait dit quelque chose comme ça.

— Je comprends, répondit Claire. Je vais me débrouiller, d'une façon ou d'une autre. Tu peux rester ici pour l'instant, mais honnêtement, je ne sais pas combien de temps ce sera possible. Je ne sais pas encore ce que je vais faire.

— Mags a tout fait de travers, quand elle t'a élevée ; et tu es devenue une si belle personne, dit Ellie en souriant. Je ne me suis jamais vraiment intéressée à Dieu, mais c'est sûrement Lui qui t'a envoyé vers nous ; une colombe venue du paradis.

Ellie tourna les talons et partit. Claire resta plantée là, fixant la porte refermée, surprise et touchée par l'estime que lui portait cette femme. Elle ne s'était jamais considérée comme le salut des filles du White Dove.

Un autre coup à la porte la fit à nouveau sursauter. Heureusement qu'elle ne s'était pas encore couchée !

— Qui est-ce ? demanda-t-elle.

— C'est Logan.

Elle ouvrit la porte.

— Qu'y a-t-il ?

Une vague de désir la submergea.

— Je m'inquiétais pour toi.

Il avait les yeux brillants. Sa chemise ouverte était sortie de son pantalon et Claire aperçut le harnais noir qu'il portait en dessous et le revolver qu'il avait à la main. Il paraissait à la fois dangereux et bien trop séduisant.

Il entra et elle referma la porte derrière lui.

— Que s'est-il passé ? demanda-t-il.

Logan l'avait surveillée. Elle se sentit rassurée.

— C'était Ellie.

— Un problème ?

— Non. Une lueur d'espoir, en fait. Elle a décidé d'arrêter de vendre son corps.

— Ça n'a pas l'air d'une bonne nouvelle pour le White Dove.

Il rengaina son arme. Avec sa chemise ouverte, il ressemblait à un hors-la-loi prêt à l'enlever dans la nature. Claire rassembla ses esprits en se demandant pourquoi son imagination était si fertile, dès qu'il s'agissait de cet homme. Leur baiser, tout à l'heure, ne l'aidait pas non plus à garder la tête froide !

— Peut-être pas, dit-elle. Mais c'est une bonne nouvelle pour elle. Et c'est le principal.

Ils restèrent silencieux et Claire eut alors une conscience aigüe de leur proximité et de la tenue légère de Logan. Elle s'efforçait de ne pas regarder la toison sur son torse, mais ses yeux ne semblaient pas décidés à lui obéir.

Logan se tourna vers la seule étagère de la pièce, accrochée au-dessus du lit.

— Ce sont tes livres ?

Claire jeta un coup d'œil par-dessus son épaule et acquiesça.

Il passa près d'elle, en prit un et parcourut des yeux une des pages.

— Je n'ai jamais appris ça à l'école, c'est sûr ! dit-il en adressant à Claire un regard amusé.

— Les médecins doivent lire le latin.

Comment faisait-il pour l'hypnotiser avec un simple regard ?

Il tendit le bras vers elle à nouveau pour s'emparer de l'*Anatomie* de Gray. Après une décharge d'adrénaline, Claire ressentit une vive déception ; elle avait cru qu'il allait la toucher.

Logan feuilleta le livre et quelque chose en tomba, faisant un bruit sur le sol. Claire se pencha pour le ramasser. C'était une clé.

— Elle est à toi ? demanda-t-il.

Elle secoua la tête.

— Non.

Elle lui prit le livre des mains, s'assit sur le bord du lit et fit tourner les pages à son tour. Elle trouva un petit bout de papier où il était écrit : *BOX 23*.

— On dirait l'écriture de ma mère.

Logan s'assit à côté d'elle et ramassa la clé dans la paume de sa main.

— Ça peut être celle d'un coffre-fort. Combien de banques y a-t-il en ville ?

Claire haussa les épaules.

— Deux ou trois, je ne sais pas.

— Ça vaudrait peut-être la peine d'aller voir, demain.

Il jeta un regard vers la porte.

— Ferme la porte à double tour, d'accord ?

Elle s'en voulut de vouloir qu'il reste.

— Je vais garder la clé.

Il se leva.

Sa remarque étonna Claire, elle était sortie de sa bouche trop spontanément et tira chez elle comme des sonnettes d'alarme. Savait-il quelque chose qu'elle ignorait ? Ou espérait-il trouver dans le coffre des choses de valeur ?

— Je crois qu'il vaut mieux que je la garde, moi, dit-elle en voulant reprendre la clé.

Il arrêta son geste et elle plongea les yeux dans les siens.

— Je ne la vole pas, dit-il. J'irai visiter les banques tout seul, demain.

— Mais…

— Claire, je ne pense pas qu'une banque nous donne accès aux coffres, ni à toi ni à moi.

Il se tut. Elle le dévisagea et finit par comprendre ce qu'il venait de dire.

— Tu vas cambrioler la banque ?

Logan fronça les sourcils.

— Eh bien, je ne peux pas vraiment faire ça. Je suis un ancien homme de loi, ce ne serait pas convenable.

Il se pencha en avant ; sa bouche était à quelques centimètres de celle de Claire.

— Fais-moi confiance. Je vais trouver un moyen.

La confiance. Pouvait-elle le croire ? Qu'est-ce qui lui en coûterait ?

— Je reviendrai dès que j'en saurai plus, promit-il.

Il déposa sur ses lèvres un baiser doux portant la promesse d'autres douceurs.

Claire se souvint tout à coup du guichetier de la banque qui avait passé du temps au saloon — et dans la chambre de Maggie.

Confiance…

Elle saisit Logan par l'avant-bras.

— Il y a un type, un certain Tannenhill, je crois… il travaille à la First National Bank. Maggie s'occupait régulièrement de lui, au White Dove, par le passé. Peut-être que la clé ouvre quelque chose là-bas et qu'il pourrait t'aider. Je peux essayer de lui parler.

— J'aimerais autant te laisser en dehors de tout ça.

Il lui prit les mains.

— Tu as besoin de repos. Si j'ai le moindre problème, je viendrai te chercher.

Il la relâcha.

— Verrouille la porte.

Il sortit du chalet et elle s'enferma à l'intérieur, espérant avoir fait le bon choix. Maggie avait peut-être laissé de l'argent, dans le coffre-fort ; Claire pourrait l'utiliser pour rouvrir le White Dove et relancer le commerce. Ou peut-être avait-elle laissé un indice concernant l'endroit où elle comptait partir avec Jimmy. Ou encore, un tas de babioles inutiles récoltées au fil des ans auprès des hommes satisfaits de ses faveurs derrière les portes closes.

Des hommes satisfaits de ses faveurs…

Qu'est-ce que Logan attendait d'elle ?

C'était désagréable, mais elle devait envisager les raisons qu'il avait de l'aider, de rester auprès d'elle ; de la séduire.

Quel serait son prix ? Et serait-elle prête à le payer ?

CHAPITRE ONZE

Logan inséra la clé dans la longue boîte rectangulaire et fut satisfait de sentir le couvercle céder, lui révélant son contenu. Il n'avait pas été facile de convaincre monsieur Tannenhill de déroger à la procédure habituelle de la banque impliquant des signatures et des protocoles d'identification, pour pouvoir se rendre à l'arrière de la banque où les coffres étaient entreposés. Logan avait fini par titiller son sens des affaires en lui exposant la situation : la fille de Maggie avait des dépenses à faire pour payer les dettes du saloon, et tout ce que sa mère avait mis de côté pouvait aider le White Dove à traverser ses difficultés actuelles.

Tannenhill avait la peau du visage un peu flasque, mais un regard intelligent. Il jetait constamment des regards à la marque que Logan avait au-dessus de l'œil et sa méfiance était palpable. Pourtant, bizarrement, il accéda silencieusement à sa requête. Logan se dit que l'heure matinale avait joué en sa faveur ; il y avait peu de monde dehors et ils étaient seuls dans la banque. Mais il sentit également que le guichetier avait un faible pour le White Dove, ou pour Maggie Waters, ou peut-être pour les deux.

D'apparence classique, avec sa veste en laine marron et ses cheveux bruns gominés, et avec des bajoues saillantes de part et d'autre du menton, Tannenhill ne devait pas avoir beaucoup de succès auprès des femmes. Maggie lui avait peut-être témoigné une attention particulière lors de ses visites au White Dove, suscitant de sa part une loyauté qui portait ses fruits aujourd'hui.

Logan souleva le couvercle et préleva dans le coffret une feuille de papier qu'il parcourut rapidement des yeux. Il la relut plusieurs fois en essayant d'en déduire les implications, avant de la remettre à sa place et de refermer la boîte à clé.

Claire était-elle au courant ? Si oui, pourquoi ne lui en avait-elle rien dit ?

Et pourquoi diable Luttrell aurait-il fait ça ?

Il dépassa Tannenhill et se dirigea vers la porte.

— Vous avez trouvé ce que vous cherchiez ? demanda le banquier.

— Malheureusement, non.

Il serra la main de Tannenhill.

— Mais je vous remercie beaucoup pour votre aide.

En sortant de la banque, Logan aperçut de la fumée noire s'élever vers le ciel, à quelques rues de là.

Ce qu'il en déduit rapidement lui provoqua une montée d'adrénaline. *Le White Dove !*

———

CLAIRE TRÉBUCHA en se prenant les pieds dans le bas de sa chemise de nuit. Elle plaqua une main sur sa bouche et son nez à cause de la fumée qui envahissait l'étage du saloon. Elle fut obligée de fermer les yeux ; ils étaient brûlants. Elle ne pourrait pas rester là beaucoup plus longtemps.

Elle était déjà allée vérifier dans la chambre d'Ellie qu'elle avait trouvé vide ; elle priait pour que Betsy soit sortie aussi.

Mais elle ne trouvait aucune trace de Logan et craignait le pire. La chaleur des flammes roula contre elle ; le bois, dont le saloon était principalement composé, se mit à craquer fortement et à se casser en se consumant. Elle courut pieds nus le long du couloir en glissant une main contre le mur pour décompter les portes au passage. Elle marcha sur quelque chose de brûlant et sautilla d'un pied sur l'autre, puis ouvrit une porte. *Faites que ce soit la bonne !*

— Logan ?

Elle se couvrit le visage, peinant à respirer, ses poumons cherchant un air dont la pièce était dépourvue. *Où est-il ?*

Tombant à genoux, elle marcha vers le lit, à quatre pattes. Et s'il avait perdu connaissance ? Elle devait arriver jusqu'à lui, même si elle ne voyait pas plus loin que le bout de son nez et que sa respiration n'était plus qu'un faible halètement. Elle ne pouvait pas l'abandonner.

À cet instant, elle sut qu'elle ne sortirait pas d'ici vivante, elle non plus.

———

QUAND LOGAN ARRIVA à la hâte devant le saloon, deux femmes étaient assises par terre. Il reconnut Betsy et présuma que l'autre était Ellie. Des hommes criaient en apportant des seaux d'eau ; de la fumée sortait par les fenêtres brisées de l'étage. Il parcourut rapidement la foule des yeux, mais n'y vit pas Claire. Pris de panique, il se précipita derrière la bâtisse vers le cabanon qu'elle occupait.

Personne.

Dans un élan désespéré, il fonça à l'intérieur du saloon et se précipita instinctivement vers les escaliers. Il ne doutait pas que Claire, inquiète pour Betsy et Ellie, ait bravé les flammes pour les secourir. La chaleur le fit presque tomber à la renverse. La fumée l'empêchait de voir quoi que ce soit. Il se servit de son bras pour se protéger le visage et tituba jusqu'à l'étage. Il tomba à genoux et poursuivit son chemin à quatre pattes, retenant son souffle et priant pour la retrouver. Il n'allait pas pouvoir rester ici beaucoup plus longtemps.

En dernier recours, il rampa vers la chambre qu'il avait occupée, même si c'était la zone à éviter le plus. Il fut sidéré de trébucher contre la silhouette de Claire, étendue à terre. Il aurait crié de soulagement, s'il n'avait pas été à bout de souffle.

Avec résolution, il la souleva dans ses bras et traversa tant bien que mal le couloir enfumé. Il dévala les escaliers en se cognant au mur, les yeux brûlants. *La sortie… Vite !*

Enfin, il foula le sol du rez-de-chaussée. Il chancela jusqu'à la porte qu'il ouvrit d'un coup de pied et fut projeté en avant par l'effondrement d'un des murs qui lui creva les tympans et fit trembler les maisons mitoyennes. Des éclats de verre atterrirent en pluie dans son dos qui servait de bouclier au corps de Claire. Au milieu des cris de femmes, des mains lui saisirent les bras et l'entraînèrent plus loin du bâtiment en feu. Pendant un moment, il ne put rien faire d'autre que respirer ; ses poumons cherchaient désespérément de l'air, comme des veaux affamés beuglant près de leurs mères mortes. *Respire !* Il toussa et suffoqua ; sa poitrine se soulevait violemment. Il était couvert de suie noire.

Où est Claire ?

Il ouvrit les yeux et la vit, non loin de lui, par terre. Autour d'elle se trouvaient Ellie, Betsy et d'autres filles du Southern Charm. Il se fraya un chemin jusqu'à Claire en les repoussant plus vivement qu'il n'aurait voulu. Il lui toucha le front, puis glissa une main sous ses omoplates pour la redresser. Elle se mit à tousser.

— Doucement, dit-il à voix basse. C'est fini !

Elle continua de tousser en prenant des inspirations sifflantes. Empoignant son épaule, il enfouit ses lèvres dans ses

145

cheveux, sans faire cas de la couche de charbon recouvrant les tresses blondes.

— Logan ! dit-elle dans un souffle.

Elle se pencha vers lui et s'accrocha à sa chemise.

Il la serra contre elle en refoulant ses larmes. *Elle aurait pu mourir*. Il avait perdu un temps précieux à fouiller les autres chambres ; il n'avait même pas prévu de vérifier celle qu'il n'avait occupée qu'une seule nuit. Pourquoi diable avait-elle risqué sa vie pour lui ? Encore un peu et il n'aurait pas pu la sortir de là à temps ! Elle aurait pu être morte, à l'heure qu'il était !

Jamais il ne comprendrait les femmes ni la raison qui avait poussé Claire à braver les flammes pour le sauver, mais son acte avait ouvert une brèche fondamentale dans son cœur, dans sa foi en la nature des femmes. Il regarda s'effondrer le White Dove Saloon en la tenant dans les bras.

CLAIRE ÉTAIT ASSISE dans la chambre qu'avait louée Logan à l'hôtel Wagner. Hébétée par la tournure des événements, elle fixait ses mains d'un regard vide. Le saloon avait disparu et, avec lui, tout ce que sa mère avait mis si longtemps à rassembler, à la sueur de son front. Les objets, les linges de lit, les articles de mercerie, les images, les souvenirs — tout était réduit en cendres. Il ne restait plus rien des papiers du saloon ni du livre de comptes. L'argent ? Parti en fumée, excepté quelques pièces ayant survécu à l'incendie. Elle pourrait peut-être retourner sur place, demain, pour fouiller dans les cendres.

Claire ferma les yeux en essayant de ne pas penser à tout ce qu'elle avait perdu dans le cabanon qui avait brûlé, lui aussi. Ses vêtements, le train en bois que Jack avait offert à Jimmy pour ses six ans, tous ses livres de médecine. Ses rêves. La vie l'avait entièrement dépouillée ; tout ce qui lui restait était la chemise de nuit sale et déchirée qu'elle avait toujours sur le dos.

Ellie avait survécu et Betsy aussi. *Dieu merci !* Quelqu'un avait fait sortir Reverend et Storm de l'étable de fortune qui se trouvait à l'arrière du bâtiment, avant qu'elle ne prenne feu à son tour.

Claire regarda l'homme qui se tenait devant la fenêtre, à l'autre bout de la chambre. *Et Logan est vivant.* Imaginer le perdre l'avait terrifiée. À vrai dire, tout le reste n'avait pas eu d'importance à ses yeux…

Cette pensée lui fit honte. Depuis quand Logan était-il plus important que tout, dans sa vie ?

— Dans le coffre, il y a un acte de propriété, dit-il, les yeux rivés sur la rue.

Toujours couvert de suie, il paraissait menaçant.

— Ça te dit quelque chose ?

Claire secoua légèrement la tête.

— Il n'y avait rien d'autre ?

Ses poumons étaient pleins de cendres et la blessure à son flanc palpitait sans relâche.

— Non, dit-il.

— De quelle propriété s'agit-il ?

Elle déglutit ; sa gorge était toute sèche.

— Teddy Luttrell t'a fait un cadeau.

— À moi ?

Elle fronça les sourcils.

— De quoi est-ce que tu parles ?

— De quatre-vingt mille hectares, près de Cimarron. Le document a été signé en décembre, l'année dernière.

— Quatre-vingts…

Claire se tut un instant.

— Ces terres sont à moi ? demanda-t-elle, incrédule.

— En quelque sorte. Luttrell a précisé que seul ton mari aurait le droit d'exploiter ou de vendre la propriété.

— Tu es sûre qu'elle est à moi et pas plutôt à Maggie ?

— Certain. J'ai laissé l'acte au coffre, question de sécurité ; mais on peut le ressortir, si tu ne me crois pas.

— Ce n'est pas ça ; c'est juste que je ne comprends pas. Pourquoi à moi ?

— Claire, quelle était ta relation avec Luttrell, exactement ?

Elle fut déconcertée par le ton glacial de Logan, puis comprit tout à coup.

— Je le connaissais à peine ! Je l'ai rarement croisé.

— Es-tu mariée ?

Elle se raidit, devant le ton accusateur de Logan.

— Non ! Tu ne penses pas que je te l'aurais dit, si je l'étais ?!

— Alors, pourquoi aurait-il donné ces terres en partie à un mari qui n'existe pas ?

— Comment veux-tu que je le sache ? Tu as dit que l'acte datait du mois de décembre. C'était il y a six mois et c'est la première fois que j'en entends parler. Cet homme est mort…

Elle fut prise de panique.

— Tu penses que les gens vont croire que j'ai quelque chose à voir là-dedans ?

Logan la fixa d'un regard assombri par la colère et dépourvu de la tendresse qu'il lui avait témoignée ces derniers jours.

— Est-ce le cas ?

— Non !

L'accusation la choqua.

— Est-ce que ta mère était impliquée dans des histoires avec Luttrell ?

— Je n'en sais rien. Peut-être… C'est possible.

Maggie était-elle derrière tout ça ?

Quelqu'un frappa à la porte. Logan réceptionna un message que lui tendit le garçon d'hôtel et l'apporta à Claire.

— C'est pour toi, dit-il.

Elle déplia la feuille et la parcourut des yeux.

— C'est Betsy.

La jeune fille disait avoir emmené Ellie au saloon de Belle ; ça marquait la désertion finale du White Dove. Claire ne pouvait pas leur en vouloir ; elles n'avaient plus rien et absolument nulle part où aller. Malheureusement, elle ne pouvait rien faire pour elles.

— Il y a un problème ? demanda Logan.

Elle jeta un coup d'œil au papier. Betsy ajoutait qu'un homme la cherchait.

— Apparemment, Shorty McClaren veut me voir.

— Le frère de Red ?

Claire eut un pincement au cœur en repensant à la rousse qu'elle avait vu tourner autour de Logan, au St James.

— Que sais-tu de lui ?

— Pas grand-chose. Il traînait souvent au White Dove. Il semblait proche de Maggie. Apparemment, il faisait partie de la bande de Griffin, alors il sait peut-être quelque chose. Il demande qu'on se retrouve à six heures.

— Je viendrai avec toi.

Claire inspira profondément, pour se calmer. Elle ignorait si la présence de Logan serait un avantage ou un frein. Il semblait toujours à cran, distant et agacé. Elle baissa les yeux sur sa chemise de nuit et secoua la tête.

— Il faut que je te demande un service, dit-elle, incapable de le regarder. Je n'ai pas d'argent et aucun vêtement.

— N'aie pas l'air si dégoûtée de demander de l'aide.

— Je trouverai le moyen de te rembourser.

Il resta planté devant la fenêtre, puis attrapa son chapeau.

— Je vais demander au garçon d'hôtel de t'apporter une bassine et de l'eau. Ne sors pas avant mon retour.

Comment aurait-elle pu ? Elle n'allait pas sortir toute nue !

149

Quand Logan disparut, elle ferma les yeux et ses épaules s'avachirent.

————

LE MESSAGE de Betsy précisait que Shorty retrouverait Claire dans les écuries, derrière l'hôtel Wagner. Elle toucha les chanfreins de Storm et de Reverend en passant devant leur box. Logan la suivait ; il parla aux chevaux, à voix basse.

Les odeurs rustiques de foin, de terre et de crottin montèrent au nez de Claire. Elle se demanda à nouveau pourquoi Shorty voulait la voir. Sa plaie lui faisait mal et sa respiration était toujours laborieuse, après avoir inhalé autant de fumée ; elle était en piteux état. Elle se sentait lasse du jeu que jouait sa mère et dont elle ignorait les règles. L'idée de quitter la ville lui traversa l'esprit, mais s'évanouit aussi vite qu'elle était apparue. Claire ne pouvait pas abandonner Jimmy. Par contre, pour la première fois de sa vie, elle se dit qu'éventuellement… elle pourrait tourner le dos à sa mère.

Dépassant un jeune qui s'occupait du lieu, ils avancèrent jusqu'à apercevoir Shorty qui se tenait tout au fond de l'allée des boxes. Ils se réunirent tous les trois, à l'écart des gens et de l'activité de la ville.

À leur approche, le jeune homme s'écarta du mur auquel il s'était appuyé et les observa avec attention. Il était roux et grand ; sa silhouette maigre et nerveuse semblait avoir du mal à contenir son énergie. Il déglutit péniblement en s'essuyant les mains sur son pantalon, trahissant sa nervosité. Les fois où Claire l'avait vu en ville avec Griffin, il avait plutôt semblé impétueux et confiant. Il n'avait jamais manqué une occasion de venir saluer sa mère et il enchaînait toujours les parties de cartes au White Dove.

— Miss Claire…

Il lui adressa un hochement de tête en retirant son

chapeau. Il jeta un bref coup d'œil à Logan avant de revenir à Claire.

— Je suis content de vous voir. Je me demandais si vous alliez venir.

— Espérons qu'il n'y ait pas de problème, dit-elle sur un ton d'avertissement.

Après les événements des derniers jours, elle était à bout.

— Voici monsieur Ryan, ajouta-t-elle.

Shorty hocha la tête, son regard passant de Logan à Claire. Il se pencha vers elle et dit :

— Il vaudrait peut-être mieux que je vous parle en privé.

— Je préfère rester, dit Logan.

Claire repensa à tout ce qu'il lui avait rapporté : plusieurs robes, un tas de sous-vêtements, une brosse à cheveux et deux paires de chaussures neuves. C'était plus qu'il ne fallait, mais elle s'était sentie reconnaissante et certainement pas en mesure de refuser sa générosité. Des couches de jupons lui frôlaient les jambes, sous la robe sombre imprimée qu'elle portait, et des bottines noires étaient joliment ajustées à ses pieds. Il lui avait fourni de quoi s'habiller comme une femme respectable ; lui demander de partir était hors de question.

— Pourquoi vouliez-vous me voir ? demanda-t-elle à Shorty.

— Eh bien… dit-il avant de s'éclaircir la voix. Je ne sais pas vraiment par quoi commencer.

— Savez-vous où est ma mère ? demanda-t-elle, de but en blanc.

Son regard devint noir d'inquiétude.

— Non. Et vous ?

Claire secoua la tête. Si elle n'avait aucune raison de se méfier de Shorty, elle n'en avait certainement pas plus de lui faire confiance.

— C'est bien plus gênant que j'aurais cru, dit-il. Votre

mère et moi étions… proches. Vous êtes au courant pour les terres ?

— De quoi es-*tu* au courant ? demanda Logan.

Shorty hocha la tête à plusieurs reprises et se gratta une aile du nez.

— Eh bien, Maggie m'a tout expliqué et elle m'a demandé si j'accepterais de l'aider. De vous aider, s'empressa-t-il d'ajouter.

— Comment ? demanda Claire.

— Vous allez avoir besoin d'un mari pour profiter de ces terres. Voilà pourquoi je suis là.

Il la regarda, rempli d'espoir.

— Vous êtes là pour quoi ?! demanda-t-elle.

— Pour vous épouser.

Claire en resta bouche bée. Elle s'était attendue à ce que Shorty la menace, la contraigne par la force ou lui apprenne que quelque chose de terrible était arrivé à sa mère… mais sûrement pas à ça !

LOGAN S'APPROCHA et son torse frôla le dos de Claire.

— Tu es là pour épouser Claire ? demanda-t-il, épaté par l'audace du jeune homme.

Shorty semblait avoir à peine vingt ans.

McClaren hocha la tête à nouveau ; cette manie commençait à devenir agaçante.

— Et pourquoi ferais-tu ça ? demanda Logan.

— Maggie avait des problèmes avec l'acte de propriété et elle avait peur que Griffin trouve un moyen de mettre la main dessus. Donner les terres au mari de Claire semblait la meilleure façon d'y avoir accès, tout en compliquant les choses pour Griffin.

— Mais vous travaillez pour Griffin ! l'accusa Claire.

— Ouais, mais j'aime Maggie !

— Quoi ? demanda Claire.

— Je sais que ça paraît fou ; mais elle et moi, on a un arrangement.

Logan imaginait bien le genre d'arrangement qu'il pouvait y avoir entre eux. Maggie Waters devait en avoir avec beaucoup d'hommes.

— Alors, vous savez où elle est, insista Claire.

— Non, répondit Shorty, navré. Ça fait des semaines que je ne l'ai pas vue. Mais on avait discuté de notre plan bien avant et quand j'ai su que vous étiez en ville, je suis venu tout de suite.

— Si tu es amoureux de Maggie, pourquoi veux-tu épouser Claire ? demanda Logan.

Il écarquilla les yeux.

— Ce ne serait pas un vrai mariage, juste des papiers ! J'obtiendrais le droit de vendre les terres et les donnerais à Maggie. J'espère qu'elle reviendra dès qu'elle sera au courant.

— Et Griffin, dans tout ça ? demanda Logan.

Il posa un bras sur la porte d'un box en restant près de Claire. Toute cette histoire de mariage lui tapait sur les nerfs.

— Tu te fiches de savoir comment il réagira en apprenant ça ?

— Bien sûr que non ! Je compte bien protéger Claire. Ça faisait partie de l'accord.

Logan décida qu'il en avait assez entendu. Une chose était sûre, ce gosse était dépassé par les événements ; et Logan n'allait pas compter sur lui ni sur ses compétences douteuses pour assurer la sécurité de Claire.

— Comment Maggie a-t-elle obtenu ces terres ? demanda Claire.

Shorty haussa les épaules.

— J'sais pas. Mais elle est très maline !

— Luttrell a été assassiné, l'année dernière, dit Claire. Ça l'implique. Ça m'implique, moi !

Shorty la regarda bien en face.

— Maggie ne l'a pas tué.

— Ce n'est pas ce que dit ta sœur, rétorqua Claire.

— Paulina ? demanda Shorty. Elle n'a pas le droit de raconter n'importe quoi ! Je sais que Maggie n'aurait pas fait ça. Et vous n'étiez pas au courant, pour les terres, pas vrai ? Alors, vous ne l'auriez pas tué non plus.

— Et toi ? demanda Logan.

— Je ne l'ai pas tué !

Shorty tangua d'un pied sur l'autre, les yeux un peu écarquillés.

— Je suis juste là pour aider Maggie, comme je lui ai promis.

— Je ne me marierai pas avec vous, dit Claire.

— Pourquoi ?

— Parce que tout ce plan est ridicule, dit-elle en levant les mains en l'air.

— Maggie disait que c'était la meilleure solution et que vous seriez d'accord.

— Pourquoi aurait-elle dit ça ?

Logan se tenait si près d'elle qu'il sentait son souffle léger contre son torse.

— Parce que les terres vous rapporteraient de l'argent pour l'école. Elle a vaguement parlé de vos études pour devenir médecin.

Quelque chose changea chez Claire et Logan le perçut instantanément. Elle se figea comme une statue et il eut peur qu'elle cesse de respirer. Si Claire le manipulait à propos de Luttrell, alors elle y arrivait bien, parce qu'il commençait vraiment à croire qu'elle n'avait jamais entendu parler de cette histoire de terres auparavant. Il avait vu rouge, à l'idée que Luttrell ait pu avoir Claire, après lui avoir pris Dee.

Il posa une main sur son épaule en signe de compassion ; il comprenait qu'elle soit sous le choc. Elle n'avait jamais cru que sa mère prenait ses rêves au sérieux. Contre toute attente, Maggie Waters remontait un peu dans l'estime de Logan.

— Claire ne peut pas t'épouser, dit-il à Shorty.

Le jeune homme fronça les sourcils et remit son chapeau.

— Pourquoi ça ?

— Parce qu'on va se marier, elle et moi.

C'était le moyen de résoudre le dilemme qui le tiraillait concernant ses sentiments grandissants à son égard. Il ne la laisserait pas lui glisser entre les mains comme l'avait fait Dee.

Mais tout d'abord, il devait réussir à la convaincre.

CHAPITRE DOUZE

Logan épousa Claire l'après-midi du lendemain, au tribunal, devant un juge de paix. Ce fut une cérémonie simple à laquelle assistèrent les prostituées de la ville qui semblaient heureuses d'être au palais de justice pour une autre raison que pour répondre à des plaintes pour offense à la pudeur.

Claire sembla distraite pendant le bref échange des vœux et son dos n'aurait pu être plus droit et raide. Logan posa une main juste au-dessus de l'arrondi de ses hanches pour l'aider à se détendre. Elle portait une des robes en calicot qu'il lui avait achetées la veille ; ses tresses blondes étaient lâches et dégageaient son visage. Logan se sentit à la fois rassuré et inquiet pour l'avenir. En sa qualité de mari, il pourrait gérer les terres et protéger Claire des parvenus sans expérience tels que Shorty McClaren et surtout des menaces plus sérieuses comme Frank Griffin et Raul Sandoval. Son récent héritage allait sans aucun doute faire d'elle une cible. Logan s'était laissé convaincre qu'elle n'en avait rien su et qu'elle n'avait rien eu à voir avec Teddy Luttrell.

Si ce Luttrell n'était pas déjà six pieds sous terre, Logan se serait fait un plaisir de le rencontrer…

Comme il s'y était attendu, Claire avait d'abord refusé l'idée du mariage et qu'il se sacrifie pour elle. Quelles raisons avait-il de faire une chose pareille ? Ce n'était pas tout à fait clair pour lui non plus, mais il n'avait qu'à regarder dans ses yeux verts pour apercevoir un futur qui, bizarrement, avait du sens pour lui. Il voulait cette femme, peut-être plus qu'il n'avait jamais eu envie de Dee ; alors il avait saisi l'opportunité qui s'était présentée et avait pipé les dés en sa faveur autant qu'il avait pu.

Une fois sa décision prise, Claire n'avait plus eu l'ombre d'une chance de lui résister. Ils avaient passé la nuit dernière dans une sorte de trêve précaire en partageant la même chambre d'hôtel, lui par terre et elle sur le lit, avant de se rendre à la cérémonie dans un silence embarrassé.

— Je vous déclare à présent mari et femme, dit le juge.

Logan déposa un léger baiser sur les lèvres de Claire. Elle regardait dans le vide.

— Souris, lui dit-il. C'est le jour de ton mariage !

Il ne reçut en réponse qu'un bref regard inquiet.

Le visage de Logan se fendit d'un large sourire. Après tout, c'était une super journée pour se marier ! Le soleil brillait et Claire était vraiment jolie. Elle lui avait confié qu'elle craignait de faire peser sur lui l'état chaotique de sa vie, mais il présageait plutôt le contraire. Il se sentait confiant ; ils allaient résoudre ensemble le mystère de la disparition de Maggie, puis ils vivraient leur vie. Logan était optimiste de nature, et avoir Claire à ses côtés le rendait… eh bien, ça le rendait heureux. C'était une super journée, vraiment !

Il pensa au Texas. Un jour, il entrerait à la maison avec *sa femme*. Il ressentit un élan de possessivité. Il veillerait à la garder près de lui ; il ne la perdrait pas comme il avait perdu Dee.

— Félicitations, Claire ! dit Betsy en la prenant dans ses bras. Tous mes vœux de bonheur à vous aussi, monsieur Ryan !

— Merci, répondit Claire, le visage inexpressif.

— Prenez soin de cette petite chérie, dit Ellie. Vous avez de la chance de l'avoir épousée, ne l'oubliez jamais !

— Promis, m'dame, je ne l'oublierai pas.

Logan garda la main de Claire serrée dans la sienne, tandis que les femmes défilaient pour les complimenter. Il en reconnut certaines de Southern Charm.

Louisa chuchota quelque chose à l'oreille de Claire et Logan vit sa femme rougir instantanément, ce qui lui rappela son innocence. Il s'estimait déjà heureux qu'elle lui témoigne de légers élans. Avec un peu de charme et de patience, il arriverait à la glisser dans son lit et, étant son mari, il pourrait en toute légitimité profiter des richesses de son corps. Il espérait que le mariage la pousserait à renoncer à toute retenue. Il rêvait qu'elle l'autorise à s'approcher d'elle et qu'elle s'abandonne à lui.

La foule se dispersa.

Tia et *One-Eyed Jack*, leurs témoins, les rejoignirent. Quand ils avaient protesté en disant que Claire souhaiterait peut-être quelqu'un d'autre à leurs côtés, il avait balayé leur refus, certain que leur présence compterait beaucoup pour elle.

— On s'en va, maintenant, dit Tia.

— Merci d'être venus, répondit Claire en se baissant pour enlacer l'Indienne.

— Jack… dit Logan en lui serrant la main.

— Prends soin d'elle, dit-il, avant de se tourner pour prendre Claire dans ses bras.

Logan vit un sourire authentique se dessiner sur le visage de sa femme.

— Non, dit Tia. Ils vont veiller l'un sur l'autre.

Elle prit la main de Logan et tira dessus jusqu'à ce qu'il se penche tout près d'elle.

— La vérité est insaisissable. Souviens-toi ton cœur te montrera toujours le bon chemin.

— Où as-tu entendu ça ? demanda Jack. Tu as lu ma Bible ?

Tia secoua la tête en le chassant de la main.

— Je lire pas ce livre. Et je sais pas pourquoi tu fourres autant ton nez dedans !

Elle regarda Logan et Claire avec un grand sourire, puis s'éloigna lentement.

— Peut-être que tous ces chrétiens qui s'affairent partout ont une idée derrière la tête, tu ne crois pas ?

— Jack, tu ne sais même pas lire !

— Si, je lis…

Leurs voix s'estompèrent au loin.

Logan guida Claire vers la sortie.

— Qui est-ce ? demanda-t-elle en voyant un homme, à l'autre bout de la pièce.

Logan l'avait presque oublié.

— Il est de *Las Vegas Optic*.

Il fit un pas de côté pour lui céder le passage.

— Il va annoncer notre mariage dans le journal de demain.

— Pourquoi ? demanda Claire, visiblement paniquée.

Ils s'arrêtèrent sur les marches, devant le tribunal, et Logan remit son chapeau.

— Pour que tout le monde le sache.

Claire le dévisagea et se mit à gigoter nerveusement.

— Et Sandoval ?

— Il sait déjà que tu es vivante. J'irai même jusqu'à dire que la plupart des gens le savent. L'incendie du White Dove a fait la une des journaux, aujourd'hui. Maintenant, tout le monde saura qu'avant de t'atteindre, ils auront affaire à moi. Je suis le type même de l'éleveur de bétail borné, Claire ; je protège ce qui est à moi.

Il la regarda, légèrement amusé, tenter de trouver quelque chose à répondre.

— Je me ferais un plaisir de vous inviter à dîner, madame Ryan !

Il lui offrit son bras.

Elle céda et glissa sa main dans le creux de son coude.

***

CLAIRE SE SENTAIT PLUS que mal à l'aise, vis-à-vis de ce mariage. Elle aurait facilement avoué ne pas du tout savoir ce qu'elle faisait ni quoi faire à partir de maintenant. Ils tournèrent à l'angle de la rue pour se diriger vers la place ; sa robe et ses jupons froufroutèrent autour de ses jambes. La grande silhouette de Logan se mouvait avec fluidité. Elle voulait, elle avait besoin de sa présence à ses côtés, mais n'arrivait pas à croire que ce mariage était ce qu'il désirait — ce dont *il* avait besoin. Mis à part les quelques baisers échangés et leur attirance réciproque, il n'avait pas l'air d'être le genre d'homme à s'attacher.

Et voilà qu'il comptait annoncer leurs noces dans le journal ! Cette publicité la perturbait, elle qui était habituée à tout cacher — ce qu'elle pensait, ses rêves, elle-même.

Est-ce que ça la rendrait plus respectable, aux yeux des gens ? Ou bien la soupçonnerait-on, concernant la mort de Luttrell, lorsque l'héritage des terres sera rendu public ? Sa mère reviendrait-elle enfin, en apprenant que sa fille unique s'était mariée ?

— Tu as l'air inquiète, dit Logan, alors qu'ils traversaient Pacific Street.

— Je le suis un peu.

— On peut en parler ? Je suis bon, pour écouter !

Claire regarda ses yeux bleu-vert et tout à coup, elle réalisa : *Logan est mon mari !* Sa vie venait de prendre un virage radical et surprenant, et voilà qu'elle était là, aux côtés de l'homme de ses rêves ! Oui, Logan représentait tout ce qu'elle aurait pu attendre d'un homme, d'un époux. Demain, tout pourrait arriver et elle n'avait plus qu'à souhaiter de toutes ses forces que ce soit pour le mieux. Mais aujourd'hui, ils étaient là ; ensemble.

« Vis l'instant présent ! » lui avait suffisamment répété Tia, mais Claire n'avait jamais vraiment bien compris ce conseil. Maintenant, il avait du sens.

— Je ne m'étais jamais mariée ! lâcha-t-elle.

— Je sais, Claire.

Ils avaient éclairci les choses, la veille, quand Logan l'avait accusée d'avoir eu une relation avec Luttrell. Soudain, elle demanda, de but en blanc :

— Et toi ?

— Presque… une fois. Ça n'a pas marché.

L'idée la déstabilisa, mais elle la mit de côté.

— Je ne veux te mettre aucune pression, dit-il, mais il faut que tu saches… j'ai envie que ce soit un vrai mariage.

Elle ressentit une légère euphorie. Son faible pour cet homme était intégral. Si tel était son prix, alors il obtiendrait ce qu'il voulait, parce qu'elle désirait tout ce qu'il avait à lui offrir : le mariage, la sécurité, lui-même. Tout le monde avait un prix… et Logan était le sien.

— Oui.

Face à la perspective d'avoir Logan à ses côtés, elle n'avait pu répondre autrement que par cette affirmation, la plus audacieuse qu'elle n'ait jamais formulée. Il resta sans voix, et elle s'en réjouit.

Il la prit par la main et l'entraîna dans l'ombre d'un recoin, près du magasin d'un commerçant. Il la plaqua contre la façade en bois et posa une main près de sa tête.

— Tu en es sûre ?

Sa voix était comme une caresse, une promesse.

Elle fut parcourue d'un frisson.

— Oui.

— Alors, ce doit être mon anniversaire !

— Pourquoi ?

Il se pencha vers elle.

— Parce que tous mes vœux se réalisent.

Leurs lèvres se touchèrent en un contact léger. Claire ferma les yeux, coupée des bruits que faisaient les chevaux et les chariots dans la rue, à côté, n'entendant plus les bavardages des hommes et des femmes qui allaient et venaient. La bouche de Logan était douce, chaude et délicate. Son beau visage sentait le savon, témoignage des efforts qu'il avait faits pour leur mariage, et Claire fut étourdie à l'idée de ce qui l'attendait.

Ne réfléchis pas.

Elle passa ses bras autour de son cou et il unit sa bouche à la sienne. Le ventre de Claire se mit à palpiter d'excitation et elle se sentit submergée par l'envie d'en avoir plus. Elle s'abandonna à leur baiser avec la conscience aiguë de l'intense désir qu'elle éprouvait pour tout ça, pour lui, soulagée de savoir qu'elle pourrait enfin satisfaire cette passion qui ne pouvait l'être qu'avec lui.

Logan glissa ses bras autour d'elle pour la serrer contre lui et elle s'abandonna au plaisir physique de son contact. Sa blessure la fit légèrement tressaillir, mais elle put facilement passer outre. Elle voulut absolument embrasser Logan comme une femme qui savait ce qu'elle faisait — comme elle n'avait aucune expérience, ce ne fut pas le cas, mais ça ne sembla pas le déranger. Pas plus qu'elle, en fin de compte.

Elle embrassa ses joues et tripota ses cheveux à la base de sa nuque, respirant son odeur devenue très familière. Ce n'était pas assez. Logan l'embrassa avec fougue en mêlant leurs langues et elle se sentit tout à coup fébrile.

— Claire… dit-il d'une voix rauque, en prenant son visage entre ses mains.

Ses cheveux se détachèrent des épingles qu'elle avait utilisées pour être présentable à son mariage. Pas seulement présentable ; elle avait vraiment voulu se faire belle – et que Logan le remarque.

— Laissons-tomber le dîner… dit-elle, avant de lui mordiller les lèvres.

Il expira ; son souffle était irrégulier.

— Je ne suis pas contre, ma belle.

Il sourit en caressant sa lèvre inférieure avec son pouce. Ce geste déclencha un brasier dans le bas ventre de Claire. Il regarda ensuite vers la rue, lui prit la main et l'entraîna dans l'artère poussiéreuse. Elle s'efforça de suivre le rythme de ses longues enjambées. Ils traversèrent la place. Arrivés à l'hôtel Wagner, ils passèrent rapidement par le hall d'entrée pour atteindre les escaliers et rejoindre leur chambre. Logan mit si peu de temps à en ouvrir la porte que Claire se demanda s'il l'avait vraiment verrouillée. Dès qu'ils se retrouvèrent dans la pénombre et l'intimité, il la plaqua au dos de la porte à présent bien fermée et l'embrassa avec une passion qui la fit trembler. Elle en oublia comment respirer !

Le cocon anonyme de l'hôtel lui permit de se libérer de toute retenue et de laisser son corps agir de façon purement instinctive. Elle relâchait rarement le contrôle strict qu'elle exerçait sur sa vie, jour après jour, et ne se risquait pas souvent à baisser la garde. Mais elle éprouvait envers Logan une passion dévorante qui effaçait tout le reste.

Elle n'aurait jamais cru que ça puisse être comme ça, qu'elle puisse trembler de plaisir sous ses mains en voulant fusionner avec lui au point de ne plus avoir une seule pensée cohérente.

Alors qu'ils s'embrassaient dans un mélange de souffles, de chaleur et de désir, elle lui retira sa veste et son chapeau qui tombèrent au sol dans un bruit sourd. Il déboutonna rapidement le devant de sa robe pour dénuder ses épaules.

Il se débarrassa de sa cravate et sortit sa chemise de son pantalon. Puis, ce fut au tour du corset de Claire, qu'il ouvrit jusqu'à la taille. Ses seins ainsi exposés réagirent par une tension interne et des picotements. Personne n'avait touché son corps dans une telle situation d'intimité. Il l'embrassa dans le cou. Il mit un genou à terre et posa sa bouche sur un de ses tétons, puis sur l'autre. Claire inspira brusquement, tout étourdie par la sensation.

— Logan ! dit-elle en haletant.

— Je vais faire doucement.

Il effleura doucement le bandage autour de ses côtes.

— Je ne parle pas de ça.

Elle pouvait à peine prononcer les mots.

— Je sais, ma chérie… dit-il d'une voix langoureuse, presque étranglée, comme celle de Claire. Je n'en peux plus d'attendre, moi non plus.

Il la serra contre lui et l'embrassa avec ardeur. Il la guida vers le lit. Quand elle sentit le matelas contre l'arrière de ses genoux, elle fut soulagée de pouvoir s'asseoir — elle ne tenait plus sur ses jambes ! Logan déboutonna sa chemise et son pantalon, puis retira ses bottes.

Il enleva tous ses vêtements.

Le brouillard de leurs ébats se dissipa un instant et Claire se demanda ce qu'elle faisait. Dans la pénombre, la grande silhouette de Logan se dressait au-dessus d'elle, le faisant paraître d'un autre monde, différent des hommes d'ici. Il la désirait et ce désir avait changé sa vie. Elle déglutit, la bouche asséchée par un sentiment d'incertitude.

Il s'approcha ; avec des gestes qui étaient tout sauf hésitants et qui enflammèrent la peau de Claire, il lui retira sa robe et ses jupons.

La vulnérabilité d'une femme dans cette posture sauta aux yeux de Claire.

— Écarte les jambes, dit-il d'une voix grave qui résonna jusqu'au fond de son ventre.

Comment faire une chose pareille, sans avoir confiance ?

Avait-elle confiance en Logan ?

Si ce n'était pas le cas, il était trop tard pour s'en rendre compte !

Elle refoula une autre bouffée d'angoisse menaçant ce qui lui restait d'esprit rationnel et ouvrit lentement les jambes. Logan glissa une main entre ses cuisses en la regardant dans les yeux. Il enfonça un doigt en elle et ses hanches se soulevèrent en un sursaut. Elle poussa un petit cri et s'accrocha au dessus de lit pour s'empêcher de tomber.

— Bon Dieu, tu es prête ! lui dit-il. Mais tu es si étroite ! Tiens-toi à moi.

Elle ne comprit pas. Il prit appui sur elle avec ses bras et la pénétra d'un seul mouvement, jusqu'au fond. La sensation fut étonnamment intense et intime au plus haut point. Claire enfonça ses doigts dans les épaules de Logan en grimaçant et fit un effort pour refouler des gémissements.

Il s'immobilisa, la tête penchée, et respira profondément pour rester calme. Les mains moites, Claire saisit les muscles de ses bras. Il l'embrassa ensuite avec une tendresse qui semblait en totale contradiction avec la tension rigide de son corps.

Elle avait eu mal, mais préféra ne pas lui dire, de peur qu'il arrête. Maintenant que son corps commençait à accepter cette sensation de plénitude, elle ne voulait pas qu'il se retire. Il commença à bouger en elle, faisant remonter la tension entre eux. Elle sentait son torse contre ses seins ; ses sens en éveil s'étaient focalisés uniquement sur lui, lui qu'elle désirait, dont elle avait besoin.

Il saisit ses jambes et les crocheta autour de sa taille. Il se mit à aller et venir en elle avec précision et détermination, passant ses bras dans son dos pour s'enfoncer encore plus profondément. Elle s'accrocha à lui, submergée de sensations, des larmes se frayant un chemin vers ses oreilles.

Un orgasme la prit de court ; elle griffa Logan dans le dos, tandis que tous ses muscles internes se resserraient autour de lui. Il devint encore plus dur et elle se laissa porter par cette vague intense de plaisir qui la laissa totalement hébétée.

Logan se décala légèrement pour ne pas appuyer sur son bandage. Il l'embrassa et frotta son nez sur sa joue. Claire ferma les yeux ; il posa son front sur son épaule. Elle le sentait toujours en elle. C'était un rêve grivois et savoureux, tout ce dont son corps avait eu besoin — et plus encore.

Au bout d'un moment, il roula à côté d'elle, quitta le lit et revint avec une serviette. Il la nettoya doucement, puis tira les couvertures sur eux en la serrant contre lui. Trop épuisée pour parler, Claire sombra dans le sommeil. Logan dessinait d'une main lascive des cercles dans son dos, de haut en bas.

LOGAN PENSAIT à CETTE FEMME, dans ses bras, dont le mouvement régulier du buste, à chaque respiration, trahissait le sommeil.

Elle avait fait l'amour comme si sa vie en dépendait.

Cette réflexion en déclencha une autre, comme un écho au fond de son esprit.

Il ne se souvenait pas d'avoir vécu la même chose avec Dee.

CHAPITRE TREIZE

Claire se réveilla en pleine nuit. Plus aucune couverture ne la couvrait, elle était complètement nue. Bizarrement, elle n'en fut pas gênée. Elle se souleva précautionneusement sur un avant-bras pour regarder Logan qui dormait sur le dos. La lumière de la lune entrait par la fenêtre et l'éclairait de son spectre blanc. La toison sombre qui couvrait son torse et ses épaules fines et musclées lui donna envie d'être à nouveau dans ses bras. Son regard glissa vers son ventre et l'autre zone poilue. Le simple fait de le regarder l'émoustilla.

Logan était maintenant son mari. Ce qu'ils avaient fait était légitime et il n'y avait aucun mal à ce qu'elle ait envie de recommencer. Elle s'allongea à côté de lui ; son téton frôla son bras. Elle était étonnée de trouver le sexe si plaisant — l'acte en lui-même et le fait d'avoir pu se prêter au jeu si volontiers. Ce qu'elle s'apprêtait à faire était peut-être faire une grosse erreur, mais elle n'avait aucune envie de se pencher sur la question pour le moment…

Elle voulait qu'il la touche encore, qu'il la mette dans tous ses états, qu'elle redevienne presque sauvage et à moitié folle. Elle l'embrassa sur la joue, puis enfouit son visage dans son cou ; il ne tarda pas à se réveiller. Elle s'enhardit et s'abaissa vers son torse, y déposant des baisers et frottant son nez dans ses poils. Il mit les mains sur sa tête et l'attira vers sa bouche pour l'embrasser. Elle vint sur lui ; la force de son érection exerça une pression contre son ventre.

Il lui maintint fermement la tête et l'embrassa avec fougue. Il reprit son souffle et chuchota :

— Tu es sûre ? Je ne veux pas que tu aies mal…

Elle n'en fut pas découragée le moins du monde ; elle ne doutait pas qu'il se monterait tendre. Elle lui mordilla l'oreille et se colla contre lui.

— J'en suis sûre.

Il la fit rouler sous lui, puis lui caressa un sein. Il baissa une main vers sa hanche et s'arrêta pour la voir s'offrir à lui, corps et âme. La force imposante de Logan excitait Claire. Avec la toute nouvelle découverte de ses instincts, elle se sentait belle, avec un grand pouvoir de séduction capable de l'exciter. Faire l'amour était grisant. Le plus doux des remèdes, pour tous les maux.

Logan dessina une ligne d'un doigt léger entre ses seins, embrassa la base de son cou, puis s'abaissa pour prendre un téton dans sa bouche. Il le lécha, le titilla et Claire s'arc-bouta en haletant et en s'accrochant aux draps. La main gauche de Logan se faufila entre ses cuisses et il se mit à la caresser. Elle gémit ; l'éveil de son corps lui faisait éprouver une densité sans pareil.

Avec sa bouche sur son sein et un doigt en elle, il la fit presque jouir. Quand il retira sa main, elle gémit, prête à le supplier de continuer. En soupirant, tenue en haleine, elle attendit qu'il termine ce qu'il avait commencé. Elle fut surprise de le voir se redresser. Il l'entraîna vers lui.

Elle se colla à lui, les jambes de part et d'autre de sa taille et s'agrippa pendant qu'il s'enfonçait en elle. Son corps se mit à trembler et elle posa la tête sur son épaule. Il la serra plus près et elle passa ses jambes autour de lui. Il glissa une main derrière sa tête et l'embrassa, unissant leurs bouches comme ils unissaient leurs corps.

Elle se cramponna à lui ; ses cheveux se balançaient dans son dos en frôlant ses fesses nues. Il la souleva un peu pour pouvoir aller et venir en elle, mais elle succomba rapidement. Il la maintint en position, adopta un rythme rapide et saccadé et atteignit l'orgasme en même temps qu'elle, comme ses soubresauts en témoignèrent.

Claire tremblait et des larmes roulaient sur ses joues une fois de plus. Logan l'embrassa.

— Chut… fit-il contre sa bouche. Ne pleure pas, ma chérie.

Elle ferma les yeux et enfouit son visage dans son cou. Il la garda contre lui et ils se redressèrent.

— Je vais bien, assura-t-elle, déboussolée par ce débordement d'émotions dont elle n'identifiait pas la cause.

Logan la serra dans ses bras. Leurs corps nus se touchaient dans l'atmosphère intime de l'obscurité. Les odeurs de leurs ébats flottaient dans l'air ; ce n'était pas un parfum déplaisant et, grâce à lui, Claire se sentait connectée à Logan d'une façon très particulière — non pas comme à une connaissance ni à un ami, mais à un amant. Leur union la faisait vibrer de désir pour lui, alors même qu'il était toujours en elle.

— J'en avais rêvé, murmura-t-il ; depuis cette nuit où je t'ai trouvée dans mon lit, il y a des mois de ça.

Elle renifla, rit et soupira en même temps. Elle avait l'esprit et le cœur tous chamboulés. Déroutée par son désir pour lui, elle lui mordilla le lobe de l'oreille avec douceur et convoitise.

— Je ne m'en doutais pas du tout, répondit-elle.

Elle ne pouvait pas nier l'attirance qu'elle avait éprouvée envers lui, suite à leur première rencontre, mais elle n'aurait jamais soupçonné qu'une telle passion les consumerait, comme cette nuit ; qu'une telle flamme avait sommeillé entre eux.

— Tu l'as très bien caché ! dit-elle.

— Peut-être que si j'avais été plus expressif, tu serais restée au ranch…

Il s'écarta légèrement pour la regarder.

— Il fallait que je rentre, dit-elle d'une petite voix.

Il déposa un baiser sur sa bouche entrouverte et des mèches de cheveux se retrouvèrent coincées entre leurs lèvres.

— Alors j'ai bien fait de te suivre ; sinon, à l'heure qu'il est, tu serais avec Shorty !

Il lui maintint la tête fermement pour enfoncer sa langue entre ses lèvres.

Étourdie par ce baiser, sans plus aucune défense, elle répondit franchement :

— Je suis ravie d'être avec toi plutôt qu'avec lui !

— Alors, c'est un bon début.

Puis, chose qu'elle trouva incroyable, il lui refit l'amour.

Claire se réveilla en sursaut. Logan se tenait debout devant la porte, seulement vêtu d'un pantalon. Il laissa entrer quelqu'un.

— Louisa ! s'exclama-t-elle, surprise.

Elle se redressa en tirant le drap sur elle pour cacher sa nudité.

— Qu'est-ce que tu fais là ?

La Mexicaine sulfureuse portait un long manteau trop grand pour elle et un chapeau à larges rebords ; lorsque Claire, la dévisageant de la tête aux pieds, vit qu'elle portait de grosses bottes, elle sut que le problème était grave.

— Que s'est-il passé ?

Louisa referma rapidement la porte derrière elle.

— Désolée pour faire irruption comme ça. J'ai pas

beaucoup le temps. Le propriétaire, il va bientôt réveiller, dit-elle en désignant sa tenue.

À la place de ses airs de charmeuse, Claire lui vit un sérieux sans précédent.

— J'entends Belle, d'abord pas exprès et après *sí*, exprès. Elle parle à Harry Myers. Il aller au nord pour trouver Frank Griffin. Il parle de Maggie comme s'il sait où elle est. Il dit elle va dans les montagnes et il se vante il sait comment la trouver.

— Comment ? demanda Claire.

— Harry et Luttrell étaient *compadres*, tu sais ? Harry dire que Luttrell caché un trésor dans les collines. Il dit Maggie sait où. Elle part aux Cristos pour prendre.

— Si Harry et Teddy étaient si proches, pourquoi est-ce qu'Harry ne guide pas Griffin lui-même, tout simplement ? demanda Logan en croisant les bras sur son torse nu.

Louisa le jaugea du regard.

Même dans un tel état de panique, elle ne pouvait s'empêcher de reluquer Logan, ce qui agaça Claire. Si elle n'avait pas été complètement nue, elle serait venue se planter entre eux.

Louisa secoua la tête.

— Sais pas. Mais plus *importante*, Myers dit lui et Griffin en finir avec Maggie quand ils la trouvent.

Le cœur de Claire cessa de battre. Sa seule lueur d'espoir fut que, jusqu'ici, personne n'avait réussi à trouver Maggie. Peut-être que Myers n'y arriverait pas non plus. Il n'avait jamais vraiment brillé par son intelligence.

— Je m'en aller maintenant, dit Louisa. Si j'entends plus, je viens te dire. Je veux pas qu'arrive du mal à Maggie ; elle toujours bonne avec nous.

Elle se tourna vers Logan.

— Tu vérifier le couloir ? Je veux personne me voir.

Logan l'aida à quitter la chambre en toute discrétion, puis referma la porte. Le silence emplit la pièce.

— Je sais à quoi tu penses, finit-il par dire à Claire, depuis l'endroit où il était resté planté. Et laisse-moi te répondre tout de suite : c'est non.

— Quoi ?

— Tu ne vas pas suivre Myers.

— Quelqu'un doit le faire ! dit-elle d'une voix forte.

— J'irai. Je veux que tu te caches chez Tia. Quitte la ville et ne dis à personne où tu vas.

Claire s'agenouilla, puis s'assit sur ses talons, gardant le drap contre son corps que Logan avait pourtant déjà vu. Elle secoua la tête.

— Non, je veux venir avec toi !

— Je ne suis pas d'accord. Ça pourrait être dangereux.

— Tu n'as aucune raison de faire ça. Tu ne connais ni ma mère, ni Myers, ni Griffin. Tu n'es pas mêlé à cette histoire. Pourquoi irais-tu ?

— Tu te trompes, répondit-il. Tout ça me concerne. Tu es ma femme.

Cette conclusion la frappa de plein fouet. Elle ne put que le regarder fixement. Si Logan s'en allait, l'arme au poing, pour l'aider, ça aurait beau être noble, flatteur et tout nouveau pour elle venant d'un homme, elle en serait mortifiée. Il pourrait se faire tuer et ce serait entièrement de sa faute.

— Comme je suis ta femme… dit-elle en articulant bien, je veux venir avec toi. Je ne peux pas te laisser faire ça tout seul, c'est hors de question.

Logan frotta ses cheveux ébouriffés en regardant par terre. Il ne revenait pas vers le lit… vers elle. Claire avait envie qu'il la touche comme il l'avait fait toute la nuit. Elle voulait aussi s'assurer d'effacer toute image de Louisa, tenue déplaisante à part, qui aurait pu flotter encore dans son esprit.

— On n'a pas beaucoup de temps, dit-elle, la voix rauque.

Ses intentions étaient claires. Depuis longtemps, les femmes se servaient de leur corps pour arriver à leurs fins ; pourquoi n'aurait-elle pas le droit d'en faire autant ? Elle en avait vraiment envie.

— Reviens au lit, dit-elle en repoussant les draps.

Le désir se lisait facilement sur le visage de Logan — et ailleurs, malgré son pantalon. Il traversa la chambre et vint se planter à côté du lit. Il la regarda de la tête aux pieds. Claire fut excitée à l'idée de ce qui l'attendait et son corps s'enflamma.

— Tu réalises, évidemment, qu'en apprenant notre mariage dans les journaux aujourd'hui, Griffin et Myers vont vraisemblablement tenter de te trouver.

— Alors, on a vraiment peu de temps.

Il braqua son regard sur elle, visiblement contrarié.

— Tu resteras près de moi et tu feras tout ce que je te dirai.

Il enleva son pantalon, mais ne la toucha pas.

Elle savait qu'il parlait de Myers, mais pas seulement.

— D'accord, accepta-t-elle.

Il tira ses jambes jusqu'en dehors du lit et ce ne fut qu'une fois enfoncé au fond d'elle qu'il se pencha pour l'embrasser. Frénétiques, ils montèrent au septième ciel en très peu de temps.

CHAPITRE QUATORZE

Ils quittèrent la ville le matin même. Claire montait un cheval que Logan avait acheté pour permettre à Reverend un repos bien mérité. Ils prirent la route vers Cimarron, au nord, comme elle l'avait fait plusieurs jours plus tôt, quand elle avait prétendu avoir un mari. À présent, elle en avait vraiment un.

Logan avait l'air de savoir où il allait et ce qu'il faisait. Claire se laissa glisser dans un silence contemplatif ; elle se demanda si poursuivre Harry Myers s'avèrerait utile ou ne serait qu'une perte de temps. Trouveraient-ils sa mère avant qu'il ne soit trop tard ? Trouveraient-ils Jimmy ? Elle l'espérait de toutes ses forces.

Sous le soleil étincelant et face aux vastes plaines qui s'étendaient à leurs pieds, elle avait du mal à réaliser être mariée. L'apparition de Logan en haut des marches du White Dove ne remontait qu'à une semaine ! Sa tête tournait comme une toupie, tout allait vite, tout était fou — et la nuit dernière ne faisait pas exception à la règle. Logan l'avait subjuguée, comblée, il avait fait de tous ses désirs une réalité — et en avait même révélé quelques autres, insoupçonnés… le tout dans la légitimité qu'offrait le mariage.

Ils passèrent à l'ouest de Fort Union. Cette fois, ils s'enfoncèrent derrière la frontière naturelle que dessinaient les arbres. Ils progressèrent lentement entre les pins et les cèdres, grandes sentinelles de la forêt.

Étaient-ils sur la piste de Myers ? Ils n'avaient trouvé aucun signe de lui en ville, avant leur départ, ce qui semblait être une bonne chose ; il n'était peut-être pas encore parti. S'ils avaient une longueur d'avance sur lui, ils pourraient localiser Maggie et Jimmy en premier. À cette idée, Claire se sentit remplie d'espoir.

— Tu sais où on va ?

Ils chevauchaient côte à côte.

— Vaguement, répondit-il en lui jetant un regard vif et brillant.

Elle ressentit une bouffée de chaleur dans son ventre. Que lui arrivait-il ?! Ils venaient de passer une longue nuit ensemble. Pourquoi était-elle déjà impatiente qu'il la touche encore ? Non pas qu'il lui tienne la main ni qu'il l'embrasse sur la joue, mais qu'il la déshabille et la fasse vibrer de plaisir.

— Sans vouloir être insolente, comment diable allons-nous trouver Myers ou Griffin ? demanda-t-elle. Est-ce qu'on va revenir sur nos pas jusqu'à Cimarron ?

Il la fixa à nouveau de son regard profond.

— On suit Sandoval.

— Ah bon ?! demanda-t-elle d'un ton plein d'inquiétude.

Elle se sentit remplie d'effroi. *Que je suis bête !* Évidemment que Sandoval était impliqué dans ce qui se tramait avec Griffin !

— Je ne savais même pas qu'il était revenu en ville.

— Il a fait profil bas. Apparemment, tu l'as bien touché à l'épaule, quand tu lui as tiré dessus, l'autre nuit. Louisa me l'a dit, quand je suis allé t'acheter un cheval.

L'anodine évocation de la sulfureuse prostituée mexicaine mit à Claire un coup au moral.

— Je vois, dit-elle.

— Sandoval a la mauvaise habitude de vider le contenu de sa pipe par terre.

Claire regarda le sol autour d'eux.

— Tu as vu du tabac ?

Logan acquiesça.

— Tu as un meilleur œil que moi !

Elle se demanda si ce *bon œil* lui avait permis de reluquer Louisa. Elle ne savait pas ce qu'elle redoutait le plus, entre la menace de mort que représentait Sandoval ou le risque que Logan s'intéresse à une autre femme.

— Comment sais-tu qu'il fume la pipe ? demanda-t-elle distraitement.

— Je l'ai senti à son odeur, l'autre nuit. C'est un mélange très particulier à base de tabac et d'autres ingrédients, que certains appellent « kinnikinnic ».

— Je n'en ai jamais entendu parler.

— C'est une préparation indienne. Le tabac est mélangé à de l'écorce de saule ou à des feuilles de sumac, parfois à autre chose.

— Tu crois qu'il sait où est ma mère ?

— Difficile à dire, mais en tous cas, il ne flâne pas. Je parie qu'il va à la rencontre de Myers ou de Griffin. Pour l'instant, on va le suivre de loin.

— D'accord, répondit-elle à contrecœur.

Elle n'aurait pas choisi de son propre chef de traquer Raul Sandoval. L'apparent détachement de Logan atténuait son malaise, mais seulement légèrement. Elle savait qu'il ne l'aurait pas mise en danger délibérément ; s'il lui arrivait malheur, elle ne pourrait s'en prendre qu'à elle-même ; c'était elle qui avait insisté pour l'accompagner. Elle ferait mieux de lui faire confiance.

— Si je n'avais pas reçu une balle à Cimarron, on y serait peut-être restés... et on aurait peut-être trouvé ma mère.

— Mais on n'aurait pas découvert la clé ni le titre de propriété.

Il repoussa légèrement son chapeau en arrière.

— Dire que Maggie peut être n'importe où dans ces collines... ! dit Claire, déprimée devant l'ampleur de leur quête.

— On garde Myers et Griffin dans notre ligne de mire, on les laisse nous montrer le chemin et ensuite, on les dépassera pour l'atteindre en premier.

Claire hocha la tête. Elle espérait juste qu'à ce moment-là, il ne serait pas trop tard — et elle priait pour que Jimmy soit sain et sauf.

Lorsqu'ils atteignirent à nouveau Cimarron, la nuit tombait. Logan se demanda si Sandoval s'arrêterait d'abord dans la maison excentrée où Griffin se planquait, là où Claire avait reçu une balle. N'osant pas la laisser seule en ville, il lui demanda de rester cachée dans la nature le temps qu'il aille vérifier. Il trouva le lieu désert. Les traces fraîches de trois chevaux s'éloignaient de l'habitation en une ligne sinueuse et Logan put en déduire que Sandoval avait retrouvé Griffin et Myers. Après avoir relevé leur piste au nord-ouest de la ville, il revint chercher Claire. Ensemble, ils se dirigèrent vers les montagnes.

L'obscurité totale finit par l'obliger à faire halte pour camper avec *son épouse*. Ça sonnait bien, à ses oreilles. Même s'il avait hésité à ouvrir son cœur à une autre femme, il savait que Claire était la seule à en valoir la peine. Il aurait aimé avoir plus de temps pour s'accoutumer réciproquement à un tel engagement, mais ils n'auraient jamais pu s'offrir un luxe pareil, au vu des circonstances.

Logan avait toujours considéré que la vie était comme une partie de jeu et il était conscient d'avoir pris un gros risque. Mais la force de son désir pour Claire ne lui avait pas vraiment laissé le choix ; il n'avait pas voulu qu'elle lui file entre les doigts.

Il monta la tente, puis alla s'occuper des chevaux pendant que Claire déballait leurs affaires. Il lui dit de ne pas faire de feu et elle acquiesça en silence. Il entrava leurs montures ; une brise soufflait dans les branches des pins et il s'arrêta un instant pour savourer un moment de solitude. Avec Claire à ses côtés, il ne voyait plus l'avenir comme un saut hasardeux dans le vide.

Elle s'était perchée sur un rocher plat ; il s'assit en face d'elle et lui proposa du pain avec du fromage.

— Ça me paraît fou, dit-elle. D'être mariée.

Elle fixait la nourriture entre ses mains.

— Tu regrettes ?

— Non, ce n'est pas ça. Mais je suis sûre que tu ne prévoyais pas de t'encombrer d'une épouse, quand tu es venu à Las Vegas voir si je n'étais pas malade.

— Non, je ne peux pas dire le contraire.

Il but une gorgée d'eau à sa gourde.

— Je n'avais jamais vraiment imaginé me marier, dit-elle.

— À cause de ta mère ?

Elle hocha la tête.

— Quelle vie de solitude tu aurais eu… tu ne crois pas ? demanda-t-il.

Claire déchira un bout de pain et le mangea.

— Peut-être. Mais les filles du saloon… elles ont une sorte de liberté étrange.

— Comment ça ?

— Elles peuvent aller et venir à leur guise. Une femme a travaillé au Dove, il y a quelque temps ; elle se faisait appeler

Bronco Betty. C'était un sacré personnage ! Elle racontait des histoires complètement fascinantes à propos des endroits où elle était allée, des choses qu'elle avait vues.

— Tu as un peu une âme de voyageuse, Claire.

Un sourire mélancolique passa sur son visage et elle répondit :

— J'ai toujours voulu voyager, découvrir ce que le monde avait d'autre à offrir. Il y a tellement d'endroits, de gens différents ! J'ai vu des choses dans des livres qui doivent être vraiment incroyables à voir de ses propres yeux.

— Tu es idéaliste, dit-il.

— Non.

Mais elle secoua la tête trop vivement.

— Juste curieuse par nature, je suppose.

— Tu n'es pas obligée de vendre ton corps comme Bronco Betty pour parcourir le monde.

— Tu as raison. Il n'y avait absolument rien d'idéal dans ce que les femmes du White Dove enduraient nuit après nuit ; mais le reste du temps, elles faisaient ce qu'elles voulaient. Elles ne traversaient pas la ville en s'inquiétant de ce que les autres pensaient d'elles, parce qu'ils portaient déjà tous sur elles le pire jugement qui soit.

— On dirait que tu les admires.

Claire mastiqua lentement un bout de fromage.

— J'imagine qu'on peut dire qu'elles ont été mes modèles et elles étaient loin d'être sans cœur. Des survivantes, voilà comment je les décrirais plutôt.

— Donc, ça t'ennuie d'être mariée.

Comment avait-il pu ne pas s'en rendre compte plus tôt ? Claire tenait à sa liberté.

— Ça ne t'ennuie pas, toi ?

Si quelque chose l'ennuyait là-dedans, il n'allait pas s'éterniser dessus. Il y trouvait plus d'avantages que d'inconvénients.

— Non, pas vraiment, répondit-il. Je ne saurais pas expliquer comment on en est arrivés là, mais je suis un type honnête et j'essayerai de bien me conduire envers toi.

— Tu as fait de gros sacrifices.

— Je ne crois pas aux sacrifices.

— Comment peux-tu dire ça ? Et quand tu es rentré au Texas pour aider tes parents ?

— Ce n'était pas difficile, je m'étais préparé à rentrer.

Logan regarda le ciel étoilé de cette nuit sans nuage.

— *Tu* as renoncé à beaucoup de choses en supportant les fardeaux de la vie, à cause de ta mère. Tu devrais suivre ton cœur, maintenant.

— C'est ce que tu as fait, toi ?

Logan hésita. Ces dernières années, il avait été éprouvé, sentimentalement. Retourner au ranch familial lui avait permis de se reposer, de se remettre de la trahison de Dee. Il répondit le plus honnêtement possible.

— Je t'ai dans la peau, Claire. J'ai envie de faire en sorte que ça marche.

Elle le regarda, silencieuse. Il l'imagina enfant, lorsqu'une colombe était venue près d'elle dans une forêt comme celle-là, offrant un spectacle extraordinaire à Tia qui en avait été témoin. Claire faisait preuve d'une générosité sans borne — envers sa mère, son frère, les femmes du saloon qu'elle essayait d'aider — mais en même temps, elle cachait à ceux qui l'entouraient sa véritable nature. La colombe attirée par cette petite fille qui avait baissé la garde avait dû offrir un moment d'une qualité rare.

— Que se passera-t-il, quand tout ça sera fini ? demanda-t-elle d'une petite voix.

Il se rapprocha d'elle et porta une main à son visage.

— Je pensais retourner au Texas avec toi. Je me disais qu'on trouverait peut-être un moyen que tu puisses devenir médecin.

— Là, tu ferais un sacrifice. Pour moi ?

— Non. J'appellerais ça un compromis.

— Qu'attendrais-tu en retour ?

Il approcha son visage du sien.

— Un bébé ou deux. Une vie, ensemble.

Il l'embrassa pour couper court à d'éventuelles protestations prêtes à sortir de ces jolies lèvres.

— Tu ne réalises peut-être pas ce qui se passe, là… dit-il en laissant sa bouche glisser dans son cou.

Puis, il la regarda bien en face, ravi de la voir frémir légèrement.

— Mais cette magie qui opère entre nous n'arrive pas tous les jours entre un homme et une femme.

— Comme la plupart des hommes, répondit-elle dans un chuchotement précipité, tu accordes beaucoup trop d'importance au sexe.

— J'ai couché avec des femmes, ma chérie. Et je préfère ce qui existe entre nous.

Il fondit sur sa bouche et l'embrassa passionnément.

Il l'avait à peine touchée ; pourtant, il se sentait déjà fébrile, dévoré par l'envie d'être en elle et de la caresser comme il savait le faire.

Il se leva prestement, visa quelques couvertures et, délaissant la tente, les jeta par terre. Il voulait la prendre tout de suite, sous les étoiles, en respirant l'odeur des pins qui parfumait l'air, cédant au sentiment d'urgence qui l'enflammait.

Claire vint vers lui en silence. Il posa sa bouche sur la sienne en l'attirant tout contre lui. Leurs désirs fusionnèrent. Elle glissa une main derrière sa tête et l'embrassa plus profondément. Logan se baissa en l'entraînant avec lui. Il s'agenouilla devant elle et, à bout de patience, déboutonna les vêtements qui empêchaient son assaut.

Il dénuda ses seins, puis baissa à la fois sa bouche et sa

main sur eux. Elle haleta, pendant qu'il l'allongeait par terre pour lui ôter sa jupe et ses sous-vêtements. Il se mit sur elle et la pénétra juste un peu.

— Tu as l'air de croire que ça va simplifier les choses, dit-elle d'une voix saccadée. Alors que ça va les compliquer !

— Tu réfléchis trop.

Elle souleva la tête pour l'embrasser en prenant son visage à deux mains. Il s'enfonça en elle plus profondément et savoura la pression de sa poitrine et de ses cuisses contre lui. Il la sentit se refermer autour de lui, le saisir pleinement. Il s'abandonna au plaisir de la toucher, à l'intimité se révélant au sein de sa bestialité.

D'une main, il lui saisit les fesses et de l'autre, les cheveux, laissant libre cours à ses pulsions. À chaque mouvement, il l'absorbait et la remplissait, à bout de souffle, prononçant son prénom à chaque expiration. Il s'agrippait à elle en voulant qu'ils fusionnent, tout en s'efforçant de faire durer le plaisir.

Il ne lui avait pas dit qu'il l'aimait. Il ne disait jamais quelque chose qu'il ne pensait pas. Mais Dieu savait à quel point elle l'obsédait ; elle était comme un brasier enflammant jusqu'au moindre recoin de son cœur et de son âme. La tête appuyée sur son épaule, il était frappé par la peur de la perdre.

Il respira son odeur — de sexe et de femme — et glissa sa langue entre ses seins, goûtant le sel de sa sueur. Il regarda la zone d'ombre où ils se fondaient l'un dans l'autre et fut encore plus excité. Il colla sa bouche à un de ses tétons pointés vers le ciel et se mit à le lécher furieusement. Elle s'accrocha à ses cheveux.

En couvrant tout son corps avec le sien, il la protégeait de l'air froid de la nuit. Un besoin primaire le submergea : il voulait un enfant d'elle, un lien immuable qui la lierait à lui pour toutes les années à venir. Il repoussa vivement l'éventualité qu'elle ne reste pas à ses côtés. Profondément ancré en elle, il se demanda si elle se doutait seulement de l'empressement qui le dévorait. L'esprit embué par un mélange de sexe, de désir et de besoins, il parvint à se convaincre qu'il était légitime de revendiquer son droit à son corps de la façon la plus basique qui soit.

Il était légitime de revendiquer son droit à son cœur.

CHAPITRE QUINZE

Dans la brume qui précédait l'aube, Claire s'éloigna sur la colline pour être seule un moment. Elle avait quitté la chaleur du corps de Logan et l'avait laissé dormir. Elle essayait de se focaliser sur le rythme régulier de ses pas la menant vers les hauteurs, mais son esprit vagabondait malgré elle en ressassant inlassablement les événements de la nuit passée.

Logan lui avait fait l'amour avec une intensité qui lui faisait peur, la submergeait et la laissait, encore maintenant, remplie de désir pour lui. Il fallait avouer qu'elle avait pris part à leurs ébats avec une ferveur équivalente, brûlant d'envie de le sentir en elle et de sombrer dans la folie de ses moindres caresses.

Dans les bois, le calme était tel que le silence devenait assourdissant. L'humidité des arbres dégageait comme une brume blanche qui se faufilait entre les grands troncs des pins. Claire s'arrêta, ferma les yeux et inspira profondément. Logan s'était frayé un chemin dans sa vie de la même façon que le brouillard gagnait tous les recoins de la forêt. Mais dans son cas, ses propres désirs avaient inspiré cet état de fait.

Logan pensait avoir bien fait les choses en l'épousant, mais elle aurait succombé de toute façon. Le mariage était arrivé à point nommé, car ses fortes convictions faiblissaient face à la tension qui devenait presque insoutenable entre eux. Dès qu'il était près d'elle, elle perdait tous ses moyens et toute lucidité, ce qui la frustrait et la déroutait. Il lui semblait inévitable que ce mariage et toute cette existence de rêve finissent par s'effondrer. Raison de plus pour profiter du jour présent en remettant ses inquiétudes au lendemain !

Elle rouvrit les yeux et reprit son ascension jusqu'à ce que la forêt devienne dense, peuplée de pins, de sapins et d'épicéas. L'effort physique l'aidait à moins penser à cet homme qu'elle était assez certaine de pouvoir aimer — si ce n'était pas déjà le cas.

Elle aperçut un filet d'eau fraîche qui coulait sur une paroi rocheuse inclinée et s'aspergea le visage. Une voix la fit sursauter, un son qui ressemblait à un cri de surprise suivi d'un grognement étouffé, comme celui d'un enfant. Elle regarda autour d'elle, essayant d'en localiser la provenance, examinant les environs méthodiquement. Du coin de l'œil, elle aperçut une petite jambe disparaître derrière un gros rocher.

— Jimmy ?

Son nom lui échappa des lèvres dans un appel essoufflé.

Elle se fraya un chemin entre les arbres. Pourquoi ne voyait-elle pas l'enfant ? Elle ne devait pas être si loin derrière lui ! Dans un coin de sa tête, elle se rendit compte de son éloignement progressif qui lui faisait perdre tout sens de l'orientation — Logan allait se demandait où elle était partie — mais une volonté tenace de rattraper l'enfant avait pris le dessus et elle courait, souhaitant plus que tout le trouver avant qu'il ne disparaisse pour de bon.

— Attends ! cria-t-elle, curieuse et confuse.

Elle fonça tête baissée sous une branche et contourna un tronc d'arbre, sa longue natte s'agitant dans son dos et des mèches de cheveux se coinçant dans sa bouche. La blessure à son buste se mit à lui faire mal, mais elle ne céda pas à l'envie de vérifier si la plaie en cours de guérison ne s'était pas rouverte.

Ses cheveux s'accrochèrent à quelque chose — une branche d'arbre ? — et tirèrent douloureusement sa tête en arrière. Son corps se tordit et elle tomba au sol en amortissant sa chute avec ses mains. Des bottes abîmées apparurent devant ses yeux et une odeur de tabac lui monta au nez, déclenchant en elle des vagues de nausée et de panique.

Sandoval la saisit par les bras et la remit debout, sur ses jambes flageolantes. Son sourire dénudait ses dents marbrées de taches marron et ses yeux brillaient de méchanceté.

— J'ai ce que tu cherches.

Il la fit faire volte-face et l'entraîna derrière un bosquet d'arbres.

— Détache-moi ! cria un jeune garçon, luttant en tirant sur la corde qui l'attachait au tronc fin d'un pin.

Jimmy !

— Détache-moi, compris ?!

Il hurlait comme un animal pris dans le piège d'un chasseur.

Claire échappa à Sandoval et courut jusqu'à son frère. Ses cheveux blonds étaient sales et il écarquilla les yeux de peur en la voyant foncer vers lui.

— Jimmy, c'est moi ! C'est Claire ! dit-elle, des larmes plein les yeux.

Il la regarda fixement essayer de le toucher. Il recula devant son geste.

— V's êtes pas Claire ! Ma sœur est morte !

Elle regarda la petite créature à moitié démente devant elle, avec son tee-shirt déchiré, son pantalon sale, ses chaussures élimées, et lutta pour trouver la moindre ressemblance avec le petit garçon qui avait tant aimé les histoires du soir qu'elle lui inventait, pleines de contrées lointaines et de héros au cœur d'or.

— Je ne suis pas morte, dit-elle à voix basse, consciente que Sandoval se tenait à moins de trois mètres derrière eux. Je suis revenue te chercher.

Jimmy jeta un coup d'œil vers Sandoval, puis la regarda à nouveau. Il avait perdu du poids et semblait avoir grandi. Quand elle tendit à nouveau une main vers sa joue, il ne recula pas.

— Je ne t'ai jamais abandonné, murmura-t-elle. J'ai attendu à Las Vegas que tu reviennes avec maman, mais comme vous ne rentriez pas, je suis partie à votre recherche. Qu'est-ce que tu fais ici ?

Il plongea les yeux dans les siens, le regard à la fois ardent et terrifié.

— Maman cherche la couleur, répondit-il d'une voix presque inaudible.

Claire ne comprit pas.

Le *clic* d'un revolver mit fin à la conversation.

— Pas de secrets, dit Sandoval.

Claire fit face au Mexicain en cachant son frère derrière elle.

— J'te dirai rien, espèce de sale connard ! cria Jimmy en se remettant à lutter contre la corde qui le retenait à l'arbre.

Claire resta impassible, malgré le choc qu'elle éprouva en entendant l'éclat de voix de son frère.

— Maggie est quelque part par ici, dit Sandoval. J'ai bien l'intention de la trouver !

Il braqua son regard sur Jimmy.

— Dis-moi où tu l'as laissée, *cadajón* !

— Crottin de cheval toi-même ! rétorqua Jimmy. Et elle est aussi folle que toi ! Vous serez tous les deux frappés par la malédiction !

— Ces stupides histoires d'*ambularia*, marmonna Sandoval. Luttrell ne me fait pas peur, depuis sa tombe !

— Tu n'étais pas là, dit Jimmy en tirant de toutes ses forces sur ses liens. Tu n'étais pas là, quand les araignées sont venues !

— De quoi est-ce que tu parles ? demanda Claire, affolée par l'image.

— M'man cherche le trésor de Luttrell. Il lui a dit qu'il l'avait caché quelque part dans le coin ; mais quand il est tombé malade, il a fait appel à une sorcière pour qu'elle jette une malédiction dessus. On va tous mourir ici !

Il grimaça sous l'effort en tirant si fort contre la corde qu'il faillit se décrocher les bras.

— Je pense qu'on n'était pas loin, pa'ce qu'il y avait d'énormes araignées velues partout ! J'ai couru aussi vite que j'ai pu, mais ça, c'était hier. Je ne sais pas où est maman, dit-il à Claire.

Il regarda Sandoval.

— Je ne sais pas quel chemin j'ai pris et comment je suis arrivé là. Je ne peux pas te ramener jusqu'à elle.

Il se figea, essoufflé, et ses huit ans reprirent le dessus.

— Elle ne s'en est peut-être pas sortie… murmura-t-il.

Claire fut soulevée d'horreur et de colère. *Maudite soit ma mère pour tout ça ! Peut-être que ça lui servira de leçon, d'être mutilée d'une épouvantable façon !* Mais Claire eut honte d'une telle pensée. *Puisse-t-elle s'en sortir.* Pourtant, Dieu seul savait ce qu'il aurait pu advenir de Jimmy, errant désespérément, tout seul par ici ! Et ils n'étaient pas tirés d'affaire… !

— Tu vas devoir faire un effort, à mon avis, *cadajón*, dit Sandoval. Et toi, *puta* ? Une idée d'où est *tu madre* ?

Claire pensa à Logan ; elle savait qu'il la chercherait. S'accrochant à cet espoir, elle tenta d'élaborer un plan pour échapper au Mexicain.

— Mon mari et moi, on te suivait, dit-elle.

Sandoval éclata de rire.

— Seul un *maleficio* te donnerait un mari !

Claire grimaça en craignant que cette évocation puisse jeter un sort à Logan.

— Tu lui as montré toutes tes *medicinas*, pour qu'il puisse protéger sa queue de ton sale caractère ?

— Ne parle pas comme ça devant Jimmy !

Sandoval leva le bras et braqua son revolver sur elle. Claire cessa de respirer.

— Ne m'énerve pas, *señora*, grinça-t-il. Sinon, je te fais sauter la cervelle et je la fais bouffer à ton frère pour le dîner. Tu l'auras bien mérité, vu ce que tu m'as fait à l'épaule !

Claire était rongée par la peur. Son cœur était oppressé dans sa poitrine et elle se retenait de gémir. S'il lui tirait dans la tête, cette fois, elle ne survivrait pas — elle ne voudrait même pas survivre !

— S'il te plaît, Raul…

Elle fut étonnée par le son de sa voix calme et presque douce.

— Laisse-nous rentrer à Las Vegas. On se fiche de l'argent, de l'or ou d'un trésor quelconque. Jimmy n'est qu'un enfant. Pour une fois dans ta vie, aie pitié !

Sandoval plissa ses yeux sombres.

— Pitié ?

Il ricana en gardant son arme braquée sur son visage.

— Qui a eu pitié de moi, quand *mi padre* me battait pour la seule raison que le soleil s'était levé et qu'il n'avait pas les yeux en face des trous ? Toi, tu n'as pas souffert.

Il renâcla.

— Tu ne donnes pas ton corps aux hommes, mais tu n'as pas compris : tu n'es bonne qu'à ça !

Il appuya le canon de son arme sur son front et elle trébucha contre Jimmy.

— Tu n'es rien, *ramera*. Tu es trop orgueilleuse.

Une vague de tremblements partant de ses épaules déferla rapidement le long de ses bras et de ses jambes. Elle avait beau vouloir de toutes ses forces empêcher son corps de la trahir, ses poumons inspiraient de l'air avec un bruit désespéré à chaque respiration.

Il renifla près de ses cheveux.

— Je sens ta peur.

Il l'avait dit à voix basse, mais ses mots n'échappèrent pas à Jimmy. Un sourire moqueur fendit le visage de Sandoval. Son odeur répugnait Claire.

— Ça me fait penser à du *chapete*.

Elle comprenait l'allusion et des larmes lui emplirent les yeux. S'il la violait, il briserait son âme. Tous les espoirs auxquels elle s'était accrochée, tous les rêves d'un monde où le bien triomphait du mal voleraient en éclat. Tout le monde disait qu'elle était forte, mais elle ne l'était pas. Elle n'était pas capable de se défendre ni de protéger Jimmy.

— Je t'emmènerai là où est ma mère ! s'écria Jimmy. J'essayerai de me souvenir du chemin ! Je ferai de mon mieux, mais seulement si tu ne t'approches pas de ma sœur.

Sandoval parut satisfait.

— *Cadajón* sauve la journée !

Il recula.

— Mais seulement cette journée. Tu paieras pour tes pêchers, *vagamunda*. L'homme à qui on a fait du mal mérite de se venger, et je n'oublie jamais. Je prendrai chacune de tes neuf vies !

— L'homme cruel brûlera en enfer, murmura-t-elle, des larmes roulant sur ses joues.

Sandoval éclata brièvement d'un rire plein de dédain.

— L'enfer ? gronda-t-il. On brûle tous en enfer dans *cette* vie !

Il la regarda avec une haine apparente.

— Et certains plus que d'autres.

Claire se sentit paralysée. Elle sut que Sandoval ne les

tuerait pas. Il ferait bien pire. Elle devait à tout prix trouver un moyen de libérer Jimmy.

Le Mexicain les attacha sur un cheval, liant leurs mains au pommeau de la selle. Elle était derrière son frère et Sandoval tenait les rênes pour les traîner à sa suite.

— Tu sais où est maman ? demanda Claire en chuchotant à l'oreille de Jimmy.

Il secoua la tête et lui jeta un coup d'œil par-dessus son épaule, visiblement contrarié de l'ignorer.

— C'est si dur à dire ! Tout se ressemble !

Sandoval les avait entendus.

— Le problème sera réglé dès que Maggie verra que ses bébés sont avec moi.

Claire n'en était pas si sûre. Son plus gros souci était de trouver comment sauver Jimmy. Elle se demandait où était Logan et s'il avait compris qu'il lui était arrivé quelque chose. Les suivait-il déjà ?

———

LOGAN COMMENÇA par se sentir contrarié, puis la panique le gagna. La disparition matinale de Claire ne pouvait pas être due à un simple désir de solitude. Il refusait de croire qu'elle l'avait volontairement quitté — son cheval était encore là — mais pouvait-il en être sûr à cent pour cent ? La vieille, ils s'étaient rapprochés plus que jamais, mais c'était peut-être trop pour elle. Peut-être qu'il l'avait effrayée en lui demandant un tel engagement ; il devait prendre en compte cette éventualité.

Il s'éloigna de leur campement en décrivant des cercles de plus en plus grands pour trouver un indice sur la direction dans laquelle elle était partie. Il était si concentré qu'il n'entendit pas les chevaux avant de quasiment les percuter. Ébahi, il dévisagea Frank Griffin qui le regardait en fronçant les sourcils d'un air suspicieux, Harry Myers, éberlué de voir l'homme qui l'avait menacé, et Dee, toute pale de tomber nez à nez avec l'amant qu'elle avait largué presque deux ans plus tôt.

— C'est impossible… dit-elle d'une voix qui s'évanouit. Comment as-tu fait pour me retrouver ?!

— J'ai arrêté de te chercher depuis des mois.

Elle portait une tenue de cavalière marron et un chapeau qui lui tombait dans le dos, retenu par des ficelles. Ses cheveux noirs et son teint clair étaient toujours aussi ravissants, mais Logan ne put s'empêcher de remarquer les ombres obscurcissant son regard.

Voir Dee après avoir si longtemps souhaité une confrontation était si étrange qu'il ne trouva plus aucun des mots qui l'avaient obsédé pendant si longtemps. Il se rappela que ce qu'il advenait d'elle n'était plus son affaire.

— Eh bien, ravi de te revoir, après la fusillade à Cimarron, dit Griffin sur un ton des plus sarcastiques. Et comment connais-tu ma sœur ?

— C'est Logan Ryan, intervint Dee.

— Ce shérif dont tu t'étais entichée à Virginia City ?

Elle acquiesça.

— Qu'est-ce que tu fais là ? demanda-t-elle à Logan, une pointe d'inquiétude dans la voix.

— Je cherche Claire. C'est ma femme.

Il regarda les trois cavaliers face à lui et comprit qu'il s'était trompé en attribuant le troisième cheval à Sandoval. Il lutta contre l'accès de peur qu'il ressentit, se forçant à rester impassible. Le Mexicain avait-il trouvé Claire ?

Griffin s'esclaffa.

— Ne me dis pas que tu parles de Claire Waters ?

— Ta femme… répéta Dee à voix basse. Depuis quand ?

— C'est récent, répondit Logan.

— Et où se trouve ta jolie petite femme, maintenant, Ryan ? demanda Griffin. Elle s'est sauvée ? Tu aurais dû me consulter, avant de l'épouser. Je t'aurais prévenu : les femmes

Waters sont de sournois serpents. Comme la plupart des putains.

— Alors c'est ça, ta justification minable pour avoir manqué à tes devoirs envers ton fils ? lui rétorqua Logan.

Frank jura dans sa barbe.

— Je n'ai pas négligé l'avorton. J'ai épousé sa mère.

— Quoi ?! demanda Dee. Toi et Maggie, vous êtes mariés ?

— On ne peut pas dire qu'elle inspire le bonheur conjugal, dit Frank. Mais elle sait y faire.

Cette information permettait d'assembler les pièces du puzzle. Si Luttrell avait légué ses terres à Maggie, Frank aurait fini par mettre la main dessus. Alors, elle avait élaboré un plan où Shorty épousait Claire, les manipulant tous pour arriver à ses fins. Logan ne cautionnait pas ce genre de méthode, mais il devait reconnaître qu'elle avait l'art de mettre tout en œuvre pour obtenir ce qu'elle voulait. Claire avait hérité d'un peu de cette obstination.

En pensant à sa femme, il se souvint que l'avenir était encore incertain — au bas mot.

— Une grande et heureuse famille, marmonna-t-il.

Un malaise grandissait autour de lui.

— Peut-être que Claire sait où est Maggie, reprit Dee. Ça pourrait expliquer sa fuite.

— Eh bien, toute piste serait préférable à celle que tu nous fais suivre, Myers, dit Griffin en braquant son regard vers Harry.

— Je sais où j'vais ! répondit Myers.

Il plissa les yeux en se curant les dents avec un ongle sale.

— Au moins, je suis sûr de moi ; mais je peux pas contrôler les déplacements de cette femme.

— Pourquoi veux-tu à tout prix retrouver Maggie ? demanda Logan à Griffin. T'as pas l'air de vouloir la ramener à la maison pour s'asseoir au coin du feu.

— Elle a pris ce qui nous revient de droit… ce qui revient à Dee.

Dee devint toute blanche et s'avachit sur sa selle. Logan se demanda pourquoi. Lorsqu'ils vivaient ensemble à Virginia City, elle était joyeuse et pleine de vie. Elle croquait chaque journée à pleines dents.

— Tu as confiance en Claire ? lui demanda-t-elle.

— Pourquoi ?

— Il y a beaucoup en jeu et je ne voudrais pas qu'elle se serve de toi. Maggie est tordue. Je ne doute pas qu'elle ait détraqué sa fille aussi.

Logan ne voulait pas le croire.

— Fais gaffe, Ryan, dit Griffin. Je me fous complètement que tu aies été avec ma sœur il y a des années. Elle a assez merdé comme ça, de toute façon. Pour commencer, si elle avait satisfait Luttrell, on n'en serait pas là ! Mets-toi en travers de mon chemin et je vous tue, toi et ta fugitive de Claire. Maggie a toujours planqué sa fille et maintenant, elle a une bien trop haute opinion d'elle-même. Alors que les choses soient claires : n'essaye pas de me la faire à l'envers !

— Donc, j'en déduis que vous ne connaissez pas la situation aussi bien que je le croyais.

— Et c'est censé vouloir dire quoi ?

— Luttrell a tout légué à Claire et vu que je suis son mari, vous êtes officiellement sur mes terres. Tout ce que vous trouverez ici m'appartient.

— N'importe quoi ! répondit Griffin.

Il sortit son revolver, mais Logan avait déjà dégainé. Ils se firent face, tous deux à cheval, à égalité.

— Je parie sur tes couilles que tout ça, c'est des conneries ! dit Griffin. Je vérifierai tout ça personnellement.

— Je tuerai les intrus qui violeront une propriété privée et poserai des questions plus tard. Simple information, ajouta Logan.

— C'est la dernière fois que Maggie se fout de ma gueule, dit Griffin en baissant son arme et en relâchant la gâchette.

Il rit, mais d'un rire jaune.

— Tu ferais mieux de ne dormir que d'un œil. À mon avis, si Claire se retrouvait veuve tout à coup, alors le vieux Harry qui est là pourrait se glisser dans tes chaussures de moins que rien.

— Trop de témoins, dit Logan.

— Comme je l'ai dit, que t'aies été avec ma sœur ne fait aucune différence. Pas vrai, Dee ?

Griffin sourit.

Du coin de l'œil, Logan la vit acquiescer faiblement en regardant par terre.

— Il n'y a aucun témoin, ici, confirma Griffin.

Logan eut un mauvais pressentiment. Il allait avoir bien du mal à protéger Claire de Raul Sandoval et Frank Griffin, tout en surveillant ses propres arrières. Où était-elle, en plus ? Sandoval pouvait déjà l'avoir trouvée… pouvait déjà l'avoir… Cette pensée lui glaça le sang.

— Si ça ne vous dérange pas, je vais vous escorter, vu que vous êtes sur mes terres, dit Logan, sachant que sa meilleure chance de trouver Sandoval — et Claire — dépendait sûrement de Griffin.

— Comme bon te semble. Après toi, Myers !

La malice dans le regard de Griffin trahissait son apparente bonne volonté. Il pensait sans doute pouvoir se servir de Logan pour localiser Claire et, au bout du compte, Maggie.

Harry prit la direction du nord, tandis que Griffin attendait pour refermer la marche. Logan aurait préféré éviter la file indienne, mais il se rangea aux côtés de Dee en entraînant le cheval de Claire derrière lui. Ils s'enfoncèrent dans la forêt.

Ils chevauchèrent en silence pendant un moment. De temps en temps, un tremble au tronc blanc et aux feuilles jaunes se découpait dans la masse verte des pins.

— J'imagine que je devrais te présenter mes meilleurs vœux, finit par lâcher Dee, à voix basse. Tu habites toujours à Virginia City ?

— Non. Je suis retourné au Texas, dans ma famille.

— Tu n'es plus shérif ?

— Non.

— Ça m'étonne beaucoup, murmura-t-elle. Tu étais si dévoué à ton poste !

Elle regarda ailleurs, mais il la vit plisser les yeux. Il sentit la colère lui monter au nez.

— Et à quoi étais-tu dévouée, toi ? demanda-t-il d'un ton sévère.

— Tu n'as aucune idée de ce que j'ai traversé.

Elle pinça les lèvres avec force.

— Tu ne m'as même pas dit au revoir, dit-il. Tu ne crois pas que j'aurais au moins mérité une explication ?

Ils traversèrent une étendue plane, après avoir gravi la colline sur laquelle Logan avait établi le campement avec Claire, la veille. Il était midi, il faisait plus chaud qu'en enfer et Logan se sentait près à exploser de frustration. Il n'avait jamais été de ceux que les moindres faits et gestes des autres énervent ; mais la disparition de Dee avait ébranlé son univers. L'apparition de Claire, d'ailleurs, en avait fait tout autant. Il était incapable de comprendre le sens de tout ça.

— Je n'ai pas eu le temps, répondit-elle. Je suis désolée. Peut-être qu'on aurait pu trouver une solution.

— Tu regrettes Luttrell ?

Le regard de Dee se perdit au loin.

— Je regrette beaucoup de choses.

— Ouais, et moi donc, répondit-il franchement.

Dee se tamponna le front avec un foulard bleu nuit.

— J'avoue être curieuse de savoir comment Claire et toi vous êtes rencontrés. Elle a disparu sans un mot il y a quelques mois et les rumeurs en ville ne disaient rien de bon. Tu y étais pour quelque chose ?

Il la regarda, surpris qu'elle ait l'air si concernée. Son visage lui avait été très familier, à une époque, aussi put-il lire l'inquiétude qui teintait son expression. Il éprouva malgré lui un de ces regrets qu'ils venaient d'évoquer.

— Non, répondit-il. Mais je compte bien buter le connard qui en est responsable.

Entouré d'hommes dangereux et d'une ex-fiancée qui suscitait encore chez lui de la colère et du ressentiment, il envisagea avec horreur le pire scénario possible : perdre Claire. Bien décidé à la sortir de ces montagnes coûte que coûte, il pria pour qu'elle soit toujours en vie. Parce que si elle ne l'était pas, il tournerait le dos à son passé de shérif et s'occuperait personnellement de tous ces hommes.

CHAPITRE SEIZE

Sandoval les poussait sans relâche, s'enfonçant de plus en plus loin dans les montagnes. Claire ne savait pas où ils étaient ; elle espérait seulement que Jimmy trouverait bientôt un repère dans le paysage, même s'il était facile de comprendre pourquoi il n'avait pas encore réussi à rejoindre leur mère. Les montagnes Sangre de Cristo étaient un antre de forêts dont le décor se répétait à l'infini. S'ils parvenaient à s'échapper, comment saurait-elle la direction à prendre pour être en sécurité ? L'échec potentiel menaçait son esprit exténué.

Ils voyageaient depuis un jour et demi et n'avaient eu que très peu d'eau et de nourriture. D'après Jimmy, Maggie était partie dans les montagnes pour trouver de l'or ; elle cherchait des terres que Luttrell avait acquises quand il était représentant de la Maxwell Land Grant. Jimmy le lui avait chuchoté pendant leur nuit à la belle étoile. Elle avait été émerveillée par la maturité de sa voix et l'étendue de son savoir. Il n'avait que huit ans ; pourtant, il n'était plus un petit garçon. Elle avait déjà pu voir sa toute nouvelle agressivité et sa témérité, ce qui lui avait fait peur. Il pourrait se faire blesser, à cause de ça. Peut-être même tuer.

Il lui avait raconté avoir passé des jours — ou des semaines, il ne savait plus — avec leur mère, avant l'incident des araignées qui l'avait fait fuir et se perdre dans les montagnes. Il avait ensuite erré, jour après jour — même s'il la rassura sur la courte durée globale de cette errance — jusqu'à ce que Sandoval l'attrape. « Et que ton fantôme apparaisse entre les arbres », lui avait-il dit.

Elle l'avait serré contre elle. Sous ses airs de fanfaron, il était encore jeune, superstitieux et facilement inquiété par l'idée du bien et du mal dans ce monde.

D'après Claire, il devenait évident que Sandoval n'avait aucune intention de retrouver Frank Griffin ou Harry Myers. Le trésor devait être de taille, pour qu'il refuse de le partager. Pour l'instant, il les laissait tranquilles, elle et son frère, mais elle ne s'y fiait pas ; son comportement pouvait changer d'une seconde à l'autre. Il les nourrissait à peine et ne leur détachait ni les mains ni les jambes quand ils étaient à cheval. Bientôt, elle n'aurait plus une once d'énergie. Il fallait qu'elle agisse.

Aujourd'hui, la pluie tombait dru et Claire frissonnait en essayant de couvrir le corps tremblant de son frère, assis devant elle sur leur monture. La pluie les lavait de la crasse, c'était là son seul avantage. Les nuages étaient bas et le brouillard les enveloppait. En arrivant sur une crête, Claire aperçut une étendue plate à leur gauche, à travers les pins. Ils restaient à couvert, sous les arbres qui les protégeaient un peu de la pluie, mais elle rêvait d'être sèche et au chaud.

— Il faut qu'on s'arrête, dit-elle d'un ton sans appel qui la surprit elle-même.

Le désintérêt dont Sandoval faisait preuve envers ses prisonniers inspirait à Claire une sorte d'effronterie. Étourdie, elle eut même envie de rire. Elle n'avait jamais cessé d'avoir peur de lui un seul instant. Elle s'emballa à l'idée de réussir à le vaincre.

— Non. Nous sommes suivis.

Elle ressentit une bouffée d'euphorie. *Logan !*

— Claire, chuchota Jimmy en tournant la tête. Je reconnais cet endroit.

— Chut ! Il ne doit pas t'entendre !

— La chapelle… dit-il en faisant un signe de tête à droite.

Claire tenta d'apercevoir ce dont il parlait en plissant les yeux.

— Je crois voir une bâtisse. Comment sais-tu que c'est une chapelle ?

— C'est comme ça que l'appelle maman. Elle m'a dit de ne pas y mettre les pieds, mais j'y suis allé quand même, pour prier.

— Prier pour qui ?

— Pour toi et pour ton voyage jusqu'au paradis. J'ai dit que tu embrasserais les étoiles et que tu veillerais sur nous. Mais mes prières ont été exaucées au-delà de mes espérances : elles t'ont ramenée !

Claire déglutit péniblement. Ce qu'avait fait Jimmy la bouleversait. Sa mère devait être vraiment folle, se dit-elle, bouillant de colère. Il fallait l'être, pour emmener Jimmy ici et pour le perdre. Aux yeux de Claire, c'était impardonnable — comme l'était presque tout ce qu'elle avait fait avec la vie de ses enfants.

Elle jeta un coup d'œil par-dessus son épaule pour essayer de distinguer quelque chose ou quelqu'un. Sandoval avait pris soin de lui attacher les jambes aux étriers pour s'assurer qu'elle ne s'enfuie pas après avoir sauté de cheval. Elle avait les mains liées ; son frère aussi, mais lui avait les pieds libres.

Si Logan les suivait, à quelle distance se trouvait-il ?

Pas si loin, décida-t-elle, puisque Sandoval l'avait remarqué.

Elle se redressa ; elle espérait de tout son cœur prendre la bonne décision.

— Jimmy… lui souffla-t-elle tout doucement à l'oreille. Je

veux que tu t'échappes. Un homme qui s'appelle Logan nous suit. Rebrousse chemin jusqu'à lui.

Il fut assez brave pour ne pas tressaillir, se retourner brusquement, ni élever la voix.

— Je vais te faire descendre tout doucement, murmura-t-elle. Cache-toi jusqu'à ce qu'on disparaisse ; ensuite, cours aussi vite que tu peux.

Les épaules étroites de Jimmy se haussèrent et retombèrent ; il hocha la tête en percutant le menton de sa sœur. Elle surveilla le dos de Sandoval, tandis qu'ils s'enfonçaient dans un terrain boueux, saturé d'eau de pluie. De ses mains attachées, elle fit de son mieux pour faire passer la jambe gauche de Jimmy au-dessus du pommeau. Il pivota, se retrouvant sur le flanc droit du cheval. Des gouttes de pluie dégoulinaient dans les yeux de Claire ; elle discerna péniblement une masse plus dense d'arbustes tout près d'eux. Elle exerça une pression sur la jambe de son frère pour le prévenir de se tenir prêt.

D'un seul mouvement fluide, elle le fit glisser jusqu'au sol. Tendus à la limite de ce qu'ils pouvaient encaisser, les muscles de son ventre et de ses bras tremblèrent. Son cœur battait à tout rompre, résonnant dans ses oreilles. Elle se redressa comme si de rien n'était, sans jamais quitter Sandoval des yeux. Il y eut un mouvement rapide, puis Jimmy disparut dans le bosquet. Tremblant, elle tenta de ne pas penser à son propre sort. Chaque seconde qui passait laissait un peu plus de temps à Jimmy pour s'enfuir.

Claire battit des paupières ; ses larmes se mêlaient à la pluie et couvraient son visage. Elle devait se préparer au châtiment de Sandoval, lorsqu'il découvrirait la disparition de Jimmy. Il fallait que son frère ait le plus d'avance possible, en espérant qu'il en ait suffisamment.

Mais elle était obsédée par ce qu'allait faire Sandoval ; elle en avait si peur que la nausée lui tordait le ventre. Voilà où l'avait mené l'effronterie ! Elle détourna volontairement son attention vers Logan. Elle avait rêvé d'un dénouement heureux ; un bref instant, elle avait cru pouvoir en connaître un, avec lui. Elle fut prise d'un mélange de panique et de regret. En fin de compte, elle avait été stupide d'y croire.

―――――

HARRY MYERS et Frank Griffin étaient dangereux, mais c'était Dee qui représentait la pire des menaces, d'après Logan. Il n'avait pas quitté les deux compères des yeux depuis vingt-quatre heures, mais l'apparente tristesse de Dee et ses questions, sa curiosité envers lui et ce qu'il avait fait ces deux dernières années le tiraillaient de façon bien plus dangereuse que tout ce que faisaient les deux hommes.

Il n'aimait plus Dee — plus vraiment — mais la voir et passer du temps avec elle ravivait en lui des tonnes de regrets qu'il avait cru disparus. Il ne serait sûrement plus jamais capable de lui faire confiance, mais elle semblait… en détresse. Son frère devait y être pour quelque chose, il ne la traitait pas bien et Logan éprouvait le besoin de lui venir en aide. Sentiment qui n'était pas le bienvenu. Il se demanda si son destin était de se faire berner deux fois.

En parallèle de cet état de confusion, sa motivation principale était de retrouver Claire. Quand elle serait à ses côtés, il pourrait réfléchir plus calmement. Être sans elle et se demander si on lui faisait du mal le rongeait et rognait progressivement sa patience ; la frustration menaçait de paralyser son esprit.

La pluie cessa, laissant derrière elle une atmosphère maussade ; la lumière insipide donnait à la forêt une apparence éthérée dans un dégradé aux teintes de cendres. L'odeur d'humus des arbres détrempés saturait l'air. Les vêtements de Logan lui collaient à la peau. Il jeta un coup d'œil vers Dee qui repoussait ses cheveux mouillés. L'humidité ambiante gênait tout le monde.

Un mouvement entre les arbres attira l'attention de Logan. Il dégaina son revolver ; Griffin mit pied à terre. Un enfant sauvage et maigrichon sortit de la brume en courant et Frank l'attrapa. Le garçon se mit à crier en réponse à sa capture brutale.

—Jimmy ! hurla Griffin. Bon Dieu de merde, calme-toi !

— Non, non ! fit Jimmy en essayant de toutes ses forces de lui échapper.

Griffin gifla l'enfant en plein visage, envoyant au sol son corps léger. Logan se précipita vers le petit frère de Claire et frappa Frank à la mâchoire. *Bon sang, ça fait du bien !* Myers se jeta dans son dos, mais il le frappa d'un coup de coude et fit voler son arme de sa main. Il lui donna un coup de pied dans le ventre, avant d'armer son revolver déjà braqué sur lui. Myers tentait de reprendre son souffle, le visage ensanglanté.

Logan entendit le clic d'un marteau ; un bref regard de côté lui apprit que Frank avait renchéri : tenant Jimmy par les cheveux, il braquait son pistolet sur sa tempe. Les mains du garçon étaient liées par une corde, mais l'attitude de défi que Logan vit dans ses yeux indiquait qu'il serait assez fou pour affronter Griffin tout seul.

—Jette tes armes ! dit Frank.

Logan s'exécuta.

Myers rampa pour les ramasser.

—J'espère vraiment que tu ne m'as pas pété le nez ! gémit-il.

Prenant un revolver par le canon, il s'en servit pour frapper Logan au visage en grognant de satisfaction. Logan dut faire preuve d'une grande volonté pour s'empêcher de riposter et toute sa colère transparut dans le regard qu'il lança à Myers. Dans le doute, ce dernier recula.

— Dis-nous où est Maggie, dit Griffin à Jimmy.

Logan observa l'enfant. Il ressemblait beaucoup à Claire ; il avait les mêmes cheveux blonds, un visage aux traits similaires et des yeux hantés par une vie qu'ils n'aimaient ni l'un ni l'autre.

— Je l'ai cherchée, mais je ne l'ai pas trouvée, répondit Jimmy, avant de tourner la tête. C'est toi, Logan ?

Logan acquiesça.

— J'ai prié, mais je ne crois pas que ça marchera. Il va la tuer !

— Mais qu'est-ce que tu racontes, bordel ?! demanda Griffin.

— Sandoval a Claire, dit Jimmy.

Le sang de Logan se glaça.

— Où ?

— Plus loin, devant. J'ai couru pendant un moment, mais si tu suis mes pas, tu la trouveras peut-être. Il faut faire vite !

— Eh ben merde, je ne vais pas traquer Claire si Maggie n'est pas avec elle ! dit Griffin. Sandoval peut se la garder, je m'en fous ! Dis-moi où est ta mère, James, et je n'aurai pas besoin de te faire du mal.

Il resserra sa prise dans la chevelure du garçon, le faisant tressaillir.

— Je vous l'ai dit, je ne sais pas !

Les larmes lui montèrent aux yeux.

— Ça fait des jours que je l'ai perdue, là où il y avait les araignées.

— Vraiment ? répondit Griffin. Cet endroit est à peu près à une demi-journée d'ici.

— Tu vois ? Je t'avais dit que j'savais où qu'on allait ! intervint Myers.

— Ça reste à voir, marmonna Griffin. Je doute qu'elle y soit encore, Jimmy… où est-elle, maintenant ?

— J'sais pas.

L'enfant avait l'air effondré.

— Menteur !

Griffin le frappa une nouvelle fois au visage.

— Arrête ! hurla Dee. Arrête de le frapper, Frank !

Elle sauta de cheval.

Quand elle s'avança, Logan vit l'arme qu'elle tenait. L'arme tremblait au rythme de ses mains fermement agrippées au manche.

— Tu crois que tu vas obtenir les réponses à tes questions en le battant ? lui demanda-t-elle. On perd du temps ! On devrait essayer de trouver Sandoval, et Claire aussi. Si Harry n'arrive pas à trouver Maggie, peut-être qu'eux en sont capables. Vous avez vraiment envie qu'ils la trouvent avant nous ?

Griffin la toisa.

— Baisse ton arme, Dee. Les conséquences ne te plairaient pas.

La peur assombrit son visage et elle déglutit péniblement.

— D'accord ; désolée.

Elle abaissa lentement les bras.

— Mais ce n'est qu'un enfant.

— Ne me redis plus jamais ce que je dois faire !

Il poussa Jimmy vers elle.

— Si tu l'aimes tellement, occupe-t'en !

Griffin s'approcha de Logan et le jaugea d'un regard suintant de méchanceté.

— J'ai toléré ta présence pour Dee, mais si tu me frappes encore, je ne me montrerai pas si tolérant. Je m'en prendrai aux gens que tu aimes le plus.

— Comme tu t'en prends à ceux qui te sont proches ?

— Je fais ce qu'il faut pour qu'ils obéissent.

Il avança jusqu'à Dee et lui arracha son arme.

— Je pense que Myers et moi allons garder les flingues.

Il prit le fusil accroché au fourreau de la selle de Storm.

Logan ne bougea pas, espérant qu'il ne le fouillerait pas au corps.

— Libère-lui au moins les mains, demanda Dee, son bras autour des épaules de Jimmy.

Griffin s'arrêta et regarda son fils. Il sortit un couteau d'un fourreau attaché à sa taille et coupa la corde autour des poignets de Jimmy.

— On va chercher Sandoval.

Il retourna à son cheval. Myers regardait la scène avec suspicion.

—Jimmy peut monter avec moi, dit Logan.

Dee lui lança un regard ; elle examinait la peau blessée autour des poignets de l'enfant. Elle hocha la tête et dit :

— Donnez-moi le temps de lui faire un bandage…

— T'as intérêt à faire vite ! éructa Griffin.

Logan était tout aussi pressé ; chaque seconde comptait pour Claire.

— Donne-moi le nécessaire, je le ferai en route !

— Je ne sais pas pourquoi tu t'impliques dans tout ça, murmura Dee. Frank n'est pas le genre d'ennemi qu'on aime se faire.

Elle retira une poignée de gaze blanche de sa sacoche de selle et la lui tendit.

— Tu fais tout ça pour elle ?

— À une époque, je l'aurais fait pour toi.

Son aveu fut suivi d'un instant de silence, puis Logan hissa Jimmy sur Storm et s'installa derrière lui. Il avait toujours le cheval de Claire, mais le garçon semblait trop faible pour monter tout seul.

— Qui es-tu ? lui demanda Jimmy.

Logan donna un coup de talons à sa jument pour la faire avancer.

— Tiens les rênes pendant que je fais ton pansement. Je suis le mari de Claire.

Jimmy prit les lanières en cuir.

— Alors tu es… mon frère ?

Logan banda rapidement ses poignets.

— Ouais, c'est à peu près ça. Tu fais partie de ma famille, maintenant.

Logan reprit les rênes. Jimmy porta sa main à sa joue que Griffin avait giflée deux fois.

— Tant mieux. Ça fait longtemps que je rêve d'une nouvelle famille.

— Les choses vont changer, Jimmy. Je suis là pour y veiller.

Le garçon étendit son cou pour regarder Logan.

— Claire doit beaucoup t'aimer, pa'ce qu'elle a toujours dit qu'elle se marierait jamais.

Logan n'était pas bien sûr de l'amour qu'elle lui portait, mais ça lui donna matière à espérer.

CHAPITRE DIX-SEPT

Claire tomba au sol sous le coup de Sandoval.

— Où est-il ? hurla-t-il.

Sa tête tournait, les arbres bougeaient autour d'elle. Elle se mit à quatre pattes et tenta de chasser les souvenirs surgissant d'un passé où il s'en était déjà pris à elle. La peur et la souffrance atroce qui en découlaient lui soulevèrent l'estomac ; de violentes convulsions lui firent vomir le peu qu'elle avait avalé.

Des larmes s'égouttaient du bout de son nez. Elle essuya le coin de sa bouche d'une main tremblante, là où il l'avait frappée, et la vit couverte de sang. Elle réprima un sanglot.

Sandoval la saisit par les bras.

— Tu crois l'avoir envoyé chercher de l'aide ? Cet avorton ne retrouverait pas son chemin dans un trou à rats ! Tu l'as envoyé à sa propre mort !

— Tu nous aurais tués de toute façon, répondit-elle, à bout de forces, priant pour que Jimmy ait eu assez de temps.

D'après la déclinaison du soleil, il devait être parti depuis une heure, peut-être plus.

Sandoval la regarda et se mit à rire en secouant la tête.

— *Puta…*

Il approcha son visage du sien.

— Putain ! Tu n'es rien. Tu devrais te mettre à genoux et m'implorer de te laisser la vie sauve. Il y a quelques mois, tu m'as fait boire ta *ponsión negra*, mais tu n'as pas emporté tes poisons avec toi, hein ?

— C'est toi qui as tué Luttrell, pas vrai ? demanda-t-elle, tentant de changer de sujet.

— Luttrell n'était qu'un vaurien et Maggie lui ouvrait les jambes sans hésiter. Mais elle ne touchera pas le gros lot. Tu veux écarter les jambes pour moi ?

Il sourit en lui caressant la joue. Puis son regard glissa sur son corps.

— *Sangre…*

Son souffle chaud et saturé de tabac lui enflamma le visage et elle eut un mouvement de recul pour éviter son contact.

— Tu saignes, dit-il avec dégoût.

Elle vit la tache de sang clair sur sa chemise et se mit à respirer comme si elle se noyait, prenant conscience tout à coup de la douleur au niveau de son buste. Elle ferma les yeux et se demanda combien de temps durerait son agonie, avant de mourir.

— À QUELLE DISTANCE SONT-ILS ? demanda Logan à Jimmy.

— Assez loin devant. Je ne sais pas vraiment. Le soleil est descendu, depuis que Claire m'a dit de courir à ta rencontre.

— Où est ta mère ? demanda Logan en scrutant le sol pour voir les traces de pas du garçon.

Il ne voulait pas perdre de temps en suivant une mauvaise direction et il ne comptait pas se fier aux talents de traqueur de Frank.

Jimmy resta silencieux un moment, puis répondit d'une voix si basse que Logan eut bien du mal à l'entendre :

— Je pense que les araignées l'ont prise.

— Des araignées ? Elle est blessée ?

Jimmy haussa les épaules ; il sembla éprouver un remords fugace et regarda à nouveau droit devant lui.

— C'est la malédiction de Luttrell. Le trésor est maudit.

— Qu'est-ce que Luttrell a caché, ici ?

— Je n'en suis pas sûr, répondit Jimmy. De l'or, des bijoux, de l'argent… ma mère l'ignorait aussi, mais elle était prête à tout pour le trouver.

Il se redressa d'un seul coup et demanda :

— On va dans la bonne direction ?

— Je l'espère. J'ai vu quelques-unes de tes traces. Tu es venu directement, après les avoir quittés ?

Jimmy acquiesça.

— Il l'a déjà tuée une fois. Je le déteste. J'ai cru voir un fantôme, quand elle a réapparu.

Logan se raidit.

— Est-ce que Sandoval vous a maltraités ?

— Il allait faire du mal à Claire, mais j'ai menti pour la sauver en disant que je pourrais retrouver maman et ça a marché pendant un moment. Mais je ne sais pas où est ma mère, parce que les araignées l'ont sûrement prise.

Il ajouta d'une voix tremblante :

— Venir ici nous a porté malchance.

— Je ne crois pas en ces choses-là, dit Logan. Une malédiction n'est qu'un moyen de faire peur aux gens. Les gens qui ont peur s'enfuient.

— J'ai eu peur, dit Jimmy, abattu. Je me suis enfui.

— Mais tu as fait demi-tour et tu y es retourné. Tout le monde a peur, parfois, Jimmy. Tout le monde s'enfuit à un moment ou un autre, dans sa vie. Il est plus difficile de s'arrêter et d'essayer de réparer les choses. Il t'a fallu du courage pour venir me trouver.

— Peut-être. J'ai tellement envie de rentrer à la maison…

— Moi aussi.

———

CLAIRE OUVRIT LES YEUX. Dans sa ligne de mire, les arbres paraissaient de travers. Sa tête pendait dans une position bizarre ; elle bougea les jambes. Elles étaient engourdies et ramassées sous elle. Ses bras étaient liés dans son dos et attachés au tronc d'un arbre. Dans le crépuscule, des ombres quadrillaient le tapis orangé des épines de pin qui jonchaient le sol. Elle tenta de se rasseoir en gémissant ; son cou peinait à soutenir le poids mort de sa tête.

Que s'était-il passé ?

Sandoval l'avait frappée avec la crosse de son revolver. Du moins, il avait dû le faire ; d'après sa vision tronquée, elle avait l'œil gauche enflé. Il avait dû l'assommer, avant de l'attacher une fois inconsciente. *Où est-il, maintenant ?* Elle essaya de trouver un peu de salive dans sa bouche.

En s'efforçant de modifier sa position, elle remarqua que sa jupe et sa chemise étaient déchirées. Sa poitrine était dénudée.

Elle fut saisie de dégoût et d'une panique qui l'empêcha de respirer. Un sanglot s'échappa de ses lèvres, comme un pleur angoissé, et elle regarda désespérément autour d'elle pour voir si Sandoval était là, à attendre, à la regarder. *Il m'a violée.* Elle ne put arrêter les tremblements qui soulevèrent son corps vaincu. Elle tenta de reprendre son souffle, mais la réalité de ce qui s'était passé dépassait ce qu'elle pouvait supporter. Dans la faible lumière de la fin du jour, elle laissa sa tête rouler contre l'arbre. Elle étouffa ses sanglots en regardant, sans le voir, son corps aussi froid que la forêt détrempée autour d'elle.

Là, sortant du brouillard, elle vit sa mère.

Je dois être morte !

Maggie s'arrêta à quelques mètres d'elle. Elle était toute débraillée et n'avait plus l'apparence qu'elle soignait pour les hommes de Las Vegas. Elle portait une jupe longue, déchirée à la couture effilochée, qui avait dû être blanche, mais était maintenant marbrée de salissures, et un gros manteau en cuir qui lui couvrait les hanches. Ses cheveux étaient remontés sur sa tête, comme elle les coiffait toujours, et Claire trouva bizarre qu'elle prenne la peine de les attacher en vivant là, en pleine nature.

— Qui es-tu ? demanda Maggie, les yeux plissés, pleins de suspicion. Pourquoi Sandoval a joué avec toi pendant aussi longtemps ?

Claire en resta sans voix.

— Tu regardais ? murmura-t-elle. Pourquoi est-ce que tu ne m'as pas aidée ?!

Elle n'avait presque pas eu la force de formuler la question.

— Je ne suis pas stupide, dit Maggie, avec un regard glacial.

Claire avait cru ne pas pouvoir souffrir plus qu'elle ne souffrait déjà, émotionnellement et physiquement, mais l'indifférence de sa mère lui arracha un autre morceau du cœur.

— Raul est un homme dangereux, poursuivit Maggie. Je ne me mettrais en travers de son chemin pour personne.

— Alors, qu'est-ce que tu viens faire là ?

Elle ne put refouler le mépris qui teinta sa voix.

Les secondes se changèrent en minutes. Lorsqu'elle leva à nouveau les yeux, sa mère la fixait, horrifiée.

— Claire !

Sa voix brisa le silence.

— Claire ?

Elle s'approcha et mit un genou à terre pour la dévisager.

— On ne t'a jamais retrouvée, dit-elle avec angoisse. On t'a cherchée, mais on ne t'a jamais trouvée.

Elle porta une main à son visage.

— Où étais-tu ? Que t'est-il arrivé ?

— Je te cherchais.

Maggie se secoua pour sortir de son état de choc et retira un couteau de l'intérieur de son manteau. Elle détacha Claire et la prit contre elle. Claire se laissa faire, retombant en enfance, réconfortée par le contact de celle qui avait provoqué tant d'ambivalence dans son cœur.

— Je ne savais pas que c'était toi ! dit Maggie, désespérée. Si j'avais su, je ne serais pas restée là à ne rien faire, pendant qu'il s'en prenait à toi.

Claire ne versa pas quelques larmes ; elle éclata en sanglots, libérant un torrent d'émotions retenues depuis bien trop longtemps. Elle ne pouvait plus s'arrêter, engloutie par la violence des pleurs. À un moment du maelstrom, elle lâcha le mot. *Viol.*

— Qu'est-ce que tu as dit ? demanda Maggie en s'écartant pour la regarder. Il t'a violée, quand il t'a agressée près d'Albuquerque ?

— Non, ici… là !

Les larmes ruisselaient sur ses joues.

— Non, Claire.

Maggie lui prit le visage à deux mains.

— Sandoval t'a malmenée, mais il ne t'a pas violée. Oh, mon Dieu… tu as cru que je l'avais regardé faire ça sans intervenir !

— Tu es sûre ? demanda Claire en pleurant.

— Certaine.

Maggie la serra contre elle à nouveau.

Le désespoir qui engloutissait Claire commença lentement à se dissiper. Sa mère ne l'avait peut-être pas protégée, mais quelqu'un l'avait fait. *Mais par la grâce de Dieu, nous cheminons tous sur la Terre* — c'étaient les mots de Jack. Un certain réconfort apaisa l'esprit de Claire.

— Tu saignes, dit Maggie en regardant sa cage thoracique.

— Ce n'est rien. Il faut qu'on s'en aille d'ici. Jimmy était avec moi, mais il a réussi à s'échapper.

— Dieu merci ! Où est-il parti ? Je suis folle d'inquiétude, depuis que je l'ai perdu.

— On était suivis. Je lui ai dit de rebrousser chemin pour aller chercher de l'aide.

— Suivis par qui ? demanda Maggie d'un ton à la fois accusateur et inquiet.

— Par Logan Ryan. Il m'a suivie depuis le Texas.

— Le Texas ?

— C'est une longue histoire.

Claire se redressa en s'essuyant les yeux.

Maggie enleva son manteau et le lui donna.

— Je suis au courant, pour le titre de propriété, poursuivit Claire. Et pour le trésor que Luttrell a caché par ici.

Maggie attendit, avant de demander :

— J'imagine que Shorty McClaren ne s'est pas pointé… ?

— Si.

Une lueur passa dans les yeux de sa mère.

— Tu l'as épousé ?

— Non, j'ai épousé quelqu'un d'autre.

Il y avait eu une pointe de rébellion dans le ton de sa réponse.

Une voix résonna au loin.

— Maman !

Claire et Maggie se retournèrent en même temps pour voir Jimmy se précipiter vers elles.

Maggie se leva en serrant les poings.

— Fils de pute…

Claire aperçut Frank Griffin. Logan était juste derrière lui.

Elle s'inquiéta, mais voir son mari lui enleva un poids des épaules et elle dut se retenir de courir vers lui.

— Jimmy ! dit Maggie en le serrant contre elle. Ce que tu m'as fait peur !

— Je suis désolé, dit-il en cachant son visage contre sa jupe. Je suis si heureux que les araignées ne t'aient pas prise !

Claire se leva et boutonna le manteau pour cacher sa nudité et le sang séché couvrant son ventre. Elle vit Harry Myers et une femme qu'elle ne reconnut pas.

— Qui est cet homme, avec Frank ? demanda Maggie en les regardant avancer vers eux.

— C'est le mari de Claire, dit Jimmy.

Maggie jeta à Claire un coup d'œil sceptique.

Logan mit pied à terre et s'approcha.

— Tu vas bien ? demanda-t-il à Claire.

Elle hocha la tête ; elle était tellement heureuse de le voir ! Un sourire se dessina spontanément sur ses lèvres. Elle eut envie de lui tomber dans les bras, mais quelque chose dans sa posture la fit hésiter. Il lui prit la main et la serra dans la sienne. Elle remarqua le bleu sur sa joue, mais Frank intervint avant qu'elle puisse poser la moindre question.

— J'te cherchais, Mags.

Il tenait son fusil posé sur ses genoux. Son cheval s'arrêta à quelques mètres d'eux. Myers et la femme alignèrent leurs chevaux au sien.

— Tu n'es pas le bienvenu, ici, dit Maggie. Ces terres m'appartiennent, maintenant.

Griffin se mit à rire.

— Vraiment ? Monsieur Logan Ryan que voici prétend qu'elles sont à lui.

Maggie jeta un coup d'œil à Claire et à Logan.

— Tu l'as vraiment épousé, Claire ?

— Oui, vraiment, répondit Logan à sa place. Et quel que

soit le petit jeu cupide auquel vous jouez tous, il va prendre fin maintenant, avant que quelqu'un soit blessé.

— Tu parles comme un type qui a toutes les cartes en main ! dit Griffin avec un rire bourru. Où est l'argent, Mags ?

— Je ne sais pas.

— Menteuse, dit-il avec un rictus de mépris. Ça fait des mois que tu es dans ces montagnes. Ne me dis pas que t'as trouvé que dalle !

— Même si je l'avais trouvé, je ne te le dirais sûrement pas !

— Tu es vraiment devenue une sale petite salope ! C'est sûrement toi, d'ailleurs, qui as mis le feu au White Dove.

— De quoi est-ce que tu parles ? demanda Maggie.

— Oh, attends… poursuivit Griffin. Claire avait repris le commerce, même si aucun de nous la savait bel et bien vivante. Ça lui a vraiment fait mal au cul, à Sandoval, quand il l'a appris ! ajouta-t-il en riant. Alors est-ce vraiment une coïncidence que tout le bâtiment soit parti en fumée, il y a quelques jours ? Tu as une dette envers moi.

— C'est la vérité ? demanda Maggie à Claire.

Sa fille acquiesça.

— Je suis désolée. Je ne sais pas comment c'est arrivé.

— Il y a eu des blessés ?

— Non. Il n'y avait plus que Betsy et Ellie à l'intérieur et elles ont pu sortir.

Maggie se retourna vers Griffin.

— Qu'est-ce qui me dit que tu n'y as pas mis le feu toi-même ? Tu aurais pu tuer quelqu'un !

— Comme tu as tué Luttrell ? demanda Griffin.

— Je ne lui ai pas touché un seul cheveu.

— Pas après sa mort. Mais peut-être que le juge local sera intéressé d'apprendre comment tu as séduit le mari de ma sœur pour lui voler son argent et ses terres…

— Et c'est toi qui dis ça ?! Si tu crois que je ne suis pas au courant, pour toi et Belle… répondit-elle d'une voix tremblant de colère.

— Quand tu n'obtiens pas satisfaction auprès d'une putain, autant se tourner vers une autre !

— Je t'ai épousé parce que je t'aimais, Frank.

— Quoi ? s'écria Claire. Vous êtes mariés ?!

— C'est le secret le mieux gardé de la ville, précisa Griffin. Tout comme ta dévotion, Mags.

— Je n'apprécie pas les trahisons, dit Maggie. Je n'ai agi que par nécessité.

— De fausses excuses, des promesses rompues… tu n'iras pas loin avec ça.

Griffin fit pivoter son fusil et le braqua sur Maggie.

Claire vit Logan sortir un petit revolver de sous sa chemise à la vitesse de l'éclair. Il mit Frank en joue, tout en la poussant derrière lui, en même temps que Maggie se mettait devant Jimmy. Claire eut du mal à percer la pénombre ; la forêt sombrait peu à peu dans le noir.

— Je veux l'argent, dit Griffin. Je le voulais déjà depuis des mois, mais tu as cru pouvoir me doubler. Sandoval a bien failli tuer ta précieuse Claire, mais ça n'a pas eu l'air de te mettre un peu de plomb dans la cervelle ! Je me fous que ces terres appartiennent à Ryan. Si je dois tous vous tuer, je le ferai !

— Dans ce cas, je t'emporterai dans la tombe avec nous, dit Logan.

— Tu te crois si malin, dit Griffin. Je me demande si le petit pistolet que tu cachais est vraiment chargé.

— Il n'y a qu'une façon de le savoir.

Claire se figea à l'idée que Logan finisse étendu dans une flaque de sang.

— Donne-lui l'argent, maman, chuchota-t-elle. Ça n'en vaut pas la peine !

— Attends ! dit la femme qui était toujours à cheval, près de Harry Myers. Il y a quelque chose que tu ne sais pas, Frank.

Claire l'observa ; c'était la fille qu'elle avait aperçue dans la maison, aux abords de Cimarron. C'était Dee, la sœur de Frank. Elle aurait dû la reconnaître plus tôt.

— Je n'en ai jamais parlé, parce que ça ne semblait pas utile, bafouilla-t-elle. Quand tu m'as forcée à épouser Luttrell, je portais déjà un enfant.

Claire sentit l'hésitation de Dee à travers l'agitation de son cheval qui piaffait en s'ébrouant.

— J'étais fiancée à Logan, à Virginia City, dit-elle, le regard dans le vide.

Fiancée ? Le sang de Claire ne fit qu'un tour. *Logan avait presque épousé la sœur de Griffin ?* Cette nouvelle la glaça jusqu'aux os.

— Dylan n'est pas le fils de Luttrell, ajouta Dee d'une voix monocorde. C'est le fils de Logan.

S'ensuivit un silence total.

Claire se tenait derrière Logan, dont les larges épaules la cachaient de Dee, de cette femme surgie de son passé. Elle tenait tant à lui — elle avait même cru en tomber amoureuse — mais le goût amer de la trahison prit racine en elle et tout espoir disparu de son cœur. Quelle idiote d'avoir cru qu'il était différent !

— Quoi ?! s'exclama Logan, sous le choc.

— Je suis désolée. J'aurais dû te le dire.

Dee se tourna vers son frère.

— Inutile de lui faire du mal, Frank. On peut toujours obtenir ce qu'on veut.

— Tu mens ! dit Logan.

Dee secoua la tête, le visage assombrit par la peine.

— Non, murmura-t-elle. Je croyais ne jamais te revoir, Logan. Mais tu réalises ? On peut résoudre toute cette affaire et tous y gagner quelque chose. Ce n'est pas ce que tu veux pour Dylan, Frank ?

Claire tiqua sur le prénom de l'enfant — le même que celui qu'elle avait soigné chez Belle.

Elle se demanda ce qu'elle ignorait encore, tout ce que Logan lui avait caché. Il avait visiblement de bonnes raisons de ne pas lui avoir donné plus de détail sur son passé et elle ne voulait pas les connaître. Si elle en croyait sa déception, Logan n'était pas celui qu'elle avait cru. S'était-elle trompée à ce point sur toute la ligne ?

— Si je comprends bien, à l'évidence, le plus logique serait de tuer Claire, dit Frank.

Claire braqua son regard sur lui.

— Rêve ! gronda Logan.

Frank avait suggéré d'assassiner Claire avec la même désinvolture que s'il avait parlé d'abattre un cheval dont on n'avait plus besoin. Il sourit d'un air sombre.

— Tu les veux toutes les deux ? On dirait…

Il se tourna vers Maggie.

— On ne peut rien décider avant que tu nous montres où se trouve le butin, ma chère. Je suis même prêt à passer l'éponge sur le White Dove.

Tout à coup, Jimmy tenta de partir en courant. Horrifiée, Claire vit Harry Myers sortir une arme et faire feu.

— Jimmy, non !

Elle s'élança vers lui pour le protéger, mais Logan la retint par le bras et l'attira violemment vers lui, semblant lui décrocher l'épaule.

D'autres coups de feu ricochèrent contre les arbres et Logan changea d'avis en une seconde.

— Cours ! lui dit-il en la repoussant.

Elle voulut s'enfuir, mais cherchant à repérer l'endroit où sa mère et Jimmy se trouvaient l'instant d'avant, elle ne vit plus personne. Ils avaient disparu.

— Cours, Claire ! rugit Logan en la poussant, la bousculant pour qu'elle s'enfonce plus loin dans la forêt.

Malgré l'état de confusion dans lequel elle se trouvait, elle remarqua qu'il ne tirait pas.

La vérité la frappa. Il ne voulait pas toucher Dee.

Tout le monde se dispersa dans le noir ; on entendit des cris, des coups de feu et l'agitation des chevaux.

Claire se mit à courir.

Son corps s'élança dans ce qu'elle espérait être la même direction qu'avaient prise sa mère et Jimmy. Le manteau qu'elle portait l'alourdissait ; elle traversa la pente d'une colline éclairée par la lumière de la lune qui perçait l'inquiétante obscurité. Un peu plus haut, à sa gauche, elle aperçut Maggie. Elle changea de trajectoire pour la suivre.

Jetant un coup d'œil par-dessus son épaule, elle vit qu'elle était seule — personne ne la suivait. Pas même Logan. Elle regarda encore vers le haut, puis derrière elle. Devait-elle rebrousser chemin vers lui ?

Il était probablement allé aider Dee. Elle était peut-être blessée, elle pouvait avoir besoin de soins, tout avait pu arriver. Elle refoula ses larmes. *Quelle idiote j'ai été !* Elle s'élança derrière sa mère.

CHAPITRE DIX-HUIT

U ne fois Claire partie se mettre à l'abri, Logan décida de s'occuper de Frank Griffin et de Harry Myers. Il y avait eu un troisième tireur, caché dans les bois tout à l'heure ; il s'agissait sans doute de Sandoval. Logan n'avait pas fait feu parce que Dee se trouvait dans la fusillade. Malgré ses doutes et les questions qui le hantaient, il ne se serait jamais pardonné d'avoir tiré sur la mère de son fils.

Dylan. L'enfant du Southern Charm. Un fils dont il avait toujours ignoré l'existence.

Il y avait de fortes chances que Dee ait menti, mais l'âge du petit et l'époque de leur relation coïncidaient.

Il se sentait rongé par la colère et la confusion, et un élan de possessivité enflamma son cœur. Il ne partageait pas ce qui était à lui. Ce garçon ne porterait pas le nom de Luttrell toute sa vie. *Dee ment ! Maudite soit-elle ! Elle ment sûrement.* Mais elle avait semé le doute dans son esprit et il ne pourrait plus jamais s'en dépêtrer.

Logan fouilla la zone où avaient eu lieu la confrontation et la révélation. Il ne trouva personne. Tout le monde avait disparu.

Il découvrit le cheval de Dee, coincé dans un bosquet ; il démêla ses rênes et le libéra. Puis, il continua son examen des environs. Il finit par tomber sur un peu de sang sur un bloc rocheux, comme si quelqu'un s'était frotté l'épaule dessus. À partir de là, il suivit une vague piste pour traquer l'homme capable de tout lui prendre.

CLAIRE ATTEIGNIT la crête et repéra la silhouette de sa mère qui slalomait entre les pins. Elle la suivit, angoissée à l'idée de la perdre et peinant à calmer sa respiration. Elle était en nage.

Elle aperçut ensuite une petite bâtisse et reconnut celle que Jimmy avait désignée comme étant une chapelle. Ça n'avait pas l'air d'un lieu de culte, mais plutôt d'un bâtiment simple, rectangulaire, avec une fenêtre fermée par un volet en bois. Maggie se glissa à l'intérieur, par-derrière. Claire se dépêcha d'atteindre la porte, l'ouvrit avec précaution et pénétra dans une odeur de moisi, mélange de terre mouillée et de bois pourri. De gros sacs en toile de jute jonchaient le sol, pleins à ras bord.

Claire leva les yeux et dévisagea sa mère. Dee émergea alors d'une zone sombre.

LOGAN SUIVIT les traces de sang ; c'était difficile, dans l'obscurité, mais pas impossible. Il finit par remonter jusqu'à Harry Myers… mort. L'homme avait été touché en pleine poitrine et l'hémorragie l'avait achevé.

Logan le fouilla pour lui prendre ses armes. Il récupéra son propre pistolet et deux couteaux, mais fut incapable de trouver le pistolet de Myers. Il vérifia le bon état de son arme à feu et reprit ses recherches dans la forêt, en vain.

— Où est Jimmy ? demanda Claire d'une voix étouffée.

— Il s'est encore enfui, répondit Maggie. Mais on le retrouvera. Je n'avais pas vu que tu étais derrière moi.

Dee et Maggie semblaient mal à l'aise, l'atmosphère était lourde, le silence embarrassé.

— Que se passe-t-il ? demanda Claire.

Elle jeta un coup d'œil aux sacs.

— C'est le trésor de Luttrell ?

Maggie acquiesça.

— Dis-moi ce qui se passe, maman ! insista Claire.

— Tout ce qu'on savait, c'était que Luttrell avait planqué un trésor dans une chapelle.

Une certaine audace passa dans son regard.

— Évidemment, je m'étais attendue à quelque chose d'un peu plus… décoré.

Elle désigna leur environnement, puis jeta un coup d'œil vers Dee.

— Ça m'a fait perdre du temps, de ne pas comprendre tout de suite qu'il s'agissait de cette bâtisse.

— Je te l'ai décrite, intervint Dee d'un ton un peu tranchant. La chapelle dans les montagnes, voilà comment il l'appelait.

— Mais tu n'y es venue qu'une fois, Dee, chuchota Maggie avec amertume. Essaye de vivre ici toute seule pendant un bout de temps ! Bon, je suis la première à reconnaître avoir pris de mauvaises décisions, pendant mes recherches.

— Comme les araignées ? demanda Claire en essayant de se faire à l'idée que sa mère et la sœur de Griffin — l'ex-amoureuse de Logan — étaient de mèche.

— Ouais, d'accord, Jimmy a craqué quand j'ai commencé à chercher par ici, expliqua Maggie. L'argent n'était pas dans la chapelle comme l'avait annoncé Dee, alors je me suis mise à fouiller ailleurs. Tu te rappelles Spider Hole, où je t'ai emmenée il y a des années ?

Claire réfléchit ; un vague souvenir lui revint, celui d'un puits de mine désaffecté avec des poutres en bois qui soutenaient l'entrée de façon précaire. Elle était toute jeune et n'avait pas aimé l'air froid et humide qu'il y avait dedans ni l'idée de pouvoir rester piégée à l'intérieur.

— Je ne me souviens d'aucune araignée.

— Il n'y en avait vraiment pas tant que ça. Je pense que l'imagination de Jimmy a amplifié les choses. C'était le dernier endroit auquel j'aurais pensé, mais j'ai fini par comprendre que Teddy avait caché son trésor dans un endroit difficile d'accès ; et j'ai eu raison. J'étais tellement excitée que je ne me suis pas aperçue que Jimmy s'était enfui, mais je suis partie à sa recherche aussitôt après avoir rapporté tout l'argent dans la chapelle, avant l'arrivée de Dee.

Elle se tourna vers la femme en question.

— Et pourquoi avoir amené Frank avec toi, bon sang ?!

— Ce n'était pas mon but, dit-elle avec une colère qui emplit la pièce. Je faisais de mon mieux pour les éloigner de toi !

— Tu as dit à Jimmy que c'était de l'or… dit Claire, distraitement, commençant à redouter les circonstances de la mort de Luttrell.

— Ça a l'air plus merveilleux, pour un petit garçon, de chercher quelque chose qui brille.

Maggie regarda Claire bien en face. Ses yeux étincelaient de fierté.

— Avant de t'en prendre à moi, Claire, réfléchis une minute ! On peut prendre notre part et partir d'ici. On peut aller à San Francisco. Tu pourras enfin étudier pour devenir un vrai médecin, comme tu l'as toujours voulu !

— Notre part ? demanda Claire.

— Dee et moi allons faire cinquante-cinquante.

Claire se demanda jusqu'où elles avaient poussé cette association.

— La mort de Luttrell… qu'as-tu fait, maman ?

— Tout ce que j'ai fait, je l'ai fait pour nous.

— Tu me croyais morte ! répondit Claire d'une voix tremblante. Tu as laissé Sandoval me terroriser, pas une seule fois, mais deux ! Et toi ? demanda-t-elle en se tournant vers Dee. Et ton fils ? Si vous finissez toutes les deux en prison, qu'adviendra-t-il de Dylan et de Jimmy ?

— Je regrette certaines choses, répondit-elle avec une férocité sous-jacente. Mais Luttrell était un salaud. Il me battait à la moindre occasion.

— Pourquoi ne pas l'avoir quitté ? demanda Claire, mais elle connaissait déjà la réponse.

Pour la même raison qu'elle n'était jamais partie du White Dove — ne prendre aucune décision était une décision en soi.

— Ce n'est pas si simple, expliqua Dee. J'étais redevable envers Frank, parce qu'il s'était toujours occupé de moi. J'ai fait certaines choses, quand j'étais jeune, dont je ne suis pas fière. Il m'a dit qu'il ne me protégerait pas si je ne séduisais pas Teddy ; et aussi que Logan n'avait pas assez d'argent.

— Il en a, maintenant ! dit Maggie. Quelle ironie du sort !

— Luttrell méritait de mourir, murmura Dee. Il avait décidé de ne rien me donner. Maggie m'a aidé à obtenir ce qui nous revenait de droit, à mon fils et moi.

— Personne n'aura rien, si on reste plantées là à bavasser, dit Maggie.

— Tu comptes rapporter tout cet argent à Las Vegas ? demanda Claire.

— Est-ce que le Dove a vraiment brûlé entièrement ? demanda Maggie.

Claire acquiesça.

— Alors, partons directement à San Francisco ! Dee, tu peux venir avec nous.

— Je compte retourner à Virginia City. J'ai des amis là-bas qui m'aideront à me cacher ; mais je dois d'abord retrouver Dylan.

— Tu ne sais pas où il est ? demanda Claire.

— Frank me l'a pris pour m'obliger à l'aider.

— Il m'a fait la même chose, dit Maggie. Quand Sandoval t'a enlevée et que je t'ai cru morte, j'étais prête à aller trouver le shérif du comté, vu que tout raconter au marshal de la ville n'aurait été qu'une perte de temps ; mais Frank a menacé Jimmy — son propre fils, nom de Dieu !

— Frank et Raul se sont disputés à Cimarron, intervint Dee. Une histoire de cargaison de bétail volé ; Frank en avait ras le bol que Sandoval détourne tous les profits. Allez savoir dans combien d'histoires ils sont impliqués ! Quand Sandoval est parti, j'ai eu peur. C'est un type rancunier et visiblement, il est venu ici dans le but d'égaliser les scores.

Claire commençait à comprendre à quoi les deux femmes avaient été confrontées.

— Dylan est avec Belle Mason. Elle le garde au Southern Charm.

— Tu l'as vu ?

Ce fut la première étincelle d'émotion que Claire lut sur le visage de Dee depuis le moment où elle était entrée dans ladite chapelle.

— Comment va-t-il ?

— Bien.

Dee ferma les yeux et soupira de soulagement.

— Au lieu de vous enfuir, pourquoi ne pas laisser Logan s'occuper de tout ça ? demanda Claire. Il pourrait présenter l'affaire au juge. Pourquoi ne pas faire les choses légalement ?

— Tu ne comprends pas, dit Maggie. Frank a le bras long et il n'y a rien de légal dans ce qui est arrivé à Luttrell. En vérité, c'était un accident. Cet idiot était malade et il a bu trop de ce remède à l'écorce de cerisier sauvage que tu as préparé, celui contre la toux. Et avant que tu m'accuses, laisse-moi te dire qu'aucune de nous ne l'a poussé au surdosage. Mais je mettrais ma main à couper que Frank l'a fait.

— Si tu savais qu'il en prenait trop, tu aurais pu intervenir, dit Claire, soulagée que sa mère ne soit pas une meurtrière à sang-froid, même si elle était toujours contrariée qu'aucune des femmes n'ait rien fait pour l'aider. Tu aurais pu lui donner de l'épicéa, ajouta-t-elle, comme si c'était évident.

— Non, Claire.

Le ton de Maggie était sans appel, son expression implacable.

— Tu n'as plus qu'à me croire sur parole.

Elle changea de sujet.

— Vous le connaissez bien, ce Logan Ryan, toutes les deux ? Vous lui faites confiance ?

Claire ne sut quoi répondre parce qu'elle n'était plus sûre de rien.

— Comment peut-on savoir qu'il n'avait pas un but précis en épousant Claire ? demanda Maggie. Était-il au courant pour les terres, avant le mariage ?

Claire répondit à contrecœur :

— Oui.

Logan s'était-il servi d'elle ? D'un côté, elle n'arrivait pas à l'envisager, ce qui prouvait sans doute sa suprême naïveté. Quelle idiote elle avait été, et romantique à souhait, d'avoir cru qu'il allait l'aimer et la chérir pendant le restant de ses jours !

— Problème résolu, donc, dit Maggie. On prend l'argent et on file. J'ai caché trois mules près d'ici. Il faut qu'on charge ces sacs sur leurs dos.

Un coup de feu transperça le bois d'un volet. Claire plaqua ses mains sur ses oreilles et se coucha au sol ; Dee cria et en fit autant.

Maggie la contourna en rampant pour aller ouvrir la porte.

— Non !

Claire la saisit par le bras.

D'autres coups de feu retentirent sur le mur de la bâtisse.

— J'ai des armes, aussi, dit Maggie. Je reviens !

Elle se faufila dehors.

Les tirs cessèrent. Claire hésita une seconde, puis se précipita le plus vite possible après sa mère.

Elle courut, la peur au ventre, en priant de ne pas se faire tirer dessus. Elles foncèrent à travers les arbres, à flanc de colline, et atteignirent rapidement les mules. Claire s'empara du revolver que lui tendit Maggie. Les mains tremblantes, elle en vérifia le chargement ; le barillet était rempli de balles. Sa mère tenait un fusil ; elle entraîna deux des mules à sa suite. Claire prit la troisième.

— Reste sur tes gardes ! lui dit Maggie, à voix basse.

En quelques minutes, Claire perdit sa mère de vue. Elle tirait pour faire avancer sa mule, mais la bête rechignait à la suivre. Comment lui en vouloir ? C'était pure folie de retourner à la *chapelle*, de risquer la mort pour une grosse somme d'argent censée résoudre tous les problèmes !

Où est Jimmy ?

La panique saisit Claire à la gorge ; elle regarda autour d'elle. Il n'y avait plus eu de coup de feu, après qu'elle fut sortie derrière sa mère, et elle trouvait bizarre de ne pas avoir été suivie. Le *clic* d'un revolver qu'on arme la fit sursauter.

— Alors, *puta*, où est l'argent ?

Elle s'arrêta brusquement, de dos à Sandoval. Elle tenait son pistolet dans la main droite, hors de vue. Serrant le manche dans son poing, elle espérait qu'il ne l'aurait pas remarqué.

— Je commence à en avoir marre de jouer au chat et à la souris, dit-il en ricanant. Je commence à en avoir marre de toi…

Elle aurait sa chance. Son cœur battait à tout rompre. Elle n'aurait pas peur. Elle ne *voulait* plus avoir peur.

Elle balança son bras vers l'arrière, mais un mouvement précipité la projeta au sol dans un gros bruit sourd. Sa mère cria et atterrit sur elle. Il y eut une explosion de coups de feu.

En quelques secondes, tout était fini. Les oreilles de Claire sifflaient.

— Maman ? murmura-t-elle.

Claire la fit rouler sur le côté et s'assit péniblement.

Sandoval était couché au sol dans une posture contorsionnée. Son visage avait l'expression de surprise de sa propre mort. Logan s'approcha du macchabée et lui retira toutes ses armes.

— Claire… Il ne t'a pas eue, hein ? demanda Maggie d'une voix basse et rauque.

Claire se pencha au-dessus de sa mère, toujours couchée au sol.

— Non. Pourquoi es-tu revenue en arrière ?

— Pour me rattraper de toutes les fois où je ne t'ai pas protégée quand j'aurais dû.

La brève inspiration de Maggie pétrifia Claire. Elle l'examina rapidement et refusa de voir la réalité en face.

— Non, non, non ! dit-elle en secouant la tête.

— Eh ben… j'imagine que c'est grave, pas vrai ?

La bouche de Maggie tremblait ; elle lutta pour prendre quelques rapides respirations.

— Et voilà, Claire. Sois forte ! Tu l'as toujours été, tu sais. Si forte… tout ce que j'aurais rêvé d'être.

— Chut, ne parle pas, dit Claire en essayant de trouver ses mots malgré la panique qu'elle ressentait. Je vais t'aider ! Je peux t'aider !

Elle sanglota d'impuissance.

— Je ne crois pas.

Le regard de Maggie devint vitreux. Elle gémit.

— Je sais que tu as toujours essayé. Tu as été un vrai miracle depuis ta naissance. Au tout début, j'ai cru que tu étais un bébé mort-né. J'étais si jeune et j'avais peur, je ne savais pas quoi faire. Et puis, tu as respiré.

Elle regarda les étoiles. Un sourire se dessina sur ses lèvres pâles. Un soupir fit trembler son corps et ses membres se relâchèrent contre le sol.

— Tu as respiré et la pièce s'est remplie de lumière, et j'ai été plus heureuse que jamais.

Claire secoua la tête en pleurant. Elle prit la main de sa mère en rêvant de pouvoir remonter le temps.

Maggie tourna les yeux vers elle.

— Dis à Jimmy que je l'aime.

Claire se mit à trembler violemment en sentant la mort resserrer son emprise autour d'eux. Quelque chose en elle hurlait contre le sort.

Maggie ferma les yeux.

— Je vois un coucher de soleil bleu lavande, murmura-t-elle. Comme ceux de mon enfance…

— Non ! cria Claire. Reste avec moi ! Ne me laisse pas !

Dans un élan désespéré, elle prit sa mère par les épaules et la serra contre elle, mais Maggie ne bougeait plus.

Claire ressentit une violente douleur. Elle ne pouvait pas être morte ! Pas sa mère ! Comment sa vie avait-elle pu disparaître en quelques brèves secondes ?!

S'accrochant à son corps inerte, elle se dit que ce ne pouvait qu'être une énorme erreur. Elle pourrait peut-être retirer la balle du ventre ensanglanté de sa mère. Elle entreprit d'examiner la blessure avec des mains tremblantes, mais elle n'y voyait rien, dans le noir, et les larmes lui brouillaient la vue.

Tout était de sa faute ! Elle aurait dû tuer Sandoval avant.

— Claire, elle est morte ; et Griffin court toujours, il faut qu'on s'en aille !

Elle ne réagit ni aux paroles de Logan ni à ses mains qui la tiraient.

Cette balle était censée me tuer. Maman m'a sauvé la vie.

Merde, maman ! Claire se mit à crier. Son sacrifice était insupportable et elle le refusait. Tout ce qu'elle voulait, c'était sa mère ! La douleur de sa perte la transperça avec une telle violence qu'elle en suffoqua.

Logan la prit dans ses bras et la serra contre lui, même si elle se débattait.

— On doit partir, Claire. Il faut qu'on trouve Jimmy avant Frank.

Ces mots et l'urgence dans la voix de Logan la ramenèrent à la réalité.

Quand Logan l'éloigna du corps sans vie de sa mère, elle tituba en reculant et dit ce qu'elle n'avait plus formulé depuis sa petite enfance : « je t'aime, maman ». Mais ces mots arrivaient trop tard.

CHAPITRE DIX-NEUF

C laire attendait Logan dans la maisonnette de Tia. La pluie tambourinait sur le toit et elle percevait ses percussions régulières à travers le brouillard de ses émotions. Ces trois derniers jours avaient été vraiment confus. Elle se sentait oppressée au point d'avoir du mal à respirer, comme si un train l'avait percutée à pleine vitesse. Elle trébuchait tant bien que mal d'un instant à l'autre.

Elle n'avait pas été préparée aux conséquences de la mort de sa mère et elle se sentait accablée de douleur, assaillie par des souvenirs, des *et si…*

Son esprit était saturé d'événements passés qui l'obsédaient jour et nuit. Les funérailles de ce matin ne lui avaient pas permis de tourner la page ; elles n'avaient fait qu'ajouter du sel sur ses plaies ouvertes qu'étaient la culpabilité, la colère et l'insupportable perte. La posture brisée de Shorty McClaren et les pleurs incessants de Jimmy lui avaient crevé le cœur encore un peu plus.

Après la fusillade, cette nuit fatidique, elle avait trouvé Jimmy caché dans la chapelle. C'était lui qui avait tiré sur la bâtisse, après avoir pris le revolver du corps sans vie de Myers.

Heureusement, il n'était resté que quatre balles dans le barillet et Jimmy l'avait rapidement déchargé. Claire avait été si soulagée que son frère ne se soit pas blessé dans son élan désespéré de leur venir en aide ! Il avait cru que Frank était à l'intérieur et avait été horrifié d'apprendre que seules Claire, Dee et leur mère s'y trouvaient. Claire avait eu la lourde tâche de lui annoncer la mort de Maggie ; elle l'avait ensuite amené chez Tia pour qu'elle s'occupe de lui.

Durant tout ce temps, elle n'avait pas fait cas du silence désemparé de Logan, le repoussant et faisant taire tout sentiment qu'elle avait pu nourrir à son égard. Elle se disait que c'était mieux ainsi. À contrecœur, il avait fini par prendre une chambre à l'hôtel Wagner.

Harry Myers et Raul Sandoval étaient morts. Frank Griffin était en prison. Il avait essayé de se faufiler dans la chapelle et s'était fait attraper par Logan qui n'avait montré aucune pitié ni gentillesse à son égard, ce qui avait très bien convenu à Claire. Est-ce que Maggie avait vraiment compté pour son mari ? Si c'était le cas, elle espérait que sa mort le hanterait jusqu'à la fin de ses jours.

Claire n'éprouvait aucun scrupule. Griffin était accusé du meurtre de Teddy Luttrell et elle priait pour que ça tienne la route. Il était probable qu'il l'ait tué, mais le prouver devant un tribunal était une autre histoire. Même si Maggy et Dee avaient fait allusion à leur culpabilité, Claire avait gardé sous silence leur possible implication. Frank Griffin méritait de payer l'addition. Elle n'éprouvait que très peu de remords, et si elle n'avait pas spécialement envie d'éviter la prison à Dee Griffin, elle se demandait quelles auraient été ses motivations, si elle avait traîné en justice la mère du fils de Logan. Ces envies de vengeance ne lui ressemblaient pas. Dee avait quitté les Sangre de Cristo avant que quiconque ne s'en aperçoive, en emportant un sac d'argent. Elle s'était immédiatement rendue au Southern Charm, avait braqué une arme sur Belle en réclamant son fils. Ensuite, elle avait disparu sans laisser la moindre trace. Apparemment, son désir de protéger son enfant avait pris le dessus sur toute relation qu'elle avait eue avec Maggie. Savait-elle seulement qu'elle était morte ?

Logan voudrait sûrement essayer de les retrouver et Claire se demandait pourquoi il n'était pas déjà parti. D'après Ellie et Louisa, il avait aidé aux préparatifs de l'enterrement ; il était venu à l'oraison funèbre, ce matin, au cimetière des abords de la ville. Tia avait tenté de faire sortir Claire de son état de stupeur pour qu'elle aille lui parler, mais à quoi bon ? Pour elle, ce n'était plus qu'une question de temps ; le destin n'allait pas tarder à balayer sa vie d'un revers de main. Pourtant, même si elle s'attendait à l'issue de leur histoire, elle n'était pas pressée de l'entendre.

Des bruits de sabots annoncèrent l'approche d'un cavalier et Claire ouvrit la porte. La pluie avait cessé et une brume blanche flottait dans l'air. Logan descendit de cheval et retira le ciré trempé qui recouvrait le costume-cravate noir qu'il avait mis pour la cérémonie. Il se dirigea vers elle ; son visage buriné portait une sombre expression à demi-cachée par l'ombre de son chapeau. Un coup de tonnerre retentit au loin ; Claire frissonna. L'écho résonna dans les montagnes et dans les plaines à leur pied. Elle se rappellerait toujours cet homme dans son entièreté, malgré sa peine de cœur et ses désillusions ; parce qu'il méritait qu'on se souvienne de lui.

— Il est vraiment temps qu'on parle, dit-il en la regardant droit dans les yeux.

Elle hocha la tête en faisant un pas de côté pour le laisser entrer. Elle s'avança vers un tabouret en bois, près de la cuisinière, et lissa sa robe en coton bleu en s'asseyant dessus. Logan ôta son chapeau et prit place également, à moins d'un mètre d'elle.

— Tu tiens le coup ? demanda-t-il.

— Je m'en sors.

Elle se prépara à engager la terrible conversation qu'ils devaient avoir et qu'il semblait rechigner à initier.

— Tu tombes bien. Il faut qu'on discute des termes du divorce.

Le regard tourmenté de Logan était braqué sur elle. Elle pouvait sentir la tension qui émanait de son corps et chargeait l'air d'électricité.

— De quoi est-ce que tu parles ? demanda-t-il d'un ton tranchant.

— On dit que Frank Griffin sera dehors d'un jour à l'autre. Tu devrais retrouver Dee et ton fils avant qu'il ne soit trop tard.

Logan se raidit et contracta fermement la mâchoire.

— Je n'ai jamais voulu te cacher mon passé. Je n'ai eu ni le temps ni la bonne occasion de t'en parler.

— Il semblerait que tout ait joué en ta faveur.

— Je ne sais pas ce que tu sous-entends, mais rien de tout ça n'était prémédité.

— Mais on joue les cartes qu'on a.

— On peut redistribuer les cartes, dit-il.

— Donc, tu ne prévois pas de la retrouver et de réclamer ton fils ?

Le silence de Logan lui donna la réponse.

— Je ne t'ai pas épousée pour les terres ou l'argent, Claire.

— Alors, tu ne verras pas d'inconvénient à ce que j'en demande la moitié. Je ne vais plus me contenter des cartes qu'on m'a mises dans les mains, moi non plus. Je partagerai les terres et l'argent avec Dee, cinquante-cinquante.

— Et si je m'oppose à ce divorce ?

— Je ne pense pas que ce soit négociable.

— Donc, ce qui s'est passé entre nous n'a aucune importance ?

Claire se retint de s'effondrer. Elle avait déjà tellement pleuré ! Comment pourrait-il y avoir encore la moindre larme en elle ?

— Bien sûr que ça en a, dit-elle. Mais tu n'es pas libre dans ce mariage — tu ne l'as jamais été. Et je ne me contenterai pas des miettes.

À ces mots, ses perspectives prirent un virage drastique. Elle ne s'était jamais affirmée, n'avait jamais exprimé ce qu'elle voulait dans la vie, ce dont elle avait *besoin*. Et voilà qu'elle commençait à entendre une petite voix en elle, encore faible parfois, mais qui gagnait en intensité chaque jour. Au sein même de sa peine, elle pressentait une étonnante lueur d'espoir, la volonté d'envisager l'avenir selon ses propres convictions. Elle pourrait offrir une belle vie à Jimmy.

— Eh ben… dit Logan en se passant une main sur le visage. Je te jure, Claire… je ne sais pas ce qui se trame avec Dee. Je ne sais même pas où elle est.

— Cherche du côté de Virginia City, dit-elle.

Il la regarda en digérant l'information. Elle avait l'air de ne pas douter de ce qu'il allait faire. Ça lui paraissait clair, à lui aussi.

— Est-ce que tu m'aimes ? demanda-t-il de façon inattendue.

Cette question la prit de court. Si elle répondait oui, il la quitterait quand même pour tenter de retrouver la femme qui avait autrefois occupé une place de choix dans son cœur.

— Non.

Avec un gros effort de volonté, elle soutint son regard en lui mentant.

Il fut visiblement peiné.

— Et si tu es enceinte ?

Claire hésita.

— C'est trop tôt ; on n'a pas passé assez de temps ensemble.

Elle espérait ne pas l'être, même si un bébé — un enfant de Logan, rien que ça — serait un cadeau précieux.

— Alors c'est tout ? demanda-t-il. C'est fini entre nous ?

Claire se leva.

— Je t'interdis de m'en tenir responsable ! Je ne t'ai jamais demandé de m'épouser, mais ça t'a donné une place de choix dans cette histoire.

— J'essayais de te protéger ! dit-il. Tu en avais vraiment besoin ! Je ne suis pas le méchant bonhomme pour qui tu essayes de me faire passer !

Elle était au bord d'un gouffre émotionnel de peine et de désespoir, et craignait que la moindre pichenette la fasse tomber dedans. Elle ne voulait pas craquer devant Logan, aussi se reprit-elle.

— Je sais, dit-elle. D'ailleurs, je ne t'ai pas remercié de t'être chargé de Sandoval.

— Après tout ce qu'il t'avait fait, il n'allait pas sortir vivant de ces montagnes, déclara-t-il d'un ton ferme, sans que sa voix fléchisse.

Claire plongea dans ces yeux qui avaient sur elle un pouvoir d'attraction capable d'anéantir toutes ses défenses. Son corps mourait d'envie d'être dans les bras de Logan une dernière fois, de sentir sa force et sa réponse à leur contact. Mais ce n'était pas de l'amour et ce n'était pas assez. Bon Dieu, ce qu'elle aurait aimé être le genre de femme capable de s'engager avec un homme pour le seul plaisir charnel ! Cela dit, elle était bien trop possessive ; elle n'aurait jamais toléré de le partager avec une autre femme.

— Je m'occuperai des papiers du divorce, dit-elle. Je suis sûre que tu comptes te mettre en route dès les premières lueurs du jour.

Elle eut tout à coup besoin de se retrouver seule, dans son intimité. Elle alla ouvrir la porte, mais Logan se leva et l'attira vers lui.

— Je ne voyais pas les choses comme ça, dit-il. Ça ne devait pas se terminer comme ça !

Elle détourna les yeux, sachant combien il lui serait facile de tomber dans ses bras.

— Tout a une fin, murmura-t-elle. Ce n'est qu'une question de temps.

Sans un regard en arrière, elle sortit de la maisonnette. Des rayons de soleil se faufilaient par des trouées dans les nuages noirs. Claire s'enfonça dans la forêt, ce même paradis qui l'accueillait, enfant, quand ses rêves étaient pleins de promesses et la protégeaient des démons. C'était ici qu'une colombe était venue près d'elle, blanche et pure, si belle et délicate que Claire s'était sentie vraiment privilégiée. Mais aucun ami ailé ne viendrait à elle aujourd'hui. Aujourd'hui, c'était la fin d'un rêve.

Elle marcha au hasard dans la forêt de pins, rongée par la peine. Elle aperçut Tia et Jimmy et comprit qu'ils lui avaient délibérément laissé du temps en tête à tête avec Logan. Elle les prit tous les deux dans les bras et fondit en larmes, sachant qu'ils avaient attendu une bonne partie du temps sous la pluie.

— Ça ne sera pas toujours aussi douloureux, *Palomita*, murmura Tia.

Claire pria pour qu'elle ait raison.

CHAPITRE VINGT

Trois mois plus tard

C laire s'assit dans le salon de la maison principale du ranch S. R., Jimmy à ses côtés. Rosita avait pris leurs manteaux et leurs chapeaux — c'était une Mexicaine robuste dont Claire avait fait la connaissance des mois plus tôt, pendant son bref séjour au ranch de Jonathan et Susanna Ryan, les parents de Logan.

Rosita s'excusa pour aller chercher madame Ryan et Claire prit une autre profonde inspiration en se demandant si elle avait eu tort de venir. Elle rajusta nerveusement la robe en laine sombre qu'elle portait. Voir le feu crépiter dans la cheminée était réconfortant, après la longue route qu'ils avaient faite depuis Fort Richardson, dans le froid de cette fin d'octobre. Un éleveur venu faire des affaires au fort l'avait aidée à localiser le ranch des Ryan, mais les questions générales qu'elle lui avait posées sur Logan n'avaient obtenu pour toute réponse que des haussements d'épaules.

— Qu'est-ce qui va se passer, à ton avis ? demanda Jimmy

— Je n'en sais rien, répondit-elle.

Jimmy s'était difficilement remis de la mort de sa mère, tout comme Claire, mais il était courageux. Après l'enterrement de Maggie et le divorce d'avec Logan, ils n'avaient plus eu d'argent pour vivre. Ce qui restait du trésor de Luttrell avait été temporairement saisi par la justice. Étonnamment, Belle avait proposé à Claire de la payer pour ses compétences médicales. Ça ne rapportait pas grand-chose, mais suffisamment pour les faire subsister en attendant le procès de Frank — Jimmy voulait connaître le sort de son père.

Belle leur avait aussi proposé de les héberger. D'après Claire, c'était sa façon d'essayer de se racheter. Mais la famille Hyman leur avait fait une offre généreuse pour le gîte et le couvert que Claire avait acceptée avec joie. Le soutien à la fois pratique et psychologique des habitants de la ville qui les connaissaient lui avait donné l'impression, pour la première fois de sa vie, d'être incluse, d'être *légitime*. Elle en tira un réconfort inattendu. Elle n'avait pas tardé à s'installer avec Jimmy dans une agréable routine, mais lorsque Logan l'avait finalement contactée concernant les bénéfices de la vente des terres de Luttrell, elle s'était à nouveau sentie démunie à l'idée de le revoir.

Susanna Ryan apparut sur le seuil.

— Quelle surprise !

Elle traversa la pièce pour venir prendre la main de Claire. Sa jupe se balançait en frôlant le sol. Susanna était comme dans les souvenirs de Claire : grande, brune, avec un visage sévère adouci par un regard chaleureux.

— Madame Ryan, quelle joie de vous revoir !

Claire s'était levée du canapé.

Susanna sourit.

— J'ai craint de ne jamais te revoir.

— Voici mon frère, Jimmy.

— Enchantée, dit Susanna.

— M'dame…

Jimmy se leva et serra la main que lui tendait Susanna.

— Je ne m'attendais pas à votre visite. Je vous en prie, asseyez-vous !

Une fois tous installés, Claire dit :

— Je m'excuse de débarquer ainsi sans prévenir. J'ai hésité à venir, pendant tout le voyage.

— Comment êtes-vous arrivés ? En calèche ?

— Non. J'ai acheté des chevaux à Fort Richardson. Ils sont dehors.

Claire avait regretté Reverend, mais le vieil hongre n'aurait jamais tenu le coup jusqu'ici. Heureusement, il était bien soigné, chez Tia.

— Doug Callahan nous a indiqué la direction à suivre.

— Les Callahan ont longtemps été nos voisins. Je demanderai à un de nos employés de s'occuper de vos chevaux.

— Merci.

Claire serra les lèvres.

— Est-ce que Molly est ici ?

Susanna secoua la tête.

— Avec Matthew, ils vivent à environ huit kilomètres d'ici. On pourra envoyer quelqu'un la chercher demain matin, même si elle est un peu malade, en ce moment.

Confuse devant le léger sourire sur les lèvres de madame Ryan, Claire attendit d'en savoir plus.

— Elle attend un enfant, dit Susanna.

Claire remua sur le canapé, mal à l'aise.

— C'est merveilleux, dit-elle.

Elle était sincèrement contente pour Molly, mais elle n'arrivait pas à calmer son appréhension à l'idée de revoir

Logan. Dans sa lettre, il disait être retourné au Texas et elle s'attendait à ce que Dee et Dylan soient ici avec lui. D'une minute à l'autre, l'un d'eux entrerait dans le salon et son malaise atteindrait son apogée.

— Vous passerez la nuit ici, n'est-ce pas ?

Ils n'avaient pas le choix, ils étaient bien trop loin du fort pour rentrer ce soir ; mais il lui en coûtait vraiment, de passer la nuit sous le même toit que Logan et Dee. Elle lança un coup d'œil à Jimmy, mais son frère était occupé à se tourner les pouces.

— Elle est ici ? s'entendit-elle demander.

— De qui parles-tu ? demanda Susanna.

— Dee Griffin.

Susanna changea de contenance et se montra plus circonspecte.

— Non. Et je suis sûre que tu n'es pas venue ici pour me voir. Je vais envoyer Dawson chercher Logan. Il passe bien trop de temps sur Storm à courir après des bœufs, de toute façon.

Elle ajouta, après réflexion :

— Je pense que ça lui fera du bien de te voir.

Dee n'était pas là ? Claire ne sut qu'en penser.

— À propos de tout ce qui s'est passé…

— Non, dit Susanna en levant une main. Le cœur est capricieux et souvent aussi aveugle qu'une chauve-souris, mais il retrouve toujours son chemin.

Elle se leva.

— James, viens avec moi. Je vais te préparer quelque chose à manger.

Jimmy regarda Claire qui lui donna la permission, en silence, de suivre Susanna.

— Quel âge as-tu ? demanda madame Ryan en quittant la pièce avec lui.

— Huit ans, m'dame.

Claire fixa le feu en se demandant comment Logan réagirait à sa soudaine apparition. Elle avait eu très envie de le revoir, tout en redoutant de voir Dee à ses côtés. Mais elle n'était pas ici. À cette pensée, le cœur de Claire se mit à battre plus vite.

Bien qu'elle se soit attendue à le trouver avec sa nouvelle famille, ça n'avait rien changé… durant les trois derniers mois, il lui avait si cruellement manqué que le revoir était devenu une question de vie ou de mort. Elle était perdue, sans lui.

La lettre qu'il lui avait envoyée lui avait servi d'excuse pour le rejoindre, même si elle n'était plus sûre de rien, pas même de ses propres motivations. D'un autre côté, elle doutait de pouvoir supporter de lui rendre visite pour ensuite le quitter à nouveau.

———

LOGAN SURVEILLAIT le bétail rassemblé à quelques kilomètres au sud du ranch S. R. Les bêtes agitaient leurs queues en beuglant dans l'air froid de la nuit. Le vent sifflait à travers les plaines. Il remonta son écharpe autour de son visage et enfonça son chapeau en l'abaissant sur son front. L'hiver ne tarderait pas à arriver.

Il pensa à Claire et se demanda si elle avait reçu l'argent. Il pensait bien trop à elle ! Il fallait qu'il la retrouve, qu'il essaye de la voir… chaque jour, ça l'obsédait davantage. Mais elle lui avait dit qu'elle ne l'aimait pas. Il n'avait vraiment pas de chance avec les femmes ! Il valait mieux qu'il reste en compagnie des bœufs ; ces temps-ci, il passait le plus clair de son temps avec eux. Les soirées au ranch avec ses parents et occasionnellement avec Matt et Molly avaient fait de sa solitude une douleur physique, aussi prenait-il le large dans les immenses plaines du Texas.

Il gérait le ranch du lever au coucher du soleil pour que le rude labeur épuise son corps et son esprit. Ce qui le faisait souffrir le plus, c'étaient les regrets ; ils tournaient en rond dans sa tête comme des vautours attendant de choisir les meilleurs morceaux.

Avoir prêté à Dee plus de grandeur d'âme qu'elle n'en avait lui restait en travers de la gorge. Alors qu'il ne s'était pas encore remis de sa précédente confession, elle l'avait à nouveau pris de court, lui révélant cette fois que Dylan n'était *pas* son fils. Elle s'était défendue en lui reprochant d'avoir été, à l'époque, trop dévoué à son poste, disant s'être sentie négligée. Il lui avait été soi-disant très difficile de résister aux attentions de John Moore, le vrai père de Dylan. Elle avait trompé Logan, puis les avait plaqués tous les deux quand Frank l'avait menacée, l'obligeant à épouser Luttrell.

Dégoûté et ne se faisant plus aucune illusion, Logan était reparti, tournant le dos à un passé auquel il s'était accroché pendant bien trop longtemps. Elle l'avait blessé, trahi, lui avait menti — lui donnant brièvement l'espoir que Dylan était son fils pour ensuite lui balancer la vérité au visage, au cours d'une brève conversation. Moore pouvait la garder, s'il était capable d'encaisser tout ce qu'elle lui avait fait ; ça lui était bien égal !

Il en avait fini avec elle.

Il reçut une rafale de plein fouet et ses yeux brûlèrent. Storm se plaignit ; il savait qu'elle voulait rentrer au ranch pour profiter d'un box bien chaud et d'un seau plein de grains. Il se mit en route vers la maison ; il sentait son esprit de plus en plus saturé, à mesure que les jours rétrécissaient et que les nuits refroidissaient. Il avait perdu bien plus qu'un fils ; il avait perdu Claire. En choisissant de retourner vers Dee, il avait sans aucun doute anéanti tout espoir de regagner sa confiance. Ils auraient peut-être eu une chance, ensemble, s'ils avaient eu plus de temps. Elle aurait peut-être fini par l'aimer.

Au ranch, il venait à peine d'installer Storm dans les écuries que Dawson vint à sa rencontre.

— Je te cherchais ! Ta mère te demande, à la maison.

— J'y allais. Un problème ? demanda-t-il au contremaître.

— Tu as de la visite.

Dawson bifurqua et sa silhouette raide s'éloigna vers le bâtiment des dortoirs.

Logan traversa la cour vers le porche et monta les marches quatre à quatre. Devant l'entrée, il percuta une femme qui perdit l'équilibre et tomba sur les fesses.

— Pardon, miss !

Il tendit une main vers elle pour l'aider. Elle leva le visage vers lui.

— Claire ?!

Pas de perruque noire ni de robe échancrée, cette fois-ci ; juste quelques mèches blondes échappées de sa tresse et une tenue sombre qui cachait tout son corps.

Ébahi, il la regarda comme si le vent qui sifflait autour d'eux et la force de ses pensées l'avaient matérialisée.

Elle le dévisagea avec appréhension, puis se remit debout et retira sa main de la sienne.

— Qu'est-ce que tu fais ici ? demanda-t-il.

Elle lissa sa robe et inspira profondément.

— Je suis venue te voir. En fait, je sortais justement à ta rencontre.

Il la pressa de rentrer dans la maison, ferma la porte derrière eux, puis ôta son manteau et son chapeau. Il lui fit signe de retourner au salon. Il la regarda s'asseoir dans le canapé rembourré ; il avait du mal à en croire ses yeux.

— Je suis contente de te voir, dit-elle, mais son visage trahissait son inquiétude et Logan se prépara à un entretien difficile.

De quoi parlait-il… rien que la regarder était difficile !

Ses joues retrouvèrent de la couleur et Logan se demanda si elle réagissait à sa présence.

— Où est Jimmy ? demanda-t-il, planté au milieu de la pièce comme une sentinelle.

— Il est ici… avec ta mère. Dans la cuisine, je crois.

— Est-ce que tout va bien ? Tu as reçu l'argent que j'ai envoyé ?

Claire acquiesça.

— Oui, c'est pour ça que je suis venue. Ta lettre disait que c'étaient toutes les recettes de la vente des terres, et…

Elle se tordit les mains.

— C'est trop. Je veux que Dee et Dylan en aient une partie. Tu n'es pas obligé de tout nous donner.

Ses yeux verts plongèrent dans les siens.

— Non. Je suis d'avis que tout vous revient, à Jimmy et toi. De toute façon, Dee a menti à propos de Dylan.

— Vraiment ?

— Il n'est pas mon fils. Quand je suis allé la voir à Virginia City, on a enfin eu une vraie discussion.

— Si Dylan est le fils de Luttrell, alors tout l'argent de ces terres lui revient, dit Claire, plaidant sa cause.

— Non. Le père de Dylan est un autre type, que j'ai connu. Il était propriétaire de plusieurs commerces et saloons en ville et, dès qu'elle a pu, Dee s'est jetée dans ses bras. Elle n'était pas sûre qu'il veuille la reprendre, mais il était clair qu'elle voulait être avec lui, pas avec moi. Elle a dit avoir menti pour essayer de me sauver, de te sauver, parce qu'elle avait peur de ce que Frank allait nous faire. D'une façon un peu tordue, elle croyait nous aider.

— Je suis désolée. Malgré tout, je ne suis pas sûre que Jimmy puisse prétendre à cet argent, surtout à la lumière de tout ça.

— Dee m'a raconté que Frank et Luttrell ont d'abord eu le projet d'acheter ensemble les terres à la Mawell Land Grant, quand Frank s'est retrouvé fauché d'un seul coup, malgré tout l'argent qu'il avait récemment soutiré au mari de Maria Chavez en lui faisant faire banqueroute. Luttrell lui a alors proposé de l'avancer jusqu'à ce qu'il puisse racheter sa part, mais Frank a quand même obligé Dee à épouser Luttrell, au cas où. Tout a mal tourné quand Teddy est revenu sur l'accord passé avec Griffin et que Dee a voulu rompre leur mariage. Les choses ont empiré lorsque Luttrell a hérité d'une énorme somme d'argent d'un oncle décédé à St Louis, parce que Frank s'est imaginé pouvoir le toucher par le biais de sa sœur. Mais Luttrell est devenu paranoïaque ; il a emporté tout l'argent dans les montagnes et l'a caché. Maggie s'est mêlée à l'histoire parce qu'elle voulait se venger de Frank qui entretenait une liaison avec Belle Mason. Alors, elle a séduit Luttrell et a réussi à devenir légataire des terres, à travers toi. Dee lui avait parlé de l'argent.

— Les autorités locales n'ont jamais réussi à inculper Luttrell pour le meurtre de Frank, dit Claire. Tu penses qu'il l'a tué ?

— Probablement.

— Est-ce que Dee doit craindre son retour ?

— Ça ne me regarde plus. Luttrell a donné les terres à Maggie, bien qu'à travers toi, donc j'imagine que c'était sa dernière volonté. J'ai vérifié, il n'a pas de famille encore vivante. Il semble juste que tout vous revienne, à Jimmy et toi, puisque ta mère n'est plus là. Au final, vous avez tous les deux payé le prix le plus fort.

— Je n'en suis pas si sûre, dit Claire à voix basse.

— C'est uniquement pour ça que tu es venue ?

Il avait tenté de masquer la note d'espoir dans sa voix, mais en vain.

— Non.

Elle secoua légèrement la tête, une expression songeuse sur le visage.

—J'ai quelque chose d'autre à te dire et je voulais te le dire en personne.

Elle le fixa de son regard profond aux couleurs des forêts et il fut étourdi de sentir à quel point elle lui avait manqué.

—Je suis enceinte.

Une brève vision de Dee traversa l'esprit de Logan ; elle l'avait manipulé et lui avait été infidèle, c'était encore frais en lui.

—Tu veux dire… de moi ? demanda-t-il.

Claire sembla abasourdie.

—Tu penses que je serais venue jusqu'ici pour t'annoncer un enfant qui ne serait pas de toi ?!

Elle se leva et se rapprocha de la cheminée.

—C'était peut-être une erreur. J'ai vraiment hésité à venir, imaginant faire irruption dans votre heureux foyer, avec Dee et Dylan. Mais lorsqu'elle t'avait caché la naissance de son fils, ç'avait été injuste de sa part — même s'il s'avère que c'était un mensonge ; alors j'ai pensé que tu méritais de savoir que j'attendais un enfant de toi.

—Tu n'as pas été avec quelqu'un d'autre ?

Elle fit volte-face, ses yeux jetant des éclairs.

—Quelqu'un d'autre ? demanda-t-elle. Comment aurait-il pu y avoir quelqu'un d'autre, quand je ne peux pas arrêter de penser à toi ? J'ai cru que tu m'avais épousée pour les terres et que tu m'avais délibérément caché ta relation avec Dee parce que tu étais encore secrètement amoureux d'elle… pourtant j'avais quand même envie d'être avec toi. Et ça me demande un effort surhumain de ne pas ramper à tes pieds pour te supplier de me reprendre, en sachant que tu ne l'as pas épousée.

Des larmes emplirent ses yeux.

—J'ai perdu ma mère, mais la vie continue. Par contre, te perdre a été comme renoncer à une partie de moi-même. Ces derniers mois, j'ai vu à quel point je pouvais être malheureuse.

Cet enfant est à la fois une bénédiction et une malédiction, parce qu'avoir un peu de toi est mieux que tout, mais que ton absence me soit rappelée en permanence me plonge dans le pire des désespoirs !

Elle étouffa un sanglot.

Sidéré par ces mots, Logan eut l'impression d'avoir reçu un violent coup dans le ventre.

Pensait-elle vraiment ce qu'elle venait de dire ? L'espoir pointait son nez, mais il refusa de lui laisser libre cours.

— Tu as demandé le divorce…

Il refusait de se faire traîner dans la gadoue une fois de plus.

— Je croyais bien faire.

— Est-ce que tu m'as menti, quand je t'ai demandé si tu étais enceinte ?

Elle secoua la tête.

— Non, bien sûr que non. C'était trop tôt pour le savoir. Et avec tout ce qui s'est passé… j'ai dû me remettre de la mort de ma mère et de ta trahison… ce n'est que plusieurs semaines après ton départ que j'ai compris…

— Ma trahison ? répéta-t-il, incrédule.

— Tu ne m'avais jamais parlé de Dee ! Qu'étais-je censé penser, quand elle a soudain réapparu et que tu t'es mis à la protéger ?

— Je devais aller jusqu'au bout de ce chapitre de ma vie pour tourner la page. J'aurais fini par te parler d'elle. Malheureusement pour nous, on n'a jamais eu suffisamment de temps.

— Je ne suis pas venue ici pour qu'on se dispute, dit-elle d'une voix sourde et lasse. Je voulais te prévenir pour le bébé et je ne pouvais pas te le dire dans une lettre. Mais Jimmy et moi reprendrons la route dès demain.

— C'est hors de question ! dit Logan. Tu ne quitteras pas cette maison !

Il traversa la pièce, prit son visage entre ses mains et l'embrassa. Elle tenta de résister, mais il ne lui en laissa pas le loisir.

— Tu crois que je te manipule, dit-elle, ses lèvres contre les siennes.

— C'est le cas ? demanda-t-il, avant de l'embrasser à pleine bouche.

— Non… Oui !

Elle se mit à crier :

— Je veux que cet enfant grandisse avec son père, pas comme moi, et tu me manques, et je t'aime !

Les mots étaient sortis d'une seule traite.

Elle s'accrocha à lui et il sentit un vide en lui se refermer, un gouffre qui avait atteint une profondeur qu'il n'avait jamais soupçonnée avant de vivre sans elle et avant de l'entendre dire à présent combien elle avait besoin de lui et combien elle l'aimait.

— On va se remarier, dit-il.

— Et si ça ne marchait pas, entre nous ? demanda-t-elle, enfouissant son visage contre son épaule.

— Promets-moi une chose…

— Quoi ?

— Ne me rejette plus !

Elle leva vers lui des yeux pleins d'inquiétude, mais aussi de désir — et d'amour.

— Je ne le ferai plus. Tu m'as tellement manqué ! J'ai eu si peur, en venant ici, que tu sois marié à Dee !

— Je m'étais préparé à assumer mes responsabilités, dans l'intérêt de Dylan. Et tu m'as facilité les choses en demandant le divorce et en me disant que tu n'éprouvais rien pour moi. Je me suis convaincu que t'aimer était une erreur.

— Tu le penses toujours ?

— Non, mais j'étais trop fier pour venir te retrouver et te le dire. J'aurais fini par faire le ménage dans mes sentiments dévastés et par revenir vers toi.

— J'espère que c'est vrai, parce que moi, je n'ai jamais eu envie de vivre sans toi ; mais il fallait que tu sois libre de choisir. Tout comme moi.

— Je t'ai dit ne pas croire aux sacrifices.

— Ce n'était pas un sacrifice, Logan, murmura-t-elle. J'ai fini par comprendre que je devais poursuivre mes rêves, mais ça m'a pris trois mois pour le réaliser. Il m'a fallu beaucoup de temps pour avoir le courage de venir ici t'annoncer ma grossesse, non pas pour t'attacher à moi, mais pour la partager avec toi.

Elle parut se suspendre à ses lèvres.

— Tu le pensais, quand tu as dit que tu m'aimais ?

— Je ne dis jamais ce que je ne pense pas ; je crois te l'avoir déjà dit.

Il approcha doucement ses lèvres des siennes.

— Et si tu te souviens bien, je t'avais dit vouloir un bébé. Ou deux…

— Il y a autre chose dont je voulais te parler. J'ai entendu parler d'une école de médecine pour les femmes, plus à l'est, à Philadelphia, et…

Logan observa son visage un peu rougi et l'étincelle d'excitation dans ses yeux.

— Et tu voudrais y aller, dit-il à sa place.

— Oui.

Son regard devint vitreux.

— Ça me terrifie, mais oui, je veux y aller. Je veux au moins essayer, après la naissance du bébé.

Le penchant vagabond de Logan refit surface. Avoir des racines n'empêchait pas de changer de lieu de vie — même s'il se sentait vraiment chez lui ici, au ranch de ses parents — alors étrangement, l'idée de suivre Claire eut du sens pour lui.

— Alors, nous irons là-bas, dit-il.

Elle lui saisit la main.

— C'est vraiment ce que tu veux ?

— Eh bien, si on pouvait se retrouver seuls, je te montrerais ce que je veux vraiment…

Elle rougit violemment et lui sourit.

Il la serra dans ses bras. Dieu avait mis beaucoup d'obstacles et de douleur sur le chemin qui menait à la femme de sa vie, mais elle était là, elle était revenue vers lui.

Il ne la laisserait plus jamais partir.

CHAPITRE VINGT ET UN

Trois jours plus tard, Claire et Molly étaient assises dans le salon. Un feu brûlait dans l'âtre. Elles profitaient d'un repos bien mérité, après les festivités du second mariage de Claire. Susanna avait organisé l'événement en un temps record, rassemblant des amis et des gens de leur famille pour assister à la cérémonie. Claire était déjà très fatiguée à cause de la grossesse, mais la fête — bien que plus agréable que la première fois — avait fini d'épuiser toutes ses réserves.

— Est-ce que tu es aussi fatiguée que moi ? demanda-t-elle.

Molly acquiesça ; elle renversa la tête en arrière en soupirant. Des mèches de cheveux s'échappaient des épingles qui attachaient sa coiffure, mais elle s'en moquait visiblement. Elle se fichait pas mal des apparences et c'était un des traits de caractère que Claire aimait le plus chez elle. Ça et son courage inné. Elle lui avait raconté des anecdotes de l'époque où elle vivait chez les Comanches, avec une dose d'humour qui contrebalançait souvent l'histoire tragique de son enlèvement. Sa force avait toujours été une source d'inspiration pour Claire.

Elle trouvait que la grossesse allait bien à Molly ; son visage était radieux et un petit renflement se dessinait sous la robe en dentelle qu'elle portait aujourd'hui en sa qualité de demoiselle d'honneur. Son bébé devait naître un mois avant celui de Claire.

— Je crois que je pourrais dormir jusqu'à demain soir, répondit-elle.

Claire observa cette femme devenue sa sœur. Molly lui avait non seulement sauvé la vie, après que Sandoval l'eut battue à mort la première fois, mais en la ramenant au Texas avec elle, elle lui avait permis de rencontrer Logan.

— Est-ce que je t'ai déjà remercié de m'avoir trouvée ?

Molly sourit.

— Oui.

Elle posa une main sur son ventre.

— Je ne l'ai pas encore dit à Matt, mais j'ai l'impression que ce bébé est un garçon.

— Vraiment ? Personnellement, je ne saurais dire, pour le mien.

Claire avait été vraiment malade, pendant les premières semaines, et ce n'était que depuis peu qu'elle trouvait un peu du repos dont elle avait besoin. Dormir à côté de Logan toutes les nuits s'était avéré le meilleur des remèdes !

Ses rêves s'étaient réalisés, même si la réalité était loin de correspondre aux attentes naïves de la jeune fille qu'elle avait été. Elle avait compris que fuir les difficultés n'était pas la bonne solution. Logan et elle n'étaient pas parfaits, ils avaient tous deux fait des erreurs et avaient failli se perdre. Ils allaient devoir faire des efforts pour regagner leur confiance, faire des compromis et accorder leurs vies, mais elle avait bon espoir en sachant qu'il voulait vivre avec elle autant qu'elle voulait vivre avec lui.

Molly lui prit la main et la serra.

— Ça va ?

— Tout s'est passé si vite… j'en ai encore le tournis !

— Je suis passée par là, moi aussi. Matt dit que j'ai pulvérisé sa vie comme un bâton de dynamite.

Elles éclatèrent de rire.

— Il a besoin de travailler un peu ses mots doux, poursuivit Molly. Mais ça va, il a d'autres qualités.

Elles pouffèrent à nouveau.

Molly redevint sérieuse.

— La peine d'avoir perdu ta mère ne sera pas toujours aussi vive.

Claire savait qu'elle parlait d'expérience. Quand Molly n'était qu'une enfant, la sienne avait été assassinée.

— Susanna m'a aidée à combler ce vide dans ma vie, poursuivit-elle. Je suis sûre qu'elle en fera autant pour toi… quand tu seras prête.

Tout ça représentait tellement de changements, il y avait tant de nouvelles opportunités à venir… Claire s'en inquiétait, mais se réconfortait en sachant que Logan serait avec elle. Ils allaient construire ensemble une nouvelle vie.

Quelqu'un frappa à la porte et Rosita sortit de la cuisine pour aller ouvrir. Les hommes étaient toujours dans la grange avec plusieurs invités du mariage et Jimmy se baladait dans le ranch.

— Je me demande ce qui ne va pas, dit Claire en entendant la voix de Susanna.

Elles se levèrent toutes les deux.

Susanna les rejoignit avec une jeune femme qui sembla familière à Claire. Ses cheveux châtains étaient regroupés en natte ; elle avait le visage et les mains tannés par le soleil. Elle portait un gros châle en laine sur une chemise blanche tachée et une jupe en coton très usée. Elle semblait totalement épuisée, frigorifiée et par-dessus tout, complètement démoralisée.

Claire comprit tout à coup pourquoi elle lui paraissait familière. Elle ressemblait à Molly !

La jeune femme parla la première.

— Molly ? C'est vraiment toi ?

Molly hocha lentement la tête, visiblement sous le choc de cette apparition soudaine. Mais il ne pouvait s'agir d'une étrangère. Ce ne pouvait qu'être la plus jeune fille des Hart — Emma, la sœur de Molly. Elles avaient été séparées dix ans plus tôt, la nuit où leurs parents avaient été assassinés, quand Molly avait été enlevée par les Comanches. Tout le monde, y compris Emma qu'une tante de San Francisco avait élevée les années suivantes, avait cru Molly morte, jusqu'au printemps passé.

— Emma ? demanda Molly d'une voix rauque.

Elle se précipita pour prendre sa sœur dans ses bras.

— Tu m'as tellement manquée ! J'ai cru ne jamais te revoir !

Elle refoula un sanglot.

— Comment es-tu arrivée ici ? Tante Catherine nous a dit que tu étais partie voir le Grand Canyon.

— Je n'arrive pas à croire que tu es vivante ! dit Emma en blottissant son visage contre l'épaule de Molly. Je n'avais jamais cessé d'en rêver, mais quand Nathan me l'a dit, j'ai eu du mal à y croire.

Molly se pencha en arrière.

— Alors, il t'a retrouvée ?

Emma hocha la tête.

— Il est avec toi ?

Les yeux d'Emma se remplirent de larmes.

— Non ! J'espérais le trouver ici, avec vous !

— Chut… ça va aller, dit Molly en repoussant des mèches de cheveux collées aux joues mouillées d'Emma. On va tirer cette histoire au clair.

Elle enlaça sa sœur à nouveau et la serra très fort contre elle.

— Dieu merci, tu es là, saine et sauve !

Claire lut l'inquiétude sur le visage de Susanna. Logan lui avait expliqué qu'ils avaient reçu une lettre de Catherine, la tante de Molly, annonçant qu'Emma s'était enfuie pour gagner l'Arizona. Un vieil ami de Matt, Nathan Blackmore, était parti à sa recherche.

— Monsieur Blackmore est un Ranger, dit Claire d'un ton plein d'espoir. Il peut sûrement se débrouiller dans n'importe quelle situation.

Molly acquiesça.

— Je te présente Claire, la femme de Logan. Elle a raison. Je parlerai à Matt. Il saura quoi faire.

Tenant sa sœur tout contre elle, elle dit avec passion :

— Je suis tellement contente de te revoir ! D'où arrives-tu ?

— Tu as l'air d'être sur les rotules, dit Susanna. Viens faire un brin de toilette et manger quelque chose ! Tu pourras tout nous raconter après t'être reposée. Ça peut attendre demain.

Susanna les entraîna vers les escaliers. Claire leur emboîta le pas, mais s'arrêta en voyant Matt et Logan apparaitre dans l'entrée.

— Que se passe-t-il ? demanda Matt. À qui est ce cheval, dehors ?

— À Emma, répondit Claire. Elle vient d'arriver.

— Nathan est avec elle ? demanda Matt.

— Visiblement, non. Mais elle a dit qu'il l'avait retrouvée.

— Alors, où est-il ? demanda Logan.

Claire haussa les épaules en signe d'impuissance.

— Emma n'a pas l'air d'aller bien, mais peut-être qu'après un peu de repos, elle pourra nous raconter ce qui s'est passé. Je vais voir si Susanna a besoin d'aide.

Elle embrassa Logan, puis se dépêcha de rejoindre les autres femmes en montant l'escalier. Elle avait une pochette remplie de feuilles de passiflore séchées, dans sa trousse de médecine ; elle proposerait de préparer une infusion pour aider Emma à se reposer.

LE SILENCE de Matt était étourdissant.

— Tu penses que Nathan a des problèmes ? demanda Logan, sur la même longueur d'onde que son frère.

— Il n'aurait pas laissé Emma venir ici toute seule. Pas d'aussi loin que l'Arizona.

— Attendons de lui parler, avant de tirer des conclusions trop hâtives.

— Tu as raison. Mais s'il le faut, je partirai dès l'aube.

— Je t'accompagnerai, décréta Logan.

— Tu n'es pas obligé. Je peux emmener Dawson ou Hicks. J'en dois une bonne à Nathan — il a risqué sa vie pour me sauver des mains de Cerillo. En plus, toi, tu viens de te marier.

— Ouais.

Logan était heureux. Il n'avait aucune intention de compromettre ce bonheur inutilement. Claire portait leur enfant et rien que d'y penser lui mettait un doux sourire aux lèvres. Il se sentait très chanceux.

— Mais tu as raison, Nathan n'aurait pas laissé Emma voyager toute seule à cette époque de l'année. Tu ne partiras pas sans moi.

Son frère lui adressa un regard plein de gratitude.

— Des renforts ne seront pas de trop.

— Je vais prévenir p'pa de ce qui se trame.

Matt hocha la tête.

— Je vais voir comment vont les filles, dit-il.

Il se tut, puis ajouta :

— Je suis vraiment content qu'Emma soit ici. C'était très lourd pour Molly, ces derniers temps, de ne pas savoir quand — ou si — elle allait la revoir.

Logan mesura le soulagement de son frère ; il n'avait pas remarqué, depuis son retour au ranch, à quel point Matt s'inquiétait pour sa femme. Il partit retrouver leur père en espérant que tout irait bien.

———

LOGAN SENTIT des lèvres tièdes lui effleurer l'oreille. Il se réveilla ; il était toujours dans le salon, s'étant assoupi à force d'attendre. Il attira le corps de Claire contre le sien et elle passa ses bras autour de son cou. Un rapide regard dans la pièce lui confirma qu'ils étaient seuls.

— Comment va Emma ? demanda-t-il en plongeant la main dans ses cheveux.

Bon Dieu, ce qu'il aimait la sentir contre lui !

— Ce n'est pas qu'un problème de fatigue ; elle semble vidée de l'intérieur. C'est un crève-cœur.

Claire posa sa tête au creux de son épaule.

— On lui a préparé à manger et de quoi prendre un bain, et puis je lui ai fait une tisane pour l'aider à dormir.

— A-t-elle dit ce qui s'est passé ?

— Ils ont été séparés, je ne sais pas comment. Elle a été très contrariée, en apprenant qu'il n'était pas ici.

— Matt va sûrement partir à sa recherche dès demain.

Il emmêla ses doigts aux siens.

— Je vais l'accompagner.

Claire se serra contre lui.

— Je m'y attendais ; je sais que tu dois le faire, mais je t'en prie, sois prudent !

— Toujours, ma chérie.

— On peut aller se coucher ? murmura-t-elle.

Il sentit son souffle chaud dans son cou. Il l'embrassa, incapable de lui résister. Une pensée lui traversa l'esprit. *Claire Waters ne peut pas être ici, c'est impossible !* Pourtant, elle était là… à ses côtés, dans sa vie, dans sa maison, elle se coucherait avec lui cette nuit et ils étaient mariés, pour de bon ! Il l'embrassa avec une passion qui avait besoin d'intimité pour être assouvie.

Il la porta jusqu'à sa chambre. Leur chambre.

— Heureusement que ta chambre n'est pas à l'étage, lui dit-elle pour le taquiner.

— Ça n'aurait rien changé !

Il referma la porte derrière eux en la poussant du pied.

— Même complètement épuisé, je pourrais te faire l'amour toute la nuit, ça ne fait aucun doute.

Il l'allongea sur le lit et lut dans son regard un désir aussi ardent que le sien.

Il la déshabilla en un rien de temps et se mit sur elle en se souvenant qu'il n'avait pas eu beaucoup plus de patience lors de leur première nuit de noces. Claire se montra aussi assoiffée que lui et ils finirent rapidement à bout de souffle, accrochés l'un à l'autre. Il caressa le côté de son buste et sentit sa peau cicatrisée, là où la balle l'avait touchée, à Cimarron.

— Ta blessure est guérie ? demanda-t-il.

— Oui, mais il a fallu du temps.

Il s'abaissa pour poser ses lèvres contre la peau légèrement enflée, se délectant de son corps tout entier.

Bien plus tard, après avoir remis le couvert deux fois, ils étaient allongés l'un contre l'autre, emmêlés dans les draps. Les cheveux décoiffés de Claire s'étalaient sur la poitrine de Logan. Il pensa au bébé dans son ventre et fut submergé par un sentiment de paix et d'enthousiasme.

Ils auraient d'autres enfants, si telle était la volonté de Dieu.

Il tendit le bras vers la table de nuit, ouvrit un tiroir et en retira l'objet qu'il avait conservé tout ce temps.

— J'ai quelque chose pour toi, murmura-t-il.

— Qu'est-ce que c'est ?

Il fut ému par tranquillité de sa voix.

Il lui tendit la figurine de la colombe qu'elle avait sculptée, petite. Elle leva vers lui des yeux écarquillés.

— Où as-tu trouvé ça ?

— Tia m'a demandé de la garder en lieu sûr.

Il avait été incapable de s'en séparer. C'était comme un échantillon de l'âme de Claire.

— On la donnera au bébé.

— D'accord.

Elle s'étira contre lui pour atteindre sa bouche, lui offrant une belle vue sur la vallée creusée entre ses seins.

Palomita. La colombe était revenue jusqu'à lui.

JE SUIS RAVIE que vous ayez lu *La Colombe* et j'espère sincèrement que ce livre vous a plu. Si vous souhaitez laisser un commentaire en ligne, j'en serais ravie. Ça peut vraiment aider un auteur à toucher un public. Un grand merci — Kristy

Le Moineau
Les Ailes de l'ouest* — *tome 3
Maintenant disponible

Dans le Grand Canyon, des rapides déchaînés et de vieux esprits attendent le Ranger Nathan Blackmore et Emma Hart pour une incroyable aventure.

« Les lecteurs vont adorer cette histoire… » TR Book Reviews

En 1877, Emma fait la découverte du Grand Canyon — une terre sauvage et rude, jusqu'alors inconnue. Douée de clairvoyance, elle est frappée de visions. Elle cherche des réponses à son passé tragique, aux traîtrises actuelles et à un avenir flou qui la bouleverse profondément. Épaulée par Sparrow, son animal totem, elle plonge corps et âme dans le folklore des Hopis, et doit affronter un démon qui a traversé les âges.

Le Texas Ranger Nathan Blackmore traque Emma Hart jusqu'à la rivière Colorado, où il la regarde, ébahi, naviguer avec courage sur un doris en bois. Mais lorsque les ondulations de la vie le bouleversent profondément, il se retrouve face à un choix. Il doit accepter l'existence d'un royaume invisible, *le monde parallèle*, à qui il a tourné le dos des années en arrière, ou risquer de perdre la femme qu'il aime à présent plus que tout.

Ce western est une romance historique qui a lieu sur le territoire de l'Arizona, en 1877.

https://kmccaffrey.com/le-moineau-the-sparrow-french-edition/

Kristy McCaffrey écrit des romans d'aventure contemporains pleins d'idylles torrides et de suspense à vous donner la chair de poule, et des romances historiques primées, des westerns dont les personnages débordent de courage et d'émotions. Ses récits au mysticisme caractéristique mêlent des héros captivants et des héroïnes hautes en couleur. Kristy trouve que l'existence mérite d'être vécue avec curiosité, compassion et gratitude, et que l'on devrait s'inspirer de l'enthousiasme des chiens. Elle aime faire la grasse matinée, manger des plats mexicains et faire du yoga chez elle, en pyjama. Originaire de l'Arizona, elle vit aux portes du désert, au nord de Phoenix. Pour en savoir plus sur ses publications, rendez-vous sur son site.

Website: kmccaffrey.com
Facebook: facebook.com/AuthorKristyMcCaffrey/
Instagram: instagram.com/kristymccaffreybooks/

TikTok: TikTok.com/@kristymccaffrey/
English Newsletter: kmccaffrey.com/subscribe